KB166354

슬픔의 위안

ABOUT GRIEF

Copyright © 2010 by Ron Marasco and Brian Shuff

All rights reserved including the right of reproduction in whole or in part in any form.
This edition published by arrangement with Susan Schulman Literary Agency, New York
through PubHub Literary Agency, Seoul, Korea

이 책의 한국어판 저작권은 펍헙 에이전시를 통한 미국의 Susan Schulman Literary Agency와의
독점계약으로 (주)현암사가 소유합니다. 저작권법에 의하여 한국 내에서 보호를 받는 저작물이므
로 무단전재와 무단복제를 금합니다.

슬픔의 위안

어느 날 찾아온 슬픔을
가 . 만 . 히 .
응시하게 되기까지

론 마라스코 · 브라이언 셔프 지음
김설인 옮김

ㅎ 현암사

일러두기

- 이 책은 현암사에서 2012년 초판을 펴낸 《슬픔의 위안》의 개정판이다.
- 본문에 소개된 도서 가운데 국내에 출간된 책은 한국판 번역 제목을 실었다.
- 외국 인명은 국립국어원 외래어 표기법 규정대로 표기했으나 널리 쓰이는 이름은 관용을
  따랐다.

데이비드 셔프에게

제3장 아홉 가지 위안

제4장 슬픔의 흔적

•

슬픔을 이야기하다

우리는 이 책을 쓰면서 아주 많은 사람과 이야기를 나누었다. 그런데 똑같은 이상한 경험을 여러 차례 했다. 누군가 우리에게 무엇을 쓰느냐고 물으면 우리는 "슬픔grief에 관한 책을 쓰는 중입니다"라고 대답했다. 그러면 질문한 사람의 얼굴이 당장 밝아지며 관심을 보였다. 그 사람은 곧바로 눈을 반짝이며 이렇게 되물었다. "그리스Greece에 대한 책이라고요? 정말 재미있겠네요!"

그러면 우리는 "아뇨, Greece가 아니고 grief입니다. 저희는 사별의 슬픔에 관한 책을 쓰고 있습니다" 하고 분명하게 말해주었다. 그 순간 사람들 얼굴에서 미소가 사라졌고, 우리는 그들의 얼굴에서 언뜻 슬픔의 표정을 읽었다. 어두운 구석이라고는 없어 보이는 두 사람이 왜 사별의 슬픔에 대한 글을 쓰고 싶어 하는지 살피는 듯한 표정이기도 했다.

하지만 이런 첫 반응 뒤에 사람들은 몸을 앞으로 기울이고는 무척 흥미로워하며 더 많은 것을 알고 싶어 했다. 그리고 금기시

되는 이 주제를 말해도 된다는 판단이 서면 생각과 느낌과 질문을, 무엇보다 개인적인 이야기들을 줄줄 쏟아냈다.

이 같은 경험으로 우리는 두 가지 사실을 알게 되었다. 첫째는 그리스에 관심 있는 사람이 많으니 누군가 그리스에 관한 새 책을 써야 한다는 것, 둘째는 누군가 슬픔을 드러내놓고 말한다면 사람들 역시 자신의 슬픔을 진솔하게 들려주리라는 사실이다. 우리는 이 책을 쓰는 동안 이 사실을 매일 재발견했다.

그러나 우리 대부분은 이렇게 쉽게 슬픔에 대한 이야기를 주고받지 못한다. 슬픔이라는 가슴 저미는 화제를 드러내놓고 말하기를 꺼리는 문화 속에 살고 있기 때문이다. 작가 조앤 디디온은 "우리는 슬픔에 젖으려 하지 않는다"고 했다. 금기라는 개념이 거의 사라진 시대에도 사별의 슬픔은 여전히 드러내놓기 어려운 문제인 것이다.

사람들은 통근열차에 앉아 섬뜩한 소설부터 '10대 불가사의' 같은 기사 제목으로 시선을 끄는 잡지까지, 매우 자극적인 글들을 읽는다. 그러나 만일 당신이 엘리자베스 퀴블러-로스의 『죽음과 죽어감On Death and Dying』을 읽고 싶다면 책을 댄 브라운의 책 표지로 싸는 게 나을 것이다. 그러지 않으면 승무원이 다가와 이렇게 말할 것이다. "그 책을 치우시지요. 선생님 때문에 열차 전체가 침울하지 않습니까!"

우리는 슬픔에 젖으려 하지 않는다.

그럼에도 슬픔은 우리를 적신다. 슬픔은 아무런 경고도 없이 삶에 틈입한다. 그럴 때 우리는 기습공격을 받은 것처럼 당황한다. 사랑하는 누군가를 잃어서일 뿐만 아니라, 타인들이 우리를 정서적으로 멀리하기 때문이다. 남편을 잃은 한 여성은 "섬에 있는 것 같아요"라고 했다. 우리는 이런 감정을 토로하는 이들을 수없이 만났다. 소외감은 슬픔에 빠진 사람이 아주 고통스러워할 때 찾아오는데, 얼마나 뼈에 사무치는지 세사르 바예호 같은 시인만이 묘사할 수 있을 정도다.

> 생에는 너무도 뼈아픈 불행이 있느니……
> 신의 증오만큼이나
> 혹독한 무언가로부터 비롯된 듯한 불행이.

  슬픔에 빠진 사람은 고통스러울 뿐 아니라 홀로 섬에 있다. 이 이중의 고통은 인간이 겪는 다른 어떤 상처보다 슬픔에서 더 도드라지는 것 같다. 연인이든 친구든 지인이든, 심지어 복도에서 스쳐 지나갈 때 무슨 말을 해야 할지 몰라 망설이는 직장동료든, 슬픔에 잠긴 이들 주위에 있는 사람들 역시 소외감을 느낀다. 이 소외감과 대면하자. 슬픔에 관해서라면 우리 대부분이 서툴고 어색하다고 느낄 테니 말이다. 이 책이 도움이 되길 바라는 지점이 바로 여기다.

  작가 C. S. 루이스는 "우리는 혼자가 아니라는 것을 알기 위해 책을 읽는다"는 말을 자주 했다. 이 말을 들으면 누구든 어느 책이라도 집어 들겠지만, 슬픔에 관한 책을 고를 때 이 표현은 특히나 적절하다. 모든 슬픔은 누군가로부터 남겨지는 것과 관련이 있으니, 사람들이 극심한 슬픔의 고통 속에서 혼자라고 느끼는 것은 물론 놀라운 일이 아니다. 정말 놀라운 것은 슬픔을 이야기하고 슬픔을 깨달을 때, 사람들이 뼛속 깊이 외로움을 느낀다는 점이다. 바로 이 때문에 우리는 책을 다음과 같이 엮었다.

우리는 수많은 대화를 나누면서 깨달은 말 걸기 방식으로 슬픔에 대해 알려주고 싶었다. 또 사람들을 덜 외롭고 덜 두렵게 해주고 싶었고, 슬픔이란 주제에 대해 더 많이 말할 수 있게 해주고 싶었다.

당신이 사랑하는 이를 잃고 슬픔에 젖어 있다면, 지금 겪고 있는 것을 사람들과 나누는 일이 얼마나 어려운지 알고 있을 것이다. 그리고 사람들을 불편하게 하는 말을 할까 걱정할 것이다. 영화 〈젊은 프랑켄슈타인〉에서는 한 등장인물이 "블루허 부인"이라고 말할 때마다 말 한 무리가 "히이힝" 울기 시작한다. 슬픔을 이야기하는 것이 그렇게 느껴질 수 있다. 당신은 말들을 놀라게 하고 싶지 않은 것이다. 세상을 떠난 이의 이름을 꺼내서 말 울음소리를 듣느니 차라리 침묵을 지키고, 혼자만의 섬에 틀어박힌다. 그런데 그래서는 안 된다. 우리는 이 책을 그런 침묵에 다리를 놓기 위해 썼다. 그러기 위해 다루기 쉽지 않은 주제를 솔직한 구어로 담아냈으며 다음 세 가지에 공을 들여 사별의 슬픔이라는 버거운 주제를 다뤘다.

첫째는 사람들이 슬픔에 관한 책에서 말하면 안 된다고 생각하는 것을 담는 것이다. 비탄에 잠긴 사람들 중에는 "아마 이 말은 책에 넣고 싶지 않을 거예요. 하지만……"과 같은 말로 말문을 여는 경우가 종종 있다. 사람들이 이렇게 나오면 우리는 이야기를 받아 적다가 멈칫하게 되었다. 책의 여백에서, 곁가지로 흐른 대화에서, 한밤의 산책길에서 뜻밖에 찾아낸 이런 무심한 말들을 우리는 이 책에 그대로 담았다. 우리는 이런 순간에 가장 많은 것을 배웠다. 사랑하는 누군가의 죽음이 아주 큰 비극적 사건일지 모르나, 슬픔은 더 힘겨운 고투라는 것도 그 가운데 하나다. 마흔여섯의 아내 제인 케니언을 떠나보낸 시인 도널드 홀은 이것을 「우울한 하이쿠Distressed Haiku」라는 짧은 시로 표현했다.

당신은 생각하지,
사랑하는 이가 죽는 것보다
더 끔찍한 일은 없다고.

허나 그 뒤엔 영원한 죽음이 이어지지.

우리는 모든 드라마가 끝난 뒤에 슬픔이 찾아온다는 것을 알게 되었다. 비극의 아드레날린이 소진되고 친척들이 다 집으로 돌아간 뒤, 이웃에게 케이크 접시를 돌려주고 감사편지를 다 돌리고 난 뒤 "자, 이젠 뭘 하지?" 하며 멍하니 서 있을 때, 슬픔은 찾아온다.

사랑하는 이를 떠나보내고 슬퍼하는 이들이 처리하고 관리해야 하는 사소한 일들이 얼마나 많은가. 까다로운 친척부터 일상생활에 필요한 잡다한 일들이며 청구서, 유언장들이 남는다. "그이가 없으니 이제 텔레비전 리모컨을 어떻게 설정하지?" 하는 것도 그중 하나다.

우리는 슬픔에 빠진 사람들이 실수를 자주 한다는 것, 두 걸음 앞으로 내디뎠다가 여덟 걸음 뒤로 물러난다는 것을 알았다. 심지어 지극한 슬픔을 겪으면서도 불행에 처한 타인을 배려할 수 있다는 것을 알았는데, 이런 작지만 감동적인 인간애 덕분에 우리는 인간이 얼마나 고귀한 존재인지, 삶이 얼마나 거룩한지도 깨달았다. 또한 우리는 비탄에 빠진 사람들이 자신이 진정 누구인지를 어떻게 알아가는지도 알게 되었다. 슬픔은 자신에 관해 많은 것을 가르쳐준다.

둘째는 쉽고 따뜻한 말을 쓰자는 것이다. 아주 많은 유능한 돌봄 전문가들이 슬픔에 빠진 이들을 돕는다. 의사, 심리학자, 상담사 같은 임상 전문가들은 슬픔의 내적 작용에 대해 가르쳐줄 게 많은 이들이다. 그렇지만 대체로 그들은 직업적 신뢰를 유지해야 할 필요 때문에 사람들과 거리를 둔다. 예를 들어 작가 샌드라 길버트는 수술 중에 일어난 남편의 느닷없는 죽음을 어떻게 전해 들었는지 다음과 같이 묘사했다.

우리에게 남편의 사망 소식을 전하러 온 외과의사는

'사회봉사실, 캐럴라인'이라는 명찰을 단 여성과 함께 왔다. 그 여자는 '친지 사망'이라는 표지가 붙은 큰 서류철을 들고 있었다.

친지 사망을 전하는 모호한 말들 때문에 사람들이 슬픔을 제대로 이야기하지 못할 때가 종종 있다. 우리는 이 책에서 좀 더 직접적이고 친절한 접근을 했다. 위기에 처한 사람들은 대부분 이런 방식을 더 좋아한다. 우리가 아는 환자 한 명은 옥스퍼드 대학교에서 공부한 종양학자 주치의에게 "영어로 말하라고요!" 하고 불평을 터뜨렸다. 의사는 "영어로 말하고 있잖습니까"라고 항변했다. 의사의 이 말에 환자가 되쏘아붙였다. "그럼 미국말로 하란 말예요!"

이 책은 미국말로 썼다.

셋째는 종종 슬픔이란 문제를 둘러싸는 뉴에이지 같은 퇴행에서 탈피하는 것이다. 슬픔을 달래주는 아기자기한 물건들은 도처에 널려 있다. 싸구려 곰 인형과 풍선, 값싼 천사 모양의 장식품이 너무도 많은 사람들의 슬픔 속을 날아다닌다. 유머 작가 폴 러드닉은 이런 물건들을 "가난한 사람들을 위한 프로작(대표적인 우울증 치료약─옮긴이)"이라고 불렀다. 그렇지만 가슴 미어질 듯한 문제를 그렇듯 달콤하게만 이야기하다 보면 슬픔에 빠진 사람 중에서도 쿨에이드 같은 청량음료를 마시기에 나이가 너무 많은 사람들은 소외감을 느낄 수 있다.

그래서 우리는 이 세 가지 원칙을 정하고 다소의 편견을 지닌 저널리스트 입장에서 작업을 했다. 즉, 직접 관찰하고 연구한 것과 우리 자신의 본능을 혼합해 책을 엮었다. 영화와 연극, 출판물과 음악, 그리고 우리가 거듭거듭 참고한 보석 같은 몇 권의 책 등 다양한 자료를 활용했다. 그러나 무엇보다 귀한 존재는 자신이 겪은 상실의 경험을 기꺼이 들려준 용감한 사람들이다. 사생활을 보호하기 위해 이름을 밝히지는 않았지만 그들이 사랑하는 사람을 위해 한 일은 죽어가는 햄릿이 친구 호레이쇼에게 부탁한 일과 같은 것이라고 생각한다. "괴롭더라도 이 험한 세상에 살아남아 내 이야기를 전해주게."

　이 책에서 우리가 유일하게 이름을 밝힌 이들이 수전과 피터 로웬스타인 부부인데, 그들의 헌신과 우정은 큰 감명을 주었다. 1988년 12월 21일, 로웬스타인 부부의 아들 알렉산더가 탄 비행기가 스코틀랜드의 로커비 상공에서 리비아 테러리스트들에 의해 공중 폭파되었다. 스물한 살 알렉산더는 시라쿠스 대학교의 동기 34명과 224명의 다른 승객과 함께 뉴욕에 있는 집으로 돌아오던 중이었다. 이 팬암 103기 폭파 사건은 2001년 9월 11일 이전에 민간인에게 자행된 가장 끔찍한 테러 공격으로, 미국을 충격적인 슬픔에 빠뜨린 역사적 사건이었다. 사고는 크리스마스를 바로 앞두고 일어났다. 그래서 수십 명의 가족들은 사랑하는 이의 행복한 귀향을 축하하러 뉴욕에 있는 케네디 공항으로 가는 중이었다. 물론 행복한 귀향을 축하하는 일 같은 건 일어나지 않았다.

인정받는 조각가였던 수전은 15년에 걸쳐 여러 조각상으로 이루어진 작품을 완성하며 슬픔을 풀었다. 수전은 이 사고로 사랑하는 사람을 잃은 이들을 작업실로 초대해 포즈를 취하게 했다. 수전이 요청한 포즈는 사랑하는 이의 사망 소식을 들은 그 순간 취했던 자세였다. 믿어지지 않지만 76명의 여성이 자원했다. 남녀 모두에게 제안을 했지만 남성은 한 사람도 오지 않았다.

〈어두운 비가〉라고 불리는 이 조각품은 로웬스타인 부부가 사는 뉴욕의 몬톡에 전시되어 있다. 실물 크기로 만든 조각상들은 이 험한 세상에 자신들의 이야기를 전하기 위해 기꺼이 괴로운 숨을 쉬고 있는 한 재능 있는 예술가와 일흔여섯 여인들의 모습을 생생하게 보여준다.

이 책에 담긴 모든 이야기와 정보의 존재 이유는 오직 한 가지다. 바로 당신이 혼자가 아님을 일깨워주는 것이다. 다른 이들도 당신이 느끼는 것을 느낀다. 당신의 감정이 삐딱하거나 우스꽝스럽거나 추하거나 전혀 당신답지 않더라도 말이다. 우리의 목적은 당신이 덜 외롭다고 느끼게 하는 것, 더 솔직히 말하자면 바보 같다는 느낌을 덜 받게 하는 것이다.

슬픔에 빠진 사람은 흔히 자신도 모르는 사이에 미치게 되면 어쩌나 하고 두려워한다. 두 살, 네 살짜리 어린 두 아이만 남겨놓고 젊어서 세상을 떠나버린 남편을 두고 아내는 말한다. 결혼생활은 행복했고, 남편은 정말 좋은 남자였다. 그러나 이제 남편은 떠났고, 아내는 마치 남편한테 배신을 당한 기분이 든다. (병들어서 죽어가더니, 결국 영원히 떠나버렸으니 말이다.) 물론 남편이 살기 위해서 무슨 일이라도 했으리라는 사실을 충분히 깨닫게 되면 배신감을 느낀 자신이 어이없게 느껴질 것이다. 하지만 이 여성은 "화가 나요! 화가 나! 화가 난다고요!"라고 표현했다. 이런 심한 말을 하는 여성을 머릿속으로 그려보라. 얼마나 어리석은가! 얼마나 한심한가! 그렇지만 이런 일은 또 얼마나 흔한가!

우리가 이런 경험을 나누고자 하는 이유는 같은 감정을 느낀 이들에게 당신만이 그런 감정을 겪는 게 아니라는 사실을 알려주기 위해서다. 가수 데이브 매슈스라면 이 같은 감정을 설명할 수 있을 것이다. 친구이자 밴드 동료였던 르로이 무어가 세상을 떠난 직후 매슈스는 로스앤젤레스 청중을 향해 이렇게 말했다. "언제나 남는 것보다는 떠나는 것이 쉬운 법이죠." 맞는 말이다.

이 책은 우리가 발견한 것들을 슬픔이라는 주제로 걸러내어 엮은 일종의 여행담이다. 사랑하는 사람을 잃고 슬퍼하는 이들을 독자로 삼았지만 그런 사람을 도우려는 친구나 가족, 그리고 그저 슬픔이란 주제에 관심이 있거나 이 불가피한 인간 경험을 이해하고 싶은 이들도 염두에 두었다.

이 책은 네 장으로 이루어져 있는데, 애도의 기본 궤적이라고 생각한 순서를 따랐다. 슬픔은 당신이 짊어져야 할 새로운 무게를 깨닫는 데서 시작된다. 그것은 남은 인생 동안 가구 한 점의 둘레를 힘들여 빙빙 돌아야 한다는 말을 듣는 것과 같다. 첫 장의 제목은 '슬픔의 무게'다. 이 장은 당신이 힘들여 빙빙 돌아야 할 것들

중 일부를 상세히 묘사한다.

　사랑하는 사람을 잃고 비통해하는 이의 투쟁은 이제 어떻게 슬픔의 새로운 무게를 감당하느냐 하는 문제로 바뀐다. 두 번째 장의 제목은 '정직한 대면'이다. 슬픔은 감정이 격화된 상태다. 이런 상태에 있을 때 사람들이 분위기를 보고 "이런, 이제부터 슬픈 척 연기해야겠는걸" 하고 생각하는 것은 인지상정이다. 그러니 모든 허위를 꿰뚫어 거짓과 진실을 가려내는 법을 배워야 한다. 슬픔 주위에는 거짓이 수두룩하기 때문이다. 이 장에서는 그런 허위 가운데 일부를 밝힌다.

　세 번째 장의 제목은 '아홉 가지 위안'이다. 슬픔에 빠진 사람은 아주 작은 것에서라도 위안을 찾으려 한다. 다시 기쁜 일이 있으리라는 희미한 기미라도 찾으려 한다. 9·11 이후 처음으로 실린 《뉴요커》의 시사만화에는 한 남자와 한 여자가 바에 앉아 있는 장면이 등장했다. 남자가 색이 화려하고 스포티한 상의를 입었는데, 그 모습을 보고 여자가 이렇게 말한다. "난 다시는 웃을 일이 없을 줄 알았어요. 그런데 당신 운동복을 봤어요." 아무리 깊은 나락으로 떨어졌다고 느끼더라도, 아주 사소한 징후가 당신의 삶이 계속될 거라고 암시해줄지 모른다. 이 장은 우리가 찾은 가장 좋은 징후들을 함께 나누는 장이다.

　마지막 장인 네 번째 장의 제목은 '슬픔의 흔적'이다. 슬픔이란 감정은 그 나름의 의지가 있어서 당신 내면의 깊이 모를 곳에서 솟아나오기도 한다. 대부분의 정서적 경험은 물속 깊이밖에 안

깊지만, 슬픔은 석유가 묻힌 땅속까지 내려가 닿을 만큼 깊은 것 같다. 표면에 떠오르는 감정은 끈적거리고 인화성 있는, 오래 묵은 것들이다. 이 감정에 반복적으로 노출되다 보면 어느 순간 당신은 "젠장 내가 어떻게 된 거지?" 깜짝 놀라며 머리를 긁적이게 될지도 모른다. 이 장은 이런 수수께끼 같은 본능을 살펴보는 장이다.

각 장은 주제별로 짧은 에세이들을 묶었는데, 그 하나하나는 앉은자리에서 10분 정도면 읽을 수 있다. 그렇게 읽다 보면 어느 시점에서 자연스럽게 그만 읽게 되거나 "에라 모르겠다, 하나만 더 읽고 자자" 하게 될 것이다.

슬픔에는 절대적인 것이 없다. 쉽게 견딜 비법도 없고 빠져나갈 구멍도 많지 않다. 사별의 슬픔처럼 개인적인 경험을 이해하고 나면 다양한 방식으로 다양한 사람과 공감할 수 있을 것이다. 누구든지 슬픔을 이해하는 자신만의 길을 찾아야 한다. 책은 그 길을 가는 동안 동행해줄 뿐이다. 슬픔은 아주 개인적인 경험인 만큼, 책을 읽다 보면 분명 당신의 독특한 상황에 맞는 길을 찾아낼 것이다. 부디 그러길 바란다. 그것이 바로 이 책의 존재 이유다.

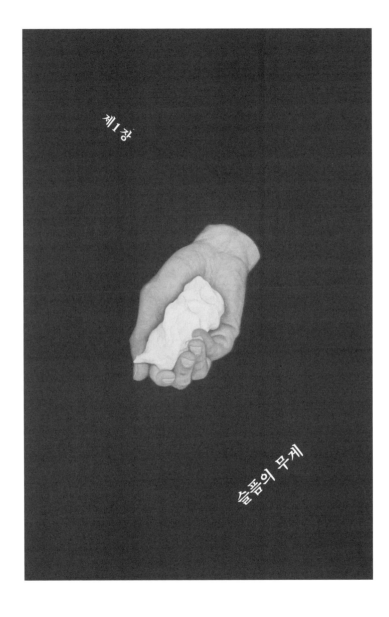

제1장

슬픔의 무게

무거운

우리의 출발점은 셰익스피어 『리어 왕*King Lear*』의 마지막 장면이다. 5막에서 백발의 군주 리어는 숨이 끊긴 딸 코델리아를 안고무대를 걷는다. 이 모습은 비극적 상실의 상징적 이미지이자 슬픔의 무게에 대한 은유다.

슬픔은 무거움이다. 슬픔grief이란 말의 어원은 무겁다는 뜻의중세 영어 gref이다. 사람들이 슬픔을 말할 때 가장 흔하게 쓰는형용사는 '참을 수 없는'이다. 슬픔은 참아야 할 무엇이자 짊어져야 할 무거움인 것이다.

이 장면에서 리어는 셰익스피어 작품에서 흔히 볼 수 없는 대사를 한 줄 읊는다. 오직 한 낱말로 된 이 대사를 거듭거듭, 다섯번이나 읊는다. 그 말은 바로 '결코never'다. 늙은 왕 리어는 딸의시신을 내려다본다. 그리고 그 몸에 다시는 생명이 깃들지 않으리라는 사실을 깨닫고는 말한다. "결코, 결코, 결코, 결코, 결코"라고. 리어가 결코를 다섯 번이나 말한 까닭은, 결코가 그토록 받아들이기 힘든 의미이기 때문이다. 슬픔은 결코의 무게이며, 슬퍼한다는 것은 저마다 결코를 말하는 과정이다. 몇 번을 말하든 말이다.

슬픔의 무게는 사람마다 다르다. 모든 죽음에 리어가 느끼는 무게의 슬픔이 따르는 것은 아니다. 사랑하는 이를 잃었는데 지내보니 솔직히 견딜 만하다는 것을 알게 되는 이들도 있다. 그렇다고 해서 떠난 사람에 대한 그들의 사랑이 약하다는 의미는 결코 아니다. 그들은 상실에 대한 의례적인 감정을 경험할 뿐이다. 그러고 나면 모든 것은 끝난다. 우리는 이 과정을 지금 이야기하고 있는 슬픔과 대비되는 개념인 애도라고 본다. 슬픔과 구별되는 의미로 애도를 정의해보라고 하면, 사람들은 흔히 "애도하는 사람은 슬픔에 관한 책을 사긴 하겠지만 읽지는 않을 것이다"라고 한다.

슬픔은 애도와는 다르다. 슬퍼하는 사람은 자신을 내리누르는 그 모든 결코의 무게를 감당하기 위해 삶을 재정리해야 한다. 그리고 슬픔의 무게를 짊어지는 법을 배우기 위해서도 해야 할 일이 있다는 것을 안다. 그들은 알고 있는 것이다. 누군가 루이 암스트롱에게 재즈를 정의해달라고 한 적이 있다. 루이 암스트롱은 "재즈가 뭔지 물어야 한다면 당신은 영영 재즈를 알 수 없을 겁니다"라고 답했다. 슬픔도 마찬가지다. 당신에게 슬픔이 있는지 없는지 모르겠다면 그건 슬픔이 없다는 이야기다. 슬픔이 당신의 현실이라면 슬픔 자체가 말해줄 테니 말이다.

사랑하는 이의 죽음을 경험한 사람들만이 슬픔을 느끼는 것은 아니다. 관계를 상실하거나 직업을 잃거나 심지어는 반려동물을 잃어도 슬픔이라는 진지한 감정을 느끼는 이들이 있다. 그렇지만 슬픔에도 깊이가 있어, 이런 종류의 상실은 보통은 대체가 가능하다. 그러니 배우자를 잃은 사람에게 "우리 정든 플러피가 죽었을 때 내 심정이 꼭 이랬어요" 하는 사람은 되지 말자. 큰 슬픔을 겪는 사람들은 훨씬 가벼운 경험으로 자신과 공감하려는 이들을 자주 만나게 된다. 그런데 이런 일을 겪다 보면 슬픔이 깊어지거나 고립감을 느끼거나, 아니면 두 가지를 다 겪게 된다.

이 짧고 거북한 순간들은 슬퍼하는 이가 견뎌내야 할 여러 상황 가운데 몇 가지 예에 불과하다. 당신은 여러 새로운 표준을 배우고, 그 표준에 맞춰 살아가게 될 것이다.

이 새로운 표준들 중에서 가장 중요한 것은 당신 스스로 얼마나 많은 실수를 하는지 알게 되는 일이다. 납부기한이 지나서 공과금을 내고, 케이블 회사 앞으로 수표를 끊는다는 게 막 세상을 떠난 사람 앞으로 수표를 끊을 것이다. 장을 보고 돌아와 짐을 풀 땐 휴대전화는 냉장고에 넣고 하겐다즈 아이스크림은 조리대 위에 올려놓을 것이다. 쇼핑센터에 가서는 3동 2층에 주차했는지, 2동 3층에 주차했는지, 아니면 젠장! 동 빌어먹을! 층에 주차했는지 생각이 나지 않을 것이다. 이런 한심한 언행들 때문에 느끼게 되는 좌절이 일상이 될 것이다.

슬픔은 슬프다는 사실을 받아들여 가는 과정이기도 하다. 많은 이들이 슬프다는 이유 자체로 큰 좌절을 겪었으며 그로 인해 삶이 큰 타격을 입었다고 했다. 그들은 자신이 너무나 당황했기 때문에 당황했다. 이상한 반응 같지만 지극히 일반적인 반응이다. C. S. 루이스는 아내를 잃고 난 뒤『헤아려본 슬픔*A Grief Observed*』이라는 독창적인 작품에서 바로 이 점을 다뤘다.

> 언젠가 이런 글을 읽었다. "치통으로 온밤을 뜬눈으로
> 새웠다. 치통과 뜬눈으로 밤을 새우는 일을 생각하면서."
> 인생도 마찬가지다. 모든 불행에는 그 불행의 그늘과
> 그림자가 들어 있다. 그러니 단순히 괴로워만 할 게
> 아니라, 괴롭다는 사실을 계속 생각해야 하는 것이다.
> 나는 슬퍼하며 하루하루 살 뿐 아니라, 슬퍼하며
> 하루하루 사는 것을 생각하며 하루하루 산다.

일상으로 돌아가는 게 쉽진 않겠지만 고통 때문에 고통받는 것은 무의미하다. 사랑하는 사람을 잃는 일은 고통스럽기 그지없다. 그렇잖아도 괴로운데 무의미한 고통까지 보탤 필요는 없지 않은가? 물론 말은 쉬워도 괴로움을 떨쳐버리는 일이 그렇게 쉽지는 않을 것이다. 그러니 슬퍼서 기분이 가라앉는다고 자책하지 마라. 당연한 일이니 말이다.

비탄에 잠긴 당신은 새로운 표준에 따라 당신을 대하는 사람들의 태도에 직면하게 된다. 바야흐로 이마에 주홍색 G자(슬픔을 뜻하는 grief의 첫 글자―옮긴이)를 선명히 새기고 인생을 헤쳐나가는 기분이 들지도 모른다. "어! 미망인이 간다!" 그러면 당신은 깨달을 것이

다. 앞으로 계속, 본의 아니게 사람들이 실수로 건네는 많은 말을 좋은 뜻으로 새겨들어야 하리라는 사실을.

실내장식가가 "저기 저 괴상한 물건, 괜찮은 걸로 바꿔도 되겠죠!" 하고 물어서 "저건 엄마가 호스피스 병동에 계실 때 색을 입힌 꽃병이에요" 하고 대답해야 하는 상황이 벌어질지 모른다. 그러면 실내장식가는 당황해서 얼굴이 빨개지고, 당신은 슬픔에 빠진 사람의 운명에 걸려 옴짝달싹 못하게 된다. 즉, 당신을 불쾌하게 했다는 생각으로 누군가가 불쾌해하기 때문에 당신이 불쾌해지는 것이다. 하지만 슬픔을 잘 모르는 이들을 용서하는 법을 배우는 것도 슬픔의 일부다. 이럴 때 사람들은 흔히 "그 사람들 악의는 없어요"라고 한다. 하지만 이 말은 세계애도자협회의 암호 풀이에 따르면 "그 사람들 불쾌해요"라는 의미다.

끝으로 당신은 슬픔을 겪는 동안 머릿속에 자리 잡은 나쁜 사진이라는 짐을 져 나르는 법을 배우게 된다. 사랑하는 사람이 눈을 감은 뒤에는 일련의 끔찍한 영상이 떠오르기 마련이다. 불유쾌한 병실 광경과 사람들 얼굴에 나타난 표정들, 특유의 소리와 냄새같이 뇌가 스냅사진을 찍어 영원히 보존하겠다고 마음먹은 것이면 무엇이나 떠오른다. 뇌는 가장 기억하고 싶지 않은 이미지를 생생하게 보존하는 아주 성능 좋은 카메라다. 이는 사랑하는 사람이 어떻게 죽었든 똑같이 적용되는 진실이다. 사랑하는 사람이 죽는 모습은 보지 못했어도 상상은 하게 되는데, 뇌는 사물을 실제보다 더 나쁘게 그려 보이기 때문이다.

이런 새로운 표준은 당신이 깨닫게 될 무수한 표준과 함께 슬픔의 무게를 구성하는 부분이다. 이 새로운 짐을 지는 법을 누군가는 금방 배우고 누군가는 수년을, 심지어 누군가는 평생을 두고 배운다. 하지만 그저 버거워만 하는 이들도 있다. 그 짐은, 말 그대로 참을 수 없는 것인지도 모른다. 두 아이를 익사사고로 잃은 현대무용가 이사도라 던컨은 언젠가 이렇게 말했다. "어떤 슬픔은 사람을 죽게도 하지요."

모진 말이지만 사실이다. 그렇지만 슬픔 때문에 목숨을 끊는 일이 그리 흔한 것은 아니다. 분명 일어나기는 하지만 말이다. 더 비일비재한 일은 슬픔이 누군가의 생명력을 슬며시 앗아가 버리는 것이다. 슬픔은 사람들의 인격에서 가장 훌륭한 요소를 없애버리고는 그들을 무가치한 사람이라고 치부한다. "그 사람 그 뒤로는 영 다른 사람이 됐어"처럼 말이다.

미국의 유명 시인 메리 올리버는 2005년, 오랜 동반자였던 몰리 멀론 쿡이 숙환으로 세상을 떠나자, 언젠가 '40년 동안의 대화'라는 가슴 뭉클한 말로 묘사한 두 사람의 관계를 글로 썼다. 그리고 반려를 잃은 직후 느낀 감정을 시로 썼다. 스스로 죽지 않고서는 슬픔에 조금도 가까이 다가갈 수 없다는 내용이었다. 올리버는 스스로 말한 대로, 정말로 슬픔에 더 가까이 다가갔지만 당연히 죽지는 않았다. 이 시의 제목은 「무거운Heavy」이다.

사소한 것들

조앤 디디온의 『상실 *The Year of Magical Thinking*』은 남편인 작가 존 그레고리 던의 갑작스러운 죽음에 관해 쓴 책이다. 개인적인 슬픔을 잘 표현한 회상록으로 수백만 명이 이 책을 읽었다. 그런데 이 책 표지에는 보일 듯 말 듯 해서 알아본 사람이 얼마 없을 것 같은 암시가 들어 있다. 아무 그림도 없는 단순하고 품위 있는 책 표지에 다음과 같이 쓰여 있다.

JOAN DIDION
THE YEAR OF MAGICAL THINKING

그런데 찬찬히 살펴보면 색이 약간 다른 네 글자가 보인다.

JOAN DID**IO**N
THE YEAR OF MAGICAL T**H**I**N**KING

J-O-H-N. 존John, 바로 남편의 이름이다. 그녀의 남편이 거기, 책 속에 박혀 있는 것이다. 비록 표지 위의 희미한 존재로라도.

상실을 다룬 회상록을 읽거나 비통한 이야기를 들으면 삶이 얼마나 혼란스러워질 수 있는지, 한 사람은 떠나고 남은 사람은 다시 삶을 이어가야 하는 상황을 이야기하는 것이 얼마나 어려운 일인지 깨닫게 된다. 한 여성이 40년을 함께 산 할머니를 떠나보낸 할아버지 이야기를 들려주었다. 그 오랜 세월, 할머니는 매일 아침 할아버지에게 커피를 타주었다. 그 한 잔이 할아버지가 매일 마시는 유일한 커피였다. 할머니가 돌아가신 다음 날 아침, 할아버지는 자신이 늘 마시던 커피를 어떻게 타는지 정확히 알지 못한다는 사실을 깨달았다. 40년 동안 커피 맛이 좋다는 것은 알고 있었지만 아내가 그 커피를 어떻게 탔는지는 확실히 몰랐다. 우유를 넣었던가? 전유? 탈지유? 아니면 전유와 탈지유를 반반씩 넣었던가? 설탕은 한 스푼, 아니면 두 스푼? 그냥 듬뿍? 아니면 인공감미료를 넣었던가?

삶은 한 잔의 커피처럼 소소한 것들로 연결된다. 모든 관계는 서로 관련이 있는 특이한 성벽들이 뒤섞여 이루어진다. 진정한 사랑은 큰 것들이 살짝 뒤섞이는 게 아니라 작은 것들이 마구 뒤섞이는 것이다.

이 사소한 것들 중에는 친밀한 사이가 아니면 아무 의미도 없는 대수롭지 않은 표현들이 있다. 디디온의 남편 던은 딸 퀸타나에게 "하루를 더 사는 것보다 널 더 사랑해"라는 말을 자주 했다.

이 말은 시나리오 작가였던 던이 좋아한 영화 대사였는데, 세상을 떠나던 날 밤, 집으로 돌아오기 전 잘 자라는 키스와 함께 딸에게 한 마지막 말이기도 했다. 몇 주 뒤 퀸타나는 장례식에서 고인이 된 아버지에게 같은 말을 들려주었다.

하지만 "하루를 더 사는 것보다 널 더 사랑해" 자체가 딱히 심금을 울리는 말은 아니다. 오히려 케케묵은 로맨틱 영화에나 딱 들어맞을 대사다. 사람들의 심금을 울리는 것은 절친한 사람들, 특히 가족들의 독특한 말투다. 사소한 것들이 삶에 대해 많은 이야기를 해주는 것이다.

우리가 만난 사람 중 디디온의 책 『상실』의 내용을 속속들이 알고 있는 서로 무관한 두 사람이 영화 대사에 얽힌 이 일화에 똑같이 큰 감동을 느꼈다고 했다. 게다가 두 사람 모두 그 대사가 등장하는 곳이 몇 쪽인지까지(68쪽) 외우고 있었다. 물론 따로따로였지만 말이다.

모르는 사람에게는 무의미하거나 유치하게까지 들리는 암호와 인사말, 빈말은 물론이고 아는 사람끼리만 이해하는 농담도 사랑하는 사람에게는 깊은 의미가 있다. 영화 〈브로드캐스트 뉴스〉에서는 두 친구(앨버트 브룩스와 홀리 헌터 분)가 만날 약속을 한다. 한 친구가 다른 친구에게 말한다. "좋아, 그때 우리가 갔던 데 있지. 그 근처에 있는 거기서 보자." 이 말을 들은 친구가 그러마 하고 고개를 끄덕인다. 친구 사이인데 무슨 설명이 더 필요하겠는가?

퓰리처상을 받은 최초의 여성 소설가 이디스 워튼은 사람들

사이에서 유머가 하는 역할을 두고 이렇게 말했다.

> 진정한 결혼에 이르려면 진실한 두 사람이 유머나 풍자
> 감각을 똑같은 음조에 맞춰야 한다. 그러면 그들의
> 공통된 시선은 어떤 문제를 바라보든지 아치형으로 서로
> 교차한다.

이 진정한 결혼을 공유했던 누군가가 세상을 떠나면 함께 나눴던 익살스러운 것들이 애틋하리만큼 소중해진다.

어느 자매가 아는 사람들끼리만 아는 익살의 한 예를 들려주었다. 만사를 자기 뜻대로 하려는 까다로운 엄마를 이 자매는 줄곧 라나lana라는 이름으로 불렀다. 그게 엄마의 진짜 이름이 아니었는데도 말이다. 왜 엄마를 그렇게 부르는지 묻자 자매는 "철자를 거꾸로 쓰면 항문anal이거든요"라고 답했다.

가정은 아무것도 아닌 이런 익살로 가득 차 있다. "할아버지가 크리스마스만 되면 들려주는 농담은 온 식구가 눈 감고도 욀 정도라니까." "나나가 오븐 켜는 걸 깜빡 잊은 그해, 식구들이 모두 빙 둘러앉아 왜 햄이 안 구워지는지 궁금해하며 몇 시간을 보냈지." "지난해 말다툼을 크게 한 뒤로 무슨 일이 있어도 정치 얘기는 피하려는 사촌이 누구더라." 이런 농담이나 이야기는 몇 년에 한 번, 가족이 한 자리에 모일 때 듣게 되는데, 기를 쓰고 자신을 방어하는 주인공이 있게 마련이다. "난 미니 고모에게 포크를 던

진 게 아니야. 그냥 던지는 시늉만 하고 있었는데 그만 포크가 손에서 빠져나간 거라고!"

그런데 이 친밀함은 단순한 유머에 머물지 않고 확장된다. 사소한 것들 중 어느 것이라도 좋으니 당신의 경우를 떠올려보라. 잘 자라고 키스할 때 건네는 짧은 말과 평범하지만 두고두고 기억에 남는 사건들, 별명과 저녁 식탁을 유쾌하게 해주는 우스갯소리들, 말보다 먼저 쿡쿡 터져나오는 웃음과 두셋 혹은 다섯 사람만이 알아듣는 아주 독특한 말을, 사람들이 함께 나누는 사소한 것을 말이다. 죽음은 우리에게 다가올 때 남겨질 사람의 삶에서 이런 사소한 많은 것들을 앗아간다.

사소한 것들을 잃는 일은 참기 어려운 고통이다. 그것들이 누군가를 얼마나 사랑했는지 증명해주기 때문이다. 누군가를 가장 깊이 사랑한다는 것은 그 사람과 관련이 있는 사소한 것들을 가장 많이 알고 있다는 뜻이다.

조앤 디디온의 책은 남편에 대한 사소한 이야기들로 넘쳐난다. 우리는 그가 어떤 술을 마셨고, 어떤 책을 읽었고, 어떤 셔츠를 입었으며(브룩스 브라더스 제품을 입었다), 주머니에는 무엇을 넣고 다녔는지(지갑 대신 신용카드를 넣는 머니클립을 가지고 다녔다) 알게 된다. 또 그가 매일 아침 어느 길로 산책을 했는지, 뉴욕과 로스앤젤레스에서 저녁을 먹으러 자주 가던 곳은 어디인지도 알게 된다. 그렇지만 작가 메리앤 위긴스가 지적하듯이 디디온은 남편 얘기를 하면서 단 한 번도 사랑이란 말을 쓰지 않는다.

디디온은 절대 "난 그를 사랑했다"고 하지 않는다. "그는 나를 사랑했다"고도 하지 않는다. 그럼에도 불구하고 두 사람의 사랑은 책 갈피갈피에 묻어 있다.

그들의 사랑은 사소한 것들 속에 있는 것이다.

사랑하는 이가 죽은 뒤 잃게 되면 가장 고통스러운 것은 떠올릴 수 있는 한 가장 소소하고 평범한 것들이다. 가장 익숙하고 일상적인 것들이 우리 삶이라는 피륙 속에 가장 깊이 새겨져 있기 때문이다. 소설가 제임스 설터는 다음과 같이 표현했다.

삶은 식사다. 삶은 날씨다. 소금이 엎질러진 푸른 바둑판무늬 식탁보 위에 차린 점심이며 담배 냄새다. 브리치즈이자 노란 사과이자 자루가 나무로 된 나이프다.

(『위대한 한 스푼 *Life Is Meals*』의 일부 ― 옮긴이)

삶은 이런 소소한 것들이자 매일매일 겪는 평범한 일들이다. 아내가 암으로 세상을 떠났을 때 도널드 홀은 이렇게 말했다. "만약 누군가 제인과 내게 '두 사람이 함께한 세월 중에서 최고의 해는 언제였나요?' 하고 물었다면 우리의 대답은 똑같이 가장 기억이 안 나는 해였을 것이다." 도널드 홀과 제인 케니언은 평온하게 일에 몰두하는 날, 즉 C. S. 루이스가 말한 "가슴이 미어지도록 평범한 일들"들로 가득 찬, 그렇게 잊기 쉬운 시간들을 가장 소중히 여겼다. 이런 평범한 것들, 삶의 노란 사과들이 당신이 겪은 어떤 드라마보다 당신을 더 가슴 아프게 한다.

결혼해서 행복하게 살던 남자가 어느 날 퇴근해보니 돌연 아내가 죽어 있었다. 아내가 함께 살던 집에서 사망했기 때문에 사람들은 대부분 남자가 집을 팔고 이사를 가리라고 생각했다. 본인 역시 그러리라 생각했다. 죽은 아내를 집에서 발견한 그 충격적인 영상은 감당하기 어려울 만큼 끔찍할 테니 말이다. 그런데 막상 지내보니 그 집에서 지내는 것도 괜찮았다. 몇 주 뒤 남자는 직장으로 복귀했고, 얼마 동안은 모든 게 순조로웠다.

그러던 어느 날, 차를 몰고 귀가하던 남자는 낯선 상황에 맞닥뜨린다. 남자의 집은 번화가의 모퉁이에 있었는데, 교차로에서 정지신호를 받고 멈춰 선 남자는 좌회전을 해서 자기 집 차로로 들어가려고 기다리고 있었다. 직장으로 복귀한 이후 처음 교차로에서 정지신호를 받은 때였다. 불현듯 회사를 다니던 내내 교차로에서 정지신호를 받을 때마다 부엌 창문 너머로 저녁을 준비하는 아내를 바라보던 사실이 생생하게 떠올랐다. 그날 신호가 바뀌기를 기다리면서 남자는 그 집을 팔게 되리라는 것을 깨달았다. 집으로 돌아와 죽어 있는 아내를 발견하는 것은 감당할 수 있을지 몰라도, 아내가 없는 창문을 바라보는 일은 도저히 견딜 자신이 없었던 것이다.

삶은 사소한 것들이다. 그런데 슬픔은 그 사소한 것들을 비틀어서 떼어내 버린다. 죽음은 사소한 것들을 베어내 버리고 난 뒤 그 자리를 공허감 대신 인식 가능한 고통의 무게로 채운다. 고통은 엄연한 실재다. 그래서 고통은 공간을 채운다. 우리는 "내 안에 고통이 있어요I have pain in me"라고 하지 않는다. 대신 "난 고통에 빠졌어요 I'm in pain"라고 한다. 고통에 빠져 있을 때는 고통이 당신의 전 우주만큼이나 크게 느껴지기 때문이다. 사람들은 슬픔이라는 감정을 실체가 없는 것이라고 생각한다. 하지만 사실 슬픔은 저항할 수 없는 고통의 실체다. 앤 섹스턴의 어느 시에 이런 구절이 있다.

누군가 세상을 떠났다는 걸, 나무들까지도 알고 있네.

슬픔이란 고통은 하나의 실재다. 때로는 나무에게까지 스며드는. 셰익스피어의 희곡 『존 왕King John』에서 콘스탄스라는 여인은 어린 아들을 잃은 뒤 그 지극한 슬픔을 다음과 같이 표현한다. 이것은 부재라는 무거운 실재에 대한 생생한 묘사다.

슬픔은 떠나간 아이의 빈방을 채우고,
아이의 침대에 눕고, 나와 함께 서성거리고,
아이의 귀여운 표정을 짓고,
아이가 하던 말을 흉내 내어 말하고,
아이의 사랑스럽던 몸 구석구석을 떠올려주고,
아이의 형상이 되어 주인 잃은 아이의 옷을 걸치네.

이 희곡은 셰익스피어 자신이 어린 외아들 햄릿을 잃은 직후
에 쓴 것이다. 햄릿은 1596년에 죽었다. 그때 나이 열한 살이었다.

집단

―――――――

슬픔 주위에는 사람들이 모이기 마련이다. 불치의 환자를 보살피는 사람이든, 갑작스러운 죽음의 위기에 대처하는 사람이든, 큰 슬픔을 애써 헤쳐나가는 이를 돕는 사람이든, 그들은 늘 도움이 필요한 사람 가까이에서 도움을 주려고 애쓴다. 집단은 가족이나 친구들로 이루어지는 경우도 있지만 대부분은 이 둘이 섞여 이루어진다. 그런 까닭에 그들 사이에는 많은 역학이 작동하기 마련인데, 역학이란 잠재적인 긴장을 점잖게 표현한 것이다.

우선 가족을 구성하는 것이 정확히 무엇이냐 하는 문제가 있다. 75년 전 사람들은 이혼을 덜 했고 태어난 마을, 심지어는 태어난 집에서 죽는 일이 흔했다. 하지만 오늘날의 가족은 좀 더 유동적이다. 요즘은 이혼과 재혼을 많이 한다. 이렇다 보니 기존의 가족이란 테두리에 완전히 새로운 관계가 보태진다. 남편의 전처와 의붓자식, 의붓아버지와 이복자매는 물론 의붓개와 의붓치과의사까지 생긴다. 위기가 닥치면 첫 번째 결혼으로 생긴 가족이 주로 휘말려든다. 수년 동안 안 보고 지냈거나 전혀 본 적이 없는 사람들이 어느 날 갑자기 미묘한 상황 속에 함께 내던져지는 것이다.

친구들이라는 집단에도 믿을 수 없을 만큼 다양한 사람이 뒤섞여 있다. 기업의 최고경영자에게도 여전히 연락하고 지내는 대학 시절 술친구가 있고, 대학 학장에게도 당수 수업을 들을 때부터 알고 지낸 친구가 있다. 대부분의 사람에게는 돈이 많은 좋은 친구와 무일푼인 좋은 친구가 적어도 하나씩은 있다. 이 사람들이 모두 모이면 지위를 다투는 일이 생길 수도 있다. "난 그따위 박사 학위는 없을지 몰라도, 그 친구랑은 열 살 때부터 알고 지낸 사이라고!" 이렇게 말이다.

거리라는 문제도 있다. 가족과 친구는 여기저기 흩어져 사는데, 사람들은 정작 그렇게 흩어져 있는 가족이나 친구 곁에서 죽음을 맞거나 슬퍼하지 못한다. 누가 곁에 있든 자기 방에서 죽고, 자기 방에서 슬퍼한다. 아프거나 정서적 도움이 필요할 때 거리는 중요한 요소가 된다. 그런데 심리적으로 가장 가까운 사람이 거리 상으로도 가장 가까이 있으란 법은 없다.

슬픔은 온갖 곳에서 온 온갖 사람을 한데 모은다. 적어도 한동안은 하나의 집단으로. 대부분의 사람은 도움이 필요한 이들에게 힘을 주기 위해 도움이란 깃발 아래 집결한다. 하지만 깃발이 집결지에 막 도달할 때 사람들 사이에서 불화가 일어나기도 한다. 집단 안에서 갈등이 발생할 가능성은 다분하다. 전처와 옛 룸메이트, 어릴 적 친구와 삼촌이 모두 한 방에 있게 된다. 이때 방은 이미 도덕과 사랑과 종교에 대한 생각, 모름지기 친구란 어떠해야 하며 가족이란 무엇인가 하는 생각으로 가득 차 있을 것이다. 집단의 위태로운 균형은 슬픔의 무게에 눌려 흔들흔들하고, 때로는 깨져버린다.

연속극 〈왈가닥 루시I Love Lucy〉에는 루시가 출산하는 장면이 나온다. 남편 리키와 친구 에설과 프레드는 루시가 병원에 갈 때 하게 될 일을 미리 연습한다. 그들은 짐 가방을 꾸리고 루시에게 외투를 입힌 다음 택시를 불러서 병원으로 데려가는 예행연습을 한다. 그런데 정작 그 순간이 닥치자 세 사람 모두 제각기 엉뚱한 방향으로 부랴부랴 내달린다. 서로에게 큰 소리로 명령을 내리더니 결국 리키와 에설, 루시의 코트를 걸친 프레드는 짐 가방을 들고 택시를 타러 간다. 혼자 남은 루시는 아무도 없는 아파트 안을 뒤뚱거리다가 산통이 시작되자 훌쩍인다. "나 좀 봐, 난 어떡하라고!"

이 연속극처럼 우습지는 않지만 비슷한 상황이 많은 가족에게 일어난다. 보통 다음과 같은 상황이 벌어진다. 모든 이들은 각자 적절한 애도 과정과 절차에 대한 자신만의 생각을 가지고 서로를 지켜보기 시작한다. 분위기는 점점 긴장되고 거북해져서 아무도 무슨 말을 하고 어떤 행동을 해야 할지 모르게 된다. 그러다가 적절한 혹은 부적절한 어느 한 순간, 무슨 말을 하고 어떤 행동을 해야 하는지 안다고 생각하는 누군가가 말을 꺼낸다. 어떤 이들은 그 말을 받아들이고 어떤 이들은 받아들이지 않는다. 어떤 이들은 관대한 사람들이 지나치게 관대하다거나, 다른 사람들이 충분히 관대하지 않다고 생각한다. 한편 끊임없이 다른 이들의 언행을 살피는 이들도 있을 것이다. 또 자신들이 감지하는 표정과 억양을 분석하는 이들이 있는데, 개중에는 목록을 만드는 사람들도 있을 것이다. 어떤 집단에든 목록을 작성하는 사람은 있기 마련이니까.

슬픔으로 지극히 괴로워하는 사람을 묵살하고 싶은 사람이 있는가 하면, 이렇게 어수선하게 뒤엉킨 강렬한 감정들을 피하려고만 하는 이들도 있을 것이다. 그러면 **묵살자**는 기피자와 냉전을 벌이기 시작할 텐데, 기피자는 이 같은 갈등 또한 피하고 싶을 것이다. 드러내놓고 괴로움을 표현하는 사람이 있는가 하면, 이런 사람들이 분위기를 장악하려 한다고 보는 이들도 있을 것이다. 실제로 그들 중 일부는 분위기를 장악하려 들 것이다. 늘 그렇듯 어느 가족에게나 고통의 훈장을 타고 싶어 하는 식구가 하나쯤은 있기 마련이니 말이다. 대체로 좌절과 분노와 집단 내의 갈등이 일어날 가능성은 불쾌한 태도가 조금씩 드러나고 감정의 앙금이 쌓이면서 커지는데, 이로 인해 분위기가 엉망이 될 수도 있다.

위로하러 온 사람들이 이 모양이다.

당신을 돕는 집단의 능력은 구성원들이 서로 일체감을 느끼느냐 아니냐에 따라 결정된다. 어느 심리학자가 강조한 것처럼 "모든 사람이 초기에 같은 방향을 바라보게 하는 것이 중요하다." 만약 사람들이 각자 다른 방향을 보고 있으면 도움보다는 방해가 될 가능성이 크다.

구성원이 저마다 엇갈린 목표를 향해 행동한다면 긴장은 고조

되고 지지 구조는 와해된다. 그러면 집단이 위로하고자 했던 사람은 위로받는 것은 고사하고 불화로 인해 상처만 받는다.

사람들은 도움받을 이가 집단의 긴장에 관해서는 아무것도 모를 거라 생각하며 그를 염두에 두지 않을 수도 있다. 아프거나 깊은 슬픔에 빠진 사람은 고통 때문에 당연히 집단의 정서적 역동을 감지하지 못하리라고 생각하는 것이다. 그러나 사실은 그 정반대다. 사랑하는 이를 잃고 비탄에 빠지면 모든 정서적 동요에 전에 없이 민감해진다. 아무런 방패막이도 없이 그대로 노출되어 털끝만 한 감정의 동요도 지나치게 의식하고 불행의 조짐이 보이면 과도하게 경계한다. 미미한 여진의 기미를 가장 잘 감지하는 사람은 당연히 지진을 겪어본 사람이기 때문이다. 우리가 이야기를 나눠본 결과, 집단 내 갈등을 경험하고 또 그 갈등으로 인해 관계가 깨지는 경험을 하는 것은 비탄에 젖은 이들에게 사랑하는 이를 잃은 슬픔만큼이나 혹독했다.

병이 들었거나 슬픔에 빠진 식구를 위로하고 보살피는 가족들에게는 결정을 내려야 할 일이 많기 때문에 그만큼 의견이 갈라질 가능성이 크다. 때로는 특정인이나 특정 집단이 특정한 문제의 옳은 판단에 지나치게 집착한 나머지 집단이 해체되는 것을 감지하지 못할 수도 있다. 게다가 도움이 필요한 사람이 루시처럼 "나 좀 봐, 난 어떡하라고!" 하며 훌쩍거리고 있다는 사실을 알아채지 못할 수도 있다.

그렇다. 어떤 문제에 확실한 태도를 취하는 것이 중요할지 모르지만 우리가 들은 대부분의 불화는 전혀 대수롭지 않은 일들에서 비롯되었다. 장례식 뒤의 모임에는 어느 출장요리를 부를까? 누가 누구 차를 타지? 누가 며칠 더 남아서 일을 거들까? 이런 문제들이 가족의 지지 체계를 무너뜨리면 안 되지만 그런 일은 일어나기 마련이다.

집단의 감정적 분위기에 스며드는 불쾌함 중에는 당면한 상황과 아무런 관계가 없는 것들이 있는데, 과거의 원망과 표현한 적 없는 해묵은 감정의 찌꺼기인 경우가 많다. "넌 축구팀의 스타였지! 난 아빠의 슬픔의 스타가 될 거야" 혹은 "내 최근 여자친구 다섯이 날 이용했어. 형제들까지 날 속이게 놔두진 않을 거야"라는 식이다. 슬픔에 빠지면 전에는 느끼지 못했던 감정들이 밀려든다. 그러니 이 해묵은 상처들에게 발목 잡히지 않도록 조심해야 한다.

당신과 집단 사이에서 일어나는 대부분의 마찰은 아마도 의사소통이 부족해서 생길 것이다. 사람들에게 당신이 원하는 바를 똑바로 말하지 않으면 집단의 구성원들은 제각각 마음대로 당신의 행동을 해석할 것이다. 슬픔은 고인이 사랑하던 이들을 안락의자 깊숙이 움츠러들게 하는 경향이 있다. 그러니 당신의 진실을 말하라. 그러지 않으면 당신 대신 그들이 자신의 진실을 말할 것이다. 슬픔을 부르는 비극적인 상황은 사람들이 그 어느 때보다 더 깊은 이야기를 나누는 기회가 될 수도 있다. "우리가 그냥 이야기만 나누면서 밤을 새우기는 그때가 처음이었어요"와 같은 이야기를 우리는 듣고 또 들었다.

집단이 갈등을 일으키는 흔한 이유 중 다른 하나는 사람들이 단지 행동을 위한 행동을 한다는 것이다. 프레드가 루시의 코트를 걸치듯 말이다. 흔히 "아무것도 하지 않는 것은 선택이라고 할 수 없다"는 말을 하지만 오히려 아무것도 하지 않는 것이 최선의 선택이 되는 상황이 수두룩하다! 슬픔의 경우에는 특히 더 그렇다.

사람들은 인내심이 부족해서 일을 되어가는 대로 놔두기보다는 당장 바로잡고 싶어 한다. 누군가는 이렇게 말할 것이다. "엄마는 하루 종일 울적해하며 서성거렸다고! 심지어 머리도 빗지 않았단 말이야! 엄마를 이대로 놔둬선 안 돼!" 진실을 말하자면, 엄마가 잭 다니엘 한 병과 기관단총을 든 채 방 안에 진을 치고 있지 않는 한 즉각적인 개입은 필요하지 않을 수도 있다. 게다가 상실감으로 인해 너무나, 너무나 슬프다는 이유만으로 엄마가 자신에게 뭔가 문제가 있다고 느끼게 해서는 안 된다.

가끔은 집단이 슬픔에 빠진 이를 잠시 내버려두는 것이 최선일 때도 있다. 그게 가장 필요한 것일 수 있다. 그러니 당신을 잠시 그냥 내버려둬 달라고 하라.

사람들과 어울리는 게 슬픔에 빠진 사람에게 큰 위안이 될 수 있지만 그로 인해 의도하지 않은 결과가 빚어지기도 한다. 좀비처럼 소파에 주저앉고 싶은데도 "젠장! 손님용 화장실에 깨끗한 수건이 한 장도 없잖아" 같은 생각을 해야 한다. 심지어 "그냥 잘 있는지 보려고"나 "어떻게 지내는지 궁금해서" 같은 전화도 너무 많이 걸려오면 반갑지 않다. 잠깐 하려던 통화가 결국은 10분 동안의 힘겨운 대화로 이어지기 때문이다.

우리는 위와 같은 유형의 전화 이야기를 하나 들었는데 재미있으면서도 의미심장했다. 훌륭한 희극배우 돔 드루이즈의 장례식에서 일어난 일이다. 드루이즈에겐 이탈리아인 대가족이 있는 것으로 유명했는데 장례를 치르는 동안 아들 하나가 조문객들에게 어머니 캐럴을 잊지 말아달라며 "어머니께 꼭 전화해주세요" 하고 부탁했다. 바로 그때 사람들 사이에서 목소리 하나가 들려왔다. "제발 제게 전화하지 마세요!" 하고 외친 사람은 다름 아닌 캐럴이었다.

때때로 집단은 당신과 일심동체가 되고 싶어 한다. 하지만 당신은 그냥 혼자 떨어져 있고 싶다. 혼자 있고 싶은 욕구는 애도의 한 부분이다. 무례하거나 고마움을 몰라서 그러는 게 아니다.

하루의 일을 정리한 뒤 의자에 앉아 이메일을 읽는 것을 당신이 얼마나 즐기는지 사람들에게 말하라. 힘내라고 응원하는 방법으로는 이메일과 문자 메시지가 더 좋다. 전화를 걸거나 잠시 들르는 것처럼 폐를 끼칠 가능성이 없으니 말이다. 이메일이나 문자 메시지는 언제 어떻게 읽을지, 또 답장을 할지 안 할지 결정할 수 있다. 뿐만 아니라 "생각이 나서, 사랑하는 누구누구가"라는 문자 메시지를 읽고, 그 내용을 가슴속에 간직하는 것으로 위안을 얻을 수도 있다. 전화를 건 사람과 굳이 기자회견을 하지 않고서도 말이다.

이메일이나 문자 메시지가 언제 필요하고 언제 필요하지 않은

지는 집단이 알아서 판단해야 한다. 집단이 누군가를 도우려는 과제를 제대로 이행하고 싶다면, 돕고자 하는 사람에게서 단서를 얻고 그 단서를 자신의 직관과 비교하여 판단해야 한다. 이 판단은 쉽지도 않지만 과학처럼 정확하지도 않다. 우리와 이야기를 나눈 집단 구성원 중에서 자신이 돕기로 한 사람을 위해 열심히 애쓰지 않은 이는 하나도 없었다. 그렇다. 인간이기에 완벽하지 못하지만 그들은 진심으로 걱정하고 돕고 싶어 했다. 리키와 에설과 프레드가 루시를 사랑했다는 데 의심의 여지가 있겠는가?

낙인

―――――

사랑하는 이를 잃고 슬픔에 빠져 있을 때는 자신의 감정도 처리해야 하지만 타인들과의 사이에 감도는 무거운 긴장도 잘 처리해야 한다. 사람들은 대부분 슬퍼하는 이가 가까이 있을 때 어떻게 행동해야 하는지 잘 모른다. 무슨 말을 해야 할지, 어떻게 말해야 할지, 말을 하긴 해야 하는 건지조차 잘 모른다. 당신이 있다는 사실만으로도 사람들의 태도가 어색해진다는 것을 알게 될 것이다. C. S. 루이스는 다음과 같이 썼다.

> 아내를 잃고 뜻밖의 곤경에 처하게 됐는데, 만나는 모든
> 이들에게 내가 골칫거리가 된다는 사실이다. 직장에서,
> 클럽에서, 거리에서, 내게 다가오는 사람들이 아내의
> 죽음에 대해 뭐라고 말을 해야 할지 하지 말아야 할지 마음을
> 정하려고 애쓰는 모습을 본다. 나는 사람들이 무슨 말을
> 해도 싫고 아무 말 하지 않아도 싫다.

해야 할까 하지 말아야 할까 망설이는 이 짧은 순간들은 고통스러운 경우부터 그저 조금 어색한 경우까지 그 폭도 다양하다.

어떤 경우에 사람들은 슬픔을 겪는 이를 냉정하게 대한다. 사랑하는 이를 잃은 사람과 마주치지 않으려고 오던 길에서 벗어나기도 한다. 세간의 이목을 끄는 죽음인 경우, 예를 들어 폭행으로 인한 사망이거나 어린아이의 죽음이거나 충격적인 급사일 때는 특히 더 그렇다. 팬암 103기 추락사고로 아들을 잃은 수전 로웬스타인이 말한 것처럼 말이다. "사람들은 당신을 의식적으로 무시해요. 당신이 오는 것을 보면 이야기를 나누어야 하는 상황을 피해 돌아서버리죠. 그냥 너무 거북한가 봐요." 단지 불편한 몇 분을 피하려고 심연과도 같은 고통과 슬픔을 겪는 사람을 외면하다니, 참으로 이해하기 어렵다. 어색해서 그렇기도 하겠지만 상실을 겪은 사람을 피하는 데는 더 깊은 이유가 있다.

조앤 디디온은 『상실』을 희곡으로 각색하면서 그 이유를 간단히 언급한다. 이 희곡은 브로드웨이 무대에 오른 일인극인데, 버네사 레드그레이브가 감동적인 연기를 선보였다. 극의 어느 시점에서 레드그레이브는 관객을 뚫어지게 바라보며 이렇게 말한다.

당신들은 내가 미쳤다고 생각해.
당신들은 내가 미쳤다고 생각해, 미친 게 아니라면
위험하니까.
방사능처럼.

48

내가 제정신이라면, 내게 일어난 일이 당신들한테도
일어날 수 있겠지.
당신들은 듣고 싶지 않은 거야. 내가 당신들한테 들려줘야
할 말을.

레드그레이브가 쓴 방사능이란 단어는 거리 두기와 기피하기
를 이해하는 단서다. 사람들은 슬픔을 위험하고 독성이 있어서 가
까이하고 싶지 않은 어떤 것으로 본다. 연극 〈래빗 홀〉에는 "사고
는 전염되지 않아요"라는 대사가 나오는데, 차에 치여 세상을 떠
난 어린아이의 죽음을 두고 하는 말이다. 하지만 슬픈 사람을 피
하는 이들의 마음을 이해한다고 해서 슈퍼마켓에서 당신을 피하
려고 열심히 물건을 고르는 척하는 지인에게 상처를 덜 받는 것은
아니다.

수전 손택은 『은유로서의 질병Illness as Metaphor』에서 은유적 사고
라는 것을 깊이 파고든다. 은유적 사고란 사람들이 병에 상상의
배경과 가치판단을 부여해서 병을 단순히 생물학적인 것이라기
보다 미신적인 것으로 여기는 태도를 이른다. 이런 사고의 결과
병은 그저 손상을 입은 육체 세포가 아니라 그 이상의 존재가 된
다. 말하자면 병은 악이고 불운이고 벌이며, 신의 심판이자 부정
적인 사고에 대한 업보인 것이다. 자신 역시 수년 동안 암과 싸운
손택은 이런 사고가 환자에게 정신적으로 위험할 수 있다고 느꼈
다. 환자는 잡동사니 같은 온갖 은유적 사고를 내면화해서 치료를

진지하게 받아들이려 하지 않을지 모르기 때문이다.

비슷한 은유적 사고가 죽음과 슬픔을 둘러싸고도 나타난다. 비극적 상실을 경험한 사람은 신의 주목을 받고, 운명의 여신의 사정거리 안에 들며 암운이 그의 머리 위를 감돈다는 생각이 우리 잠재의식에 자리 잡고 있는지도 모른다. 우리는 신들에게 주목받는 걸 원치 않고, 운명의 여신이 겨냥하는 과녁이 되고 싶지 않으며, 머리 위를 감도는 암운이 변해 내리는 비를 맞고 싶지 않은 것이다. 그런데 슬픔에 젖은 사람에게 너무 가까이 다가가면 이 모든 일이 반드시 일어나리라고 느끼는 이들이 있다. 물론, 아무도 이 사실을 인정하지는 않는다. 너무나 어리석고, 너무나 허무맹랑하고, 너무나 유치하니까. 자기 자신에게조차 이런 비합리적인 생각을 한다는 사실을 인정할 수가 없다. 하지만 우리는 그렇게 한다. 흔히 사람들이 당신을 피하는 것처럼 보이지만 알고 보면 그저 어색해서 다가서지 못하는 경우가 많다. 특히 무슨 말을 해야할지 몰라 망설인다.

우리는 토론보다는 행동을 높이 산다. 어려운 일이 닥치고 사람들에게 도움이 필요하면 소매를 걷어붙이고 행동을 개시한다. 마라톤에 참가하고 집들을 새로 짓고 기금 모금 행사를 조직한다. 또 모래주머니를 쌓고 구호물자를 모으고 차를 닦는다. 하지만 마음이 아픈 누군가와 슬픔에 대해 차분히 이야기를 나누는 것처럼 덜 활동적인 일은 어려워한다.

그런데 때때로 사람들은 아무리 어렵더라도 거북함이라는 다리를 건너 슬픔에 빠진 타인에게 다가가는 용기를 자신의 내면에서 찾아내고야 만다.

세계무역센터가 공격받은 후 주방위군 지휘본부는 희생자들의 소식을 들을 수 있는 임시 정보센터가 되었다. 많은 사람에게 그곳은 사랑하는 이가 비명횡사했다는 확인을 받는 곳이었다. 한마디로 비통한 슬픔의 현장이었다. 그 가을, 정규 시즌 중이던 뉴욕 양키스 선수들은 뉴욕주를 위해 작은 무엇이라도 하고 싶었다. 몇몇 선수가 주방위군 지휘본부를 찾아가 희생자 가족과 함께하겠다는 결심을 했다.

하지만 선수들은 긴장했다. 어느 스포츠 담당 기자가 설명한 대로 그들은 "자신들이 마주하게 될 사람들 대부분이 사랑하는 이를 잃었거나, 사고가 난 지 닷새나 지났는데도 사랑하는 이가 참사 현장에서 살아 돌아오리라는 기대를 버리지 못하고 있다"는 사실을 알고 있었다.

양키스 감독 조 토레는 주방위군 지휘본부에 도착했을 때를 다음과 같이 묘사했다. "난 아주 거북했어요. 우리가 그 자리에 있어도 되는지 알아보러 안으로 들어가서 상황을 살펴봐야 할 것만 같았죠." 3루수 스콧 브로시어스는 "그 자리에 전혀 어울리지 않는" 것처럼 느껴져서 안으로 걸어들어 가는 동안 "내가 여기서 뭘 하는 거지? 이 사람들에게 내가 뭘 해줘야 하지?" 하는 생각을 계속했다고 했다. 현장은 긴장감이 돌고 위태위태했다.

토레가 회상에 잠겼다. "그때 한 가족이 우리를 쳐다봤는데,

좀 더 가까이 와 달라는 눈빛이더군요. 제일 먼저 다가간 건 올스타 외야수 버니 윌리엄스였죠. 버니가 누군가에게 다가가 더듬거리던 게 기억나는군요." 윌리엄스가 어렵게 꺼낸 말은 "무슨 말씀을 드려야 할지 모르겠지만 제가 안아드려야 할 것 같군요"였다.

이를 지켜본 선수들은 하나같이 그 순간이 가장 감동적이었다고 입을 모았다. 버니 윌리엄스가 포옹을 해서 그런 건 아니다. 그곳에 있던 수많은 사람이 모두 서로서로 포옹을 했으니 말이다. 정말 감동적이었던 것은 "무슨 말씀을 드려야 할지 모르겠지만……"이라는 윌리엄스의 무뚝뚝한 시인이었다. 힘세고 능력 있는 운동선수가 슬픔을 겪고 있는 누군가에게 다가가는 것이 얼마나 어려운지를 그처럼 솔직하게 표현하자 상황이 확 바뀌었다. 토레는 그 덕분에 "서먹서먹하던 분위기가 깨지고 그들에게 이런 말이 필요하다는 사실을 알게 됐죠. 그 순간 난 우리에게도 할 일이 있다는 걸 깨달았죠"라고 전했다.

사랑하는 사람을 잃고서 사람들이 당신과 말하는 것을 불편해한다는 사실을 알아챘다면 그들이 심호흡을 한 번 하고 뛰어들어주기를 바랄 것이다. 그리고 아무리 어색하다 하더라도 그 용기 있는 시도를 고마워할 것이다. 유창하지만 달콤하기만 한 말은 어눌하지만 진심이 담긴 말을 이기지 못하는 법이다. C. S. 루이스는 자신이 가르치던 옥스퍼드 대학교의 학생들이 다가와 주었을 때 가장 감복했다고 했다.

반듯하게 자란, 소년에 가까운 그 젊은이들이 내가 마치 치과의사라도 되는 듯 쭈뼛쭈뼛 다가와 새빨개진 얼굴로 얼른 인사를 건네고는, 품위를 잃지 않을 정도의 속도로 빠르게 술집으로 멀어져 갈 때가 나는 가장 좋다.

슬퍼하는 사람의 징후가 상처를 입어 그늘지고 비통해하는 데다 진정제를 달고 사는 것이라면, 자신도 모르는 사이에 그 오명을 얻지 않으려고 분투하는 상황에 몰리게 된다. 일련의 상투적인 특징으로 평가절하되는 것을 좋아하는 사람은 아무도 없다. 그래서 당신은 유쾌한 씩씩함이라는 가면을 써서 그런 사람이 아님을 세상에 보여주려고 필요 이상으로 애를 쓸지도 모른다.

그러나 슬픔에 젖어 있는 사람이라면 이런 행동의 단점도 발견하게 될 것이다. 사람들에게 유쾌하고 씩씩한 태도를 보이고 헤어진 뒤 경험하는, 그 끔찍하게 가라앉는 순간이 바로 그렇다. 혼자 승용차에 올라서나 사람들을 배웅하고 돌아와 문을 닫고 나면 당신은 타인을 편안하게 해주려고 썼던 가면을 홀홀 벗어던지고는 돌처럼 가라앉는다. 방금 부린 허세 때문에 그 어느 때보다 더 비탄에 젖을 뿐 아니라, 그만큼 더 세상으로부터 유리된다.

슬픔에 잠겨 있다면 당신이 처한 상황의 참모습을 다른 사람들에게 감추려 애쓰지 마라. 다른 사람들이 겪을 괴로움 때문에 괴로워하지 마라. 사람들이 몇 분간 어색해하며 더듬거리면 좀 어떤가? 당신이 지고 다녀야 하는 슬픔보다 더 무거운 게 어디 있단 말인가? 버니 윌리엄스처럼 더듬거리는 말로라도 좋으니 당신이 먼저 마음의 문을 열어 보이라. 자, 이렇게. "알아요, 당신이 무슨 말을 해야 할지 모른다는 걸. 그러니 그냥 날 안아줘요. 아니면 앉아서 커피를 한잔 하거나 함께 걸어요." 어색함을 이렇게 솔직하게 인정하고 나면 상황이 한결 나아진다는 사실을 깨달을 것이다.

물론 사람 마음을 영 못 읽는 둔감한 사람도 있다. 그런데 의외의 인물이 우리의 기대를 저버리기도 한다. 고명한 정신과 의사와 독실한 기독교 신자, 어깨동무를 하고 술집을 순례하는 술친구가 정작 당신의 마음을 읽지 못할 수도 있다. 반면 진가를 인정받지 못한 마음 읽기의 고수들도 있다. 정신과 병원의 접수계 직원일 수도 있고 예전에는 잘 몰랐던 이웃 사람일 수도 있다. 나이 든 사람일 수도 있고 젊은 사람일 수도 있다. 그들이 베푸는 본능적인 선의는 슬픔에 젖은 사람을 감싸서, 낙인찍으려 하는 이들에게서 받은 상처를 어루만져준다.

물론 이길 수 없으면 어울려라는 식으로, 사별로 슬퍼하는 사람을 낙인찍으려는 사람들에게 좀 더 유연하게 대처하는 이도 있다. 우리는 혼잡한 슈퍼마켓에서 한 숙녀가 계산대 앞에 줄을 서 있는 남자에게 이렇게 말하는 것을 우연히 들었다. "실례합니다만 선생님, 제 남편이 몇 주 전 저세상으로 갔답니다. 선생님 앞에 끼어서도 될까요?" 당연히 남자는 그 숙녀의 청을 들어주었다. 미망인의 부탁을 어떻게 거절할 수 있단 말인가? 잘한 일이다.

물건

한 사람의 삶을 가장 구체적이고 가장 분명하게, 가장 감동적으로 설명해주는 것은 소지품이다. 물건은 우리가 어떤 사람인지 알려주는 우리의 중요한 일부다. 나는 물건을 갖고 있다. 고로 나는 존재한다. 희극배우 조지 칼린은 물건이 우리 삶에서 터무니없이 중요한 취급을 받는 것을 다룬 유명한 농담을 무대에서 선보였다.

집이 뭐지? 덮개로 덮어놓은 물건 더미지, 뭐. 집은
물건을 보관해두는 곳이야. 밖에 나가 더 많은 물건을
구해 오는 동안 말이지! 봤나, 다른 친구들 물건이 똥
덩어리란 걸? 하지만 자네 똥은 물건이지, 암!

사람은 죽으면서 많은 물건을 남긴다. 그런데 우리가 물건을 떠나간 사람으로 여기기 때문에 고인의 소지품은 갑자기 그 어느 때보다 중요해진다. 그래서 사람이 떠나고 없는데도 물건을 버리

지 못한다. 시몬 드 보부아르는 『편안한 죽음*Une Mort Tre's Douce*』에서
어머니의 마지막 나날을 회고하며 다음과 같이 썼다.

> 물건의 힘은 모든 사람이 알고 있다. 그 속에 생生이
> 응결되어 있기 때문이다. 생의 그 어느 순간보다 바로
> 이 순간 더욱 분명하게. 탁자 위에 놓인 물건들은
> 버림받고 무용한 존재가 되어 쓰레기가 되거나 새 주인이
> 나타나기를 기다린다.

보부아르는 여동생이 얼마 전 고인이 된 어머니의 물건 하나
에 아주 강렬하게 반응하는 것을 보고 나서 이 같은 통찰에 이른
다. 그 물건은 단순한 검은 장식용 리본에 불과했지만 보부아르의
여동생은 그 리본을 보고 감정이 복받쳐오른 것이다.

사람들은 우리에게 사랑하는 사람이 세상을 떠난 뒤 그가 매
일 사용한 대수롭지 않은 물건이 어떻게 강렬한 감정을 일으키는
지 말해주었다. 무슨 까닭에서인지 사람들이 특별히 강한 반응을
보이는 대상은 신발이었다. 조앤 디디온은 『상실』에서 남편의 구
두를 남에게 주는 문제를 두고 씨름한 이야기를 몇 쪽에 걸쳐 썼
다. 책이 출간된 뒤 어느 기자가 디디온에게 그 구두는 결국 어떻
게 되었는지 물었다. 디디온은 그때까지도 남편의 구두를 남에게
주지 못하고 있었다.

남편이 죽은 지 5년이 흐른 뒤에 한 인터뷰였는데도 디디온은

남편의 구두를 계속 간직하고 있었다. 우리는 인터뷰를 하며 다른 이들도 똑같은 행동을 한다는 사실을 알았다. 한 사람 한 사람 모두 신발에 얽힌 이야기가 있었다. 아마도 신발이 빨거나 드라이클리닝을 하지 않는 유일한 물건이기 때문일 것이다. 신발을 신으면 발이 온전히 그 속으로 들어가기 때문에 신발에는 그 주인의 본질이 축적되어 남아 있다. 시인 도널드 홀은 아내의 죽음을 되돌아보며 쓴 글에서 이렇게 회상한다.

> 아들은 개가 엄마 냄새가 그대로 나는 슬리퍼를 물어다
> 주자 흐느껴 울었다.

익히 알고 있듯, 후각은 기억과 의미심장하게 연결되어 있어서 강렬한 감정을 일으킬 수 있다. 사랑하는 사람의 향기가 밴 옷은 다른 무엇보다 세차게 우리의 마음을 흔든다. 블라디미르 나보코프가 말한 것처럼 "과거와 연관이 있는 냄새만큼 완벽하게 과거를 되살아나게 하는 것은 없다."

영화 〈브로크백 마운틴〉에서 동성 연인 중 에니스(히스 레저 분)는 애인인 잭(제이크 질렌할 분)의 집을 찾아간다. 그곳에서 잭이 얼마 전 갑작스럽게 죽었다는 이야기를 듣는다. 두 사람은 아무런 작별 인사도 나눌 기회가 없었다. 잭의 방으로 걸어 들어간 에니스가 맨 처음 보는 것은 세상을 떠난 애인의 데님 재킷이다. 에니스는 재킷을 어루만지다 얼굴에 갖다 대고는 냄새를 깊숙

이 들이마신다. 이 순간 음향이 잦아들어 관객은 히스 레저의 숨소리를 듣게 된다. 리안 감독은 누군가 세상을 떠나면 그가 남긴 물건의 냄새를 맡는 것이 중요한 의미를 지닌다는 사실을 분명하게 보여준다. 이 영화를 두 번째 볼 때는 에니스가 재킷을 내려놓기 전 잠깐, 잭의 부츠를 쓰다듬는 것도 눈에 들어왔다.

약물 과다 복용으로 십대 아들을 잃은 한 어머니는 또 다른 이야기를 들려주었다. 아들은 하루 반 동안 행방불명 상태였다. 친구와 가족들이 미친 듯이 아들을 찾아 헤매는 동안 어머니는 정신을 놓아버리지 않기 위해 부지런히 몸을 놀려야 했다. 그래서 아들이 몸에 걸치던 모든 것을 빨았다. "그게 엄마들이 하는 일 아닌가요? 우리 엄마들은 아이들 옷을 빨지요"라고 했던 그녀는 다음 날 아들이 죽은 채 발견되었을 때, 빨아버린 옷에서 아들의 체취를 전혀 맡을 수 없는 게 절망스러웠다.

냄새는 중요하다. 소박하고 평범한 온갖 물건이 다 중요하다.

안경 역시 사람의 마음을 흔든다. 일부 사람들이 그러듯 고인이 집 안 곳곳에 독서용 안경을 놓아두었다면 그렇게 큰 문제가 되진 않을 것이다. 하지만 안경 없는 얼굴은 상상할 수 없을 만큼 사랑하는 이의 얼굴에서 차지한 비중이 컸다면, 안경은 몹시 괴로우면서도 감미로운 감정을 불러일으킨다.

남겨진 이를 기습적으로 슬픔에 빠뜨리는 잡다하고 자질구레한 물건들이 있다. 〈인 더 베드룸〉은 스물두 살 된 아들이 살해당한 뒤 부부가 슬픔과 씨름하는 과정을 담은 영화다. 아들의 장례를 치른 뒤 처음으로 아들의 방을 둘러보러 들어간 아버지(톰 윌킨슨 분)는 죽은 아들의 물건에 둘러싸인다. 이는 자식을 잃은 무수히 많은 부모가 견뎌내는 장면이다.

아버지는 아들의 물건이 담긴 작은 상자를 발견하고는 안에 든 것들을 살펴본다. 그러다 갑자기 무언가를 발견하고는 얼어붙는다. 그것은 해변에 가면 흔히 볼 수 있는, 파도에 닳아 반들반들해진 파란 유리 조각이다. 유리 조각을 집어 든 아버지에게서 천둥소리 같은 흐느낌이 터져나오고 하염없이 눈물이 흘러내린다. 이 장면에는 대사가 전혀 없다. 화면을 가득 채우는 것은 오로지 감정이다. 유리 조각에는 무슨 이야기가 얽혀 있을까? 아들이 어렸을 때 해변에서 휴가를 즐기다가 둘이서 함께 발견한 것일까? 누가 알겠는가? 영화는 아무 말이 없다. 그래서 우리는 결코 알아내지 못한다. 굳이 알아낼 필요도 없다. 유리에 얽힌 사연을 몰라도, 관객은 영화가 하려는 말을 이해할 테니 말이다.

개인의 소지품은 주인이 세상을 떠나고 나면 중요하다 못해 신성해지기까지 한다. 어쩌다 화장대 옆에서 무릎을 꿇고 양말 냄새를 맡더라도 당신은 미친 게 아니다. 반대로 아무 냄새도 맡고 싶지 않아도 미친 게 아니다. 절대로. 물건에 대한 반응은 사람마다 다르다. 그렇지만 여러모로 볼 때, 사랑하는 사람이 남긴 소지품을 어떻게 처리할지 결정하는 것은 난감한 일이 아닐 수 없다.

배우자는 분명 침실 벽장에 들어 있는 물건을 마음대로 처분할 권리가 있다. 하지만 명심해야 할 게 있다. 엄마가 땅에 묻힌 다음 날 집에 돌아와, 한 무리의 인부들이 엄마 옷들을 골라 포장해서 싣고 가는 것을 보는 아들의 심정은 갈기갈기 찢어진다. 작가 필립 로스는 어머니의 장례식을 치른 뒤 집에 도착했을 때 바로 이런 경험을 했다. 조문객이 줄을 지어 식당으로 들어가고 있을 때, 이모 밀리가 도와달라고 소리를 지르면서 침실에서 뛰어나왔다. "들어가서 어떻게 좀 해보렴." 그러고는 소리 죽여 말했다. "네 아버지가 전부 내다 버리는구나."

세상을 떠난 사랑하는 사람의 소지품 얘기를 하고 있는데 "줘버려요", "내다 버려요", "팔아버려요", "가난한 사람들한테 줘요", "원하는 사람더러 가지라고 해요" 같은 말을 들으면 마치 그 물건들을 사방에 뿌리는 것처럼 느껴질 것이다. 하지만 한 인생을 구성했던 물건일지라도, 언젠가는 버려지게 되는 법이다.

그럼에도 사랑하던 사람의 물건을 없애는 게 불가능하거나 그럴 뜻이 전혀 없는 사람들이 있다. 이들은 물건이 사랑하는 사람의 것이기 때문에 중요하다는 생각 대신 그 물건이 필요한 이유를 찾는다. 고인의 소지품은 살아 있는 사람의 응어리진 감정과 쉽게 뒤섞이기 마련이다.

그렇지만 대부분의 사람은 아주 엄숙한 태도로 고인의 물건을 다루려고 애쓰며, 최선을 다해 그 어려운 일을 해낸다. 수전과 피터 로웬스타인 부부는 아들을 앗아간 비행기 추락사고의 잔해 속에 있던 승객들의 물품을 소중하게 다뤄준 스코틀랜드 로커비 시민들에게 두고두고 품게 될 감사의 마음을 길게 이야기했다.

팬암 103기는 스코틀랜드 3만 1,000피트 상공에서 폭발했는데, 폭파된 비행기 파편들이 수십 킬로미터가 넘는 벌판 위에 흩어졌다. 경찰과 사고 수습 전담 승무원들은 찾아낸 것을 모두 창고에 보관했다. 추락사고가 발생한 상황에서 당국은 잠재적인 화학·생물학적 위험이 심해, 모든 것을 폐기하는 것 외에는 달리 방법이 없다고 판단했다. 당연히 희생자 가족들이 격렬히 항의했고, 로커비 시민들이 희생자 가족들을 돕기 위해 나섰다.

작은 마을에서 달려온 여성들이 개인 물품 처리를 맡겠다고 자원했다. 이들은 물건들을 깨끗하게 닦아서 목록을 만든 뒤, 당국의 협조를 받아 희생자 가족과 함께 최선을 다해 물품의 주인을 확인하는 작업을 했다. 마을이라는 작은 공동체의 구성원들이었던 그들은 온정을 품고 이 숭고한 일을 해냈다. 그들은 물건을 소중하게 하나하나 박엽지에 싸서 묶은 다음, 정성스럽게 분류표를 달아 가족들에게 보내면서 짧은 편지도 함께 써서 넣었다. 얼마나 심금을 울리는 인간애인가.

만약 고인의 물건을 처리하는 일을 당신이나 가까운 누군가가 맡게 된다면, 누구나 빠지게 되는 보편적인 감정이 있음을 알아야 한다.

예를 들면 외부 사람은 대체로 당신의 바람과는 달리 사랑하는 이의 소지품에 품고 있는 당신의 감정을 공감하지 못한다. 전문가를 부를 때는 거래의 기본 원칙을 알고 있어야 한다. 중고 물품 취급업자가 당신 어머니 거실에 서서 "모두 해서 700달러 쳐

드리지요" 하는 것을 견디기란 쉽지 않다. 어머니가 신혼 때 입은 드레스를 10달러에 사겠다고 나오면 목이라도 조르고 싶을 것이다. 하지만 뭘 기대하는가? 그가 "신혼 때 입으셨다고요? 오, 그렇다면 1,000달러 드리겠습니다!" 하면 흡족하겠는가? 아니면 생각해둔 가격이라도 있는가?

당신은 이런 것들이 가치 판단이 아니라 거래의 생리임을 깨달아야 한다. 우리가 언급한 소중한 물건들(영화 〈인 더 베드룸〉의 파란 유리조각, 〈브로크백 마운틴〉의 데님 재킷, 보부아르 어머니의 장식 리본, 안경, 슬리퍼 한 켤레)을 전당포에서 제값 받고 사주기를 누가 바란단 말인가? 그러니 바깥세상이 그런 물건을 당신만큼 가치 있게 여기리라는 기대는 버리는 게 좋다.

한 사람의 온 생애가 그렇게 쉽게 마분지 상자나 큰 가방에 담긴다는 것에 충격을 받는 이들이 있을지도 모른다. 당신이 사랑하는 누군가가 트렁크 하나로, 혹은 트럭 한 대 분량의 잡동사니로 쪼그라들 수 있다는 사실은 받아들이기 힘들 것이다. 당신은 자문할지 모른다. "이게 다라고? 그 사람의 전부가 고작 이거라고?"

여기에는 아무런 치료약도 없다. 그리고 이 특별한 감정의 무게를 덜어줄 방법도 없다. "혼자가 아니라는 사실을 알기 위해 책을 읽는다"는 것처럼 오로지 모든 사람이 그런 일을 겪는다는, 아무리 위대한 생일지라도 마지막에 가서는 몇 가지 물품으로만 남을지 모른다는 인식만이 있을 뿐이다.

1980년 12월 존 레논이 살해당한 뒤, 아내 오노 요코는 다음과 같은 심정을 토로했다.

> 1981년 초, 코로너 사무실에서 존의 소지품을 평범한
> 갈색 종이봉투에 담아 내게 돌려줬어요. 존은 세상의
> 왕이었죠. ……원하는 것은 뭐든지 가졌던 존이……
> 결국에는 갈색 종이봉투에 담겨 내게 돌아왔어요. 나는
> 세상이 그 사실을 알았으면 좋겠어요. 또 얼마나 많은
> 이들이 비슷한 비극을 겪었는지도 보여주고 싶어요.

존 레논이 세상에 자신의 음악을 남겼는지 몰라도, 결국 인간 존은 남편을 잃은 아내에게 낡은 펜과 면도기와 라이터를, 사실상 집 안팎에 널려 있는 모든 것을, 종이봉투에 담긴 피 묻은 옷가지를 남겼다. 이런 일은 누구라도 겪을 수 있다.

누군가의 물건을 남에게 줄 때 중요한 것은 물건 자체가 아니라 주는 행위다. 삶이 결국에는 커다란 전체로 수렴되는 작은 조각들로 이루어진다면, 소지품은 최종 합계의 커다란 부분을 차지할 것이다. 사람들은 장차 자신의 것이라고 부르게 될 것은 까다롭게 고른다. 누군가는 늘 같은 머그컵에 커피를 타고 또 누군가는 아끼는 야구모자나 독특한 열쇠고리가 있다. 이런 것들은 언제까지나 마음에 남아 그 주인을 떠올리게 하는데, 그가 세상을 떠난 뒤에는 더욱 그렇다. 그런 고인의 물건이 쓰레기봉투와 상자에 담겨 집을 떠나기 시작하면 그 물건들은 처음으로, 전혀 다른 의미

로 퇴색된다.

　사랑하는 사람의 물건은 되는대로 손에 잡히는 아무리 하찮은 것이라도 버리기 쉽지 않다. 오래되어 말라버린 면도크림 깡통을 내던지려다가도 "이건 그이 거였어" 하는 생각이 들면, 갑자기 깡통을 든 채 "잘 가라, 면도크림아" 하고는 혼자만의 장례라도 치르듯 슬퍼하게 된다. 하찮은 물건을 버리는 행위가 떠난 사람을 다시 놓아버리는 듯이 느껴지는 것이다.

　사랑하는 사람의 소유였던 잡동사니 하나하나를 문 닫은 벼룩시장의 물건처럼 언제까지나 간직할 수는 없지만, 한때 그 사람의 소유였던 물건은 그게 뭐든 놓아버리기 쉽지 않다. 그렇지만 그런 일은 피할 수가 없다.

모루

모루는 대장장이가 쇠를 단련할 때 쓰는 도구다. 요즈음엔 재방송되는 옛 만화에서나 볼 수 있는데, 만화에서는 다음과 같은 동작 개그가 흔히 나온다. 와일 E. 코요테(워너브라더스가 제작한 애니메이션 〈루니툰〉의 캐릭터로, 등장하는 에피소드마다 제 꾀에 제가 넘어가 험한 꼴을 당한다—옮긴이)가 전혀 낌새를 채지 못하는 사이 아주 높은 곳에서 그의 머리 위로 모루가 떨어진다. 그러면 코요테의 머리는 평평해져 우스꽝스러운 사다리꼴이 되는데, 그 사다리꼴 얼굴에서 동그래진 두 눈이 튀어나오는 모습이 "방금 무슨 일 있었어?" 묻기라도 하는 것 같다.

슬픔에 빠진 사람들에게는 항상 그들을 후려치는 모루가 있다. 사랑하는 이를 떠나보낸 지 서너 달이 지나 그럭저럭 지내는 것 같을 때, 예상치 못한 계기로 촉발된 감정에 휘둘려 만신창이가 된다. 우리는 만화영화의 비유적 묘사에도 불구하고가 아니라, 바로 그 비유적 묘사 때문에 슬픔의 이런 측면을 설명하고자 모루라는 말을 썼다.

이런 순간은 스스로 아주 잘 견디고 있다고 자만할 때 느닷없이 찾아와서는 당신을 우스꽝스러운 꼴로 만든다. 이 때문에 이런 순간이 바로 모루가 되는 것이다. 이럴 때 당신은 자신을 바보처럼, 얼간이처럼, 풍자만화 속 인물처럼 느끼게 된다.

무엇 때문에 모루가 떨어질지는 절대 알 수 없다. 어쩌면 사랑하는 이가 세상을 떠난 상황과 아무런 관계가 없을 수도 있다. 작가 콜레트는 이런 상황을 섬세하게 그려냈다.

> 참 궁금하다. 슬픔으로 가장 고통스러울 때 어떻게 눈물을 보이지 않고 꿋꿋할 수 있는지. 그런데 그때 누군가가 창문 뒤에서 다정하게 손짓을 하거나, 어제만 해도 봉오리에 지나지 않던 꽃이 어느새 환하게 피어 있는 것을 보거나, 서랍에서 편지 한 통이 떨어진다. ……그러면 모든 것이 무너져버린다.

비극적인 사건과 관련이 있는 경우에도 무의식과 감각기관이라는 아주 먼 길을 에둘러서야만 모루가 된다. 여기 한 남자의 사례가 있다. 그는 어려서 타이타닉호가 침몰할 때 구명보트에 올라 살아남았다. 나이가 들어서는 시카고에 살았는데, 리글리필드(1914년 개장한 시카고컵스의 홈 구장—옮긴이)가 지척이었다. 그는 홈런이 터질 때마다 관중이 질러대는 고함 소리를 들으면 슬퍼졌다. 멀리서 들려오는 희미한 함성이 죽음을 눈앞에 둔 선객들이 소름 끼치도록 차가운 물속에서 울부짖던 소리와 똑같이 느껴졌기 때문이다. 우리가 아는 한 야구는 타이타닉호와 아무런 관련이 없다. 하지만 모루는 바로 그렇게 작동한다.

한 여성이 병이 위중한 오빠를 돌보고 있었다. 어느 날 오빠 친구가 의사의 지시를 거스르고 바닐라 아이스크림과 환타를 몰래 들여왔다. 아픈 오빠는 자신을 향해 한 걸음 한 걸음 다가오는, 모두가 알고 있는 바로 그것이 닥치기 전에 한 번 더 좋아하는 음식을 맛보게 되자 감격에 젖었다. 오빠가 세상을 뜨고 몇 주가 지나 직장에서 점심을 먹던 그 여성은 마실 것이 필요해 음료수 자판기로 갔다. 그런데 자판기 입구 위에 그게 있었다. 환타 로고가. 쿵!

꽃 한 송이, 홈런 한 방, 탄산음료 한 컵. 이런 것들을 어떻게 미리 피하겠는가? 불가능하다. 바로 이 때문에 모루가 그처럼 절망스러운 것이다.

오락 프로그램 모루도 흔한데 영화와 텔레비전, 라디오가 모루로 넘쳐난다. 영화의 등급을 정할 때는 다음과 같이 사랑하는 사람을 잃은 이들도 고려해야 한다.

등급: 애도자 관람불가
경고: 감정 조절이 어려운 사람에게 적절하지 않은
소재를 포함하고 있음.

다행인 것은 극장이 어둡고 극장 안에서는 사람들이 늘 소음을 내기 때문에 모루의 공격을 받는 장소로 썩 나쁘지 않다는 사실이다. 그렇더라도 영화에 대해 조금이라도 알아보고 보러 가는 게 좋다. 〈말리와 나〉 같은 영화를 개에 관한 재미있는 이야기려니 하고 보러 갔다가, 결국 뒷줄에 앉은 사람들한테 "누가 그 여자분 진정 좀 시켜주세요" 하는 소리를 듣고 싶지 않다면 말이다.

텔레비전도 기습적으로 모루 공격을 가할 가능성이 있다. 슬퍼하는 사람들은 대개 오는구나! 싶으면 재빨리 리모컨을 끌어당겨 채널을 돌릴 준비를 한다. 가슴에 사무치는 소재를 다룬 연속극만 있는 게 아니다. 눈물을 자극하는 광고와 가슴 미어지는 뉴스, 마음을 언짢게 하는 토크쇼 화제들도 피해야 한다. 심지어는 유쾌한 쇼 프로도 문제가 될 수 있다. 텔레비전에 나오는 사람들은 언제나 지독히도 행복해 보이기 때문에 지독히도 행복하지 않은 당신은 마음이 상할지도 모른다.

라디오도 그렇다. 세상에 음악만큼 감정을 자극하는 것도 없다. 아이패드라면 사랑하는 이가 떠난 뒤 특정한 노래들을 복사해서 '어쩌면 언젠가는, 하지만 지금은 말고'라고 표시한 폴더에 넣어둘 수 있다. 하지만 라디오를 듣는 것은 다르다. 대부분의 사람은 운전하는 동안 라디오를 듣는데, 이는 고생을 사서 하는 일이다. 닐 영의 노래를 듣고 흐느끼느라 앞차의 후미를 들이받았다는 말을 타당한 사고 사유로 인정해줄 보험회사는 없을 테니 말이다.

때로 모루는 시간을 거슬러 올라가기도 한다. 당신은 1991년이나 1972년, 1940년에서 떨어지는 모루에 맞을 수도 있다. 사랑하는 이와 관련한 어렴풋하지만 특별한 기억이 당신을 젊은 시절로 데려갈 때 이런 일이 일어난다. 아버지가 돌아가시고 몇 주 뒤 스포츠 용품 가게에서 골프공을 사다가 당신은 별안간 몸무게가 35킬로그램이나 가벼운 컵스카우트 단원으로 돌아가 아버지와 함께 카누를 조종하느라 애쓰고 있을지 모른다. 대학을 졸업한 지 1년 뒤 가장 친한 친구가 세상을 떠난다면, 어느 틈엔가 당신은 중학교 뮤지컬 개막식 밤으로 돌아가 무대 뒤 분장실에서 친구와 서로 분장을 해주고 있을지도 모른다.

이렇게 어린 시절의 기억은 슬픔에 빠져 있는 동안 모루가 되어 다시 찾아온다. 어떤 이들, 특히 부모를 잃은 이들에게 찾아오는 모루는 실제로 아이 같은 감정이자 그 감정과 함께 찾아오는 모든 불안함이다. 랠프 월도 에머슨이 말했듯이 "슬픔은 우리를 모두 다시 어린아이로 만든다."

윌리엄 F. 버클리 2세(1925~2008, 20세기 후반 미국의 지적 보수주의 운동을 주도한 인물 가운데 한 사람―옮긴이)의 아들인 작가 크리스토퍼 버클리는 11개월 사이에 부모를 차례로 잃었다. 그리고 그 과정을 『어머니 아버지를 여의고*Losing Mum and Pup*』라는 회고록에 시간순으로 자세히 기록했다. 버클리는 그 경험을 고아가 되는 이야기라고 하면서 고아라는 말이 나이 쉰다섯에 부모를 잃은 사람을 가리키기에는 터무니없게 들린다는 사실을 인정한다. 그렇지만 버클리는 중년의 나이에도 일찍이 경험해보지 못한 고아 신세라는 감정을 느끼는 사람이 많다는 사실을 알게 되었다.

아버지가 돌아가신 뒤 받은 800통이 넘는 조문 편지에
고아라는 말이 얼마나 많이 나오던지 참 놀랐다. "이제
고아가 되셨군요." "저 역시 고아가 되는 고통을 알고
있지요." "고아가 되셨으니 무척 쓸쓸하시겠어요."
"고아가 되니 마치 지구에서 내동댕이쳐진 기분이
들더군요."

버클리를 덮친 것은 다른 많은 이들의 경우와 마찬가지로, 보
호받지 못하고 방치되어 있다는, 바구니에 담겨 강물에 띄워 보내
지는 것 같은 감정에서 생기는 모루다.

당신을 과거로 데려가는 이런 모루를 한 번도 경험하지 않는다
하더라도, 현재를 예민하게 감지하게 하는 모루가 분명 있을 것
이다. 런던 출신의 시인이자 화가 단테 가브리엘 로세티는 다음과
같이 썼다.

사랑하는 이를 잃고 만나는 아름다움은 심장을 꿰뚫는
검과 같다.

인생을 살아가노라면 사랑하는 사람이 함께하지 않는 아름다
운 순간들이 수없이 많을 것이다. 심지어는 삶의 가장 멋진 순간

들조차 모루의 표적이 될 것이다. 햇살이 아무리 따스하더라도, 식사가 아무리 완벽하더라도, 물이 아무리 기분 좋게 따듯하더라도 항상 마음 한편에는 떠나간 이가 그런 것들을 함께 즐기지 못한다는 생각이 들 것이다. 그것은 심장을 꿰뚫는 검처럼 느껴질지도 모른다.

끔찍한 일을 당하고 나면 처음에는 슬픔에 짓눌릴 수 있다. 하지만 슬픔은 이미 일어난 나쁜 일 때문에만 느끼는 감정은 아니다. 슬픔은 일어나지 않을 모든 좋은 일 때문에 느끼는 감정이기도 하다. 당신은 고인이 된 사랑하던 이와 함께하지 못하는 모든 행사를 깨닫기 시작할 것이다. 아이의 탄생이나 졸업이나 결혼식이 모두 그런 경우다. 사람들이 가장 많이 이야기한 것은 결혼식이었다. 딸을 둔 남자가 세상을 떠나면 다들 결혼식 때 누가 그 딸을 주례 앞으로 데려갈지 궁금해하는 것이다.

떨어지리라 미리 예상되는 모루가 있긴 하지만, 그렇다고 그 무게가 가벼워지는 것은 아니어서 맞았을 때 입는 충격은 똑같이 크다. 일례로, 연말연시가 되면 당신은 모루가 들이닥치리라는 것을 알고 있다. 그렇지만 그런 모루도 가차 없기는 마찬가지다. 휴일도 더 이상 근심 없이 즐길 수 있는 시간이 아니다. 적어도 처음 몇 년 동안 휴일은 견뎌내야 할 무엇이 된다. 어딜 가든 크리스마스 장식이 눈에 띄는 12월은 모루가 눈처럼 내리는 달처럼 느껴질지도 모른다. 따뜻한 벽난롯불과 서리 내린 밤, 옛날 옛적 이야기와 생강 빵 이야기가 가사로 등장하는 씁쓸하면서도 달콤한 멜로디의 캐럴이 듣지 않으려 해도 들려온다. 사람들이 에그노그(맥주, 포도주 등에 달걀과 우유를 섞은 술—옮긴이)를 마시고 만취하는 것도 다 이유가 있다.

가족 행사에 몇 가지 사소한 변화를 주면 연말연시에 연관된 모루를 피하는 데 도움이 된다. 늘 큰 식탁에 둘러앉아서 격식을 차려 크리스마스 만찬을 즐기는 가족이 있었다. 형제자매가 네댓 되었는데 모두 30~40대였다. 배우자와 자녀에 손자 손녀까지 한자리에 모이면, 끝내는 커다란 접이식 테이블 두 개에 놀이용 테이블까지 덧붙여야 했다. 해마다 식사는 가장이 식전 기도를 올리는 것으로 시작되었다.

사랑하는 형제 한 사람이 세상을 떠난 해에 가장은 만찬을 뷔페 식으로 바꾸어야겠다고 생각했다. 무릎 위에 접시를 올려놓고 커다란 텔레비전 룸에서 야구 경기를 보며 하는 식사 말이다. 모두들 모여 부엌에 놓인 아일랜드 식탁에서 음식을 담을 때, 가족들은 그곳에 없는 사람을 의식했다. 하지만 없는 사람을 그리워하는 대형으로 식탁에 앉았을 경우보다는 각자의 속마음이 확연히 드러나지도, 어색하지도 않았다. 어쩌면 식탁 중앙에 모루를 장식으로 놓았으면 좋았을지도 모른다.

만약 크리스마스에 항상 외식을 했다면 집 안에 있어라. 늘 같은 식당에 갔다면 색다른 식당으로 가라. 할머니가 "크리스마스 만찬을 베니하나(일본식 철판요리 전문점—옮긴이)에서 하자고? 내 눈에 흙이 들어가기 전에는 안 된다"라고 반대할지도 모르겠다. 그러면 할머니께 손자 손녀들이 베니하나를 좋아한다고 말씀드려라.

사랑하는 이가 세상을 떠난 후 처음 맞는 연말연시가 힘들고, 그래서 1월이 오면 안도의 한숨을 쉬게 된다는 것은 모두 안다. 하지만 두 번째 해가 훨씬 더 힘들 수도 있다. 첫 해에는 조심스럽게 굴던 까다로운 친척들이 두 번째 해에는 다시 본색을 드러낼 것이며, 당신 역시 2년 차는 좀 편안할 줄 알고 지나치게 방심할지도 모른다. 대학에 다녀본 이라면 누구나 알겠지만 2학년생들은 자신이 뭐든 다 알고 있다고 생각한다. 두 번째 해를 경계하라.

밤에 찾아오는 모루도 있다. 주위는 고요하고 당신은 혼자 있으며 마음은 이 생각 저 생각에 젖어든다. 그런 당신은 모루의 손쉬운 목표다. 깨었다가 다시 잠들지 못하는 밤이면 특히나 더하다. (모루 아래서 잠드는 것은 쉽지 않다.) 흥미롭게도 다섯 사람이 같은 시각을 최악으로 꼽았다. 바로 새벽 4시 30분이다.

일리가 있다. 4시 30분 무렵이면 다시 꾸벅꾸벅 졸지 않을 만큼은 잤을 때다. 하지만 주위는 어둡고, 일어나기에는 너무 이르다. 신문은 아직 배달되지 않았고, 아침 토크쇼는 방송 전이며, 친구들은 모두 잠들어 있어 전화통화도 할 수 없다. (그대로 누워서 다른 시간대에 살고 있는 지인들을 하나하나 떠올려보는 이도 있다.) 자명종의 숫자가 바뀌기를 기다리는 것 외에는 달리 할 일이 없다. 똑, 그리고 영원 같은 시간이 흐른 뒤, 딱.

끝으로, 영혼을 가장 많이 변화시키는 모루는 슬픔에 젖은 다른 사람들과 관련이 있다. 수전 손택은『은유로서의 질병』에 이렇게 썼다.

> 태어나는 모든 이들은 이중의 시민권을 갖는다. 건강한
> 이들의 왕국에서 하나, 병든 이들의 왕국에서 하나.

손택은 "우리는 모두 적어도 얼마 동안은, 결국 저 다른 곳의 시민으로 우리 자신의 정체성을 확인한다"라고 말한다. 슬픔에도 비슷한 시민권이 있다. 지금 다른 곳에서 자신을 발견하는 사람들(지금 모루가 떨어지는 나라에 사는 사람들)은 동료 시민들을 알아보는 눈이 있다. 조앤 디디온은 다음과 같이 말한다.

> 근래에 사랑하는 누군가를 잃은 사람에게는 자신의
> 얼굴에서 그 표정을 본 사람만이 알아볼 수 있는 어떤
> 표정이 있다. 나는 내 얼굴에서 본 그 표정을 이젠 다른
> 이들의 얼굴에서도 본다.

수전 손택은 그 표정이 동공이 확대된 채 안과를 떠나는 사람이나 동공을 잃고 안경을 끼고 다녀야 하는 사람의 표정과 유사하다고 묘사한다. 역시 그 표정을 알고 있던 C. S. 루이스는 그것을 한 단어로 표현했다. 멍하다. 수전 로웬스타인은 슬픔에 빠져 있는 사람들의 몸가짐에서 그 표정을 알아본다고 한다. 실제로 수전은 팬암 103기에서 자식을 잃은 다른 어머니의 자세와 행동을 눈여겨

보면서 〈어두운 비가〉를 조각하기 시작했다. 수전은 그 어머니에게 작품의 모델이 되어줄 수 있는지 물었다.

이 표정은 아무나 알아볼 수 있는 게 아니다. 조앤 디디온이 말하는 사람들은 미스터 마구(동명의 슬랩스틱 코미디 영화의 주인공 — 옮긴이)처럼 과장된 행동을 하지 않으며, 수전이 주목한 사람들은 좀비처럼 움직이지 않는다. 그것은 직접 경험하고 난 뒤에만 예민하게 감지할 수 있는, 좀 더 미묘한 표정이다. 비탄에 잠긴 사람은 비탄에 잠긴 다른 이들을 아주 예민하게 알아본다. 그러고 싶지 않을 때조차도. 에밀리 디킨슨은 다음과 같이 썼다.

나 마주치는 모든 슬픔
분석의 눈으로 저울질하네.
그 슬픔들도 내 슬픔처럼 무거우려나.
아니면 더 가벼우려나.

슬픔에 빠진 다른 사람을 보면 예기치 않게 이미 겪은 일들이 모두 떠오를 수도 있는데, 이런 상황은 대처하기가 쉽지 않다. 슬퍼하는 사람은 그렇지 않은 사람에게는 결여되어 있을지 모르는 공감 능력을 얻는다. 공감은 고통스러울 수도 있지만, 이 시대가 약화시키는 한 가지 본능을 회복시킨다.

우리는 자극은 과도하고 윤리는 힘을 잃은 문화 속에서 산다. 매디슨 애비뉴(일류 광고회사가 모여 있는 뉴욕 맨해튼의 광고 거리로, 광고의 대명사로 통용된다—옮긴이)는 이기적인 사람이 공감 능력이 있는 사람보다 물건을 훨씬 더 잘 산다고 보았다. 줄줄이 이어지는 광고가 나르시시즘을 미덕으로 삼는 것도 당연한 일이다. 또한 우리가 과학기술에 의지해서 순전히 개인적인 공간에서, 순전히 개인주의적으로 보내는 시간을 늘려가는 기세를 함께 생각해보라. 개인용 컴퓨터와 아이팟, 텔레비전과 취향에 맞게 직접 만든 웹사이트. 조지 해리슨이 노래한 것처럼 "하루 종일, 나는 나"다. 슬픔은 좋든 싫든, 세상을 향해 마음의 문을 열게 한다. 그런데 어떤 사람에게는 이것이 크나큰 변화의 시작이 되기도 한다.

한 여성이 부하 직원들을 괴롭히길 즐기는 초특급 괴물 같은 상사 밑에서 일했는데, 상사의 마음에 들게 할 수 있는 일이 하나도 없었다. 그런데 그 여성의 어머니가 아흔둘이라는 고령으로 운명했을 때, 그 소식을 우연히 들은 상사가 갑자기 다정다감한 사람으로 돌변했다. 나중에 알고 보니 아흔이 넘은 그의 조모가 몇 년 전 돌아가셨는데, 사람들이 고령인 사람의 죽음과 그 가족이 느끼는 비통함에 별로 관심이 없다는 사실에 큰 충격을 받았다. 상사는 분명히 모루에 몇 번 맞아본 것이다. 그래서 이 여성과 흉금을 터놓고 이야기를 나눴고, 별도의 휴가를 주었는가 하면, 심지어 어느 날엔가는 안아주기까지 했다. 물론 일주일쯤 지나자 그는 다시 괴물이 되었지만 두 사람 사이의 공감은, 그것이 지속되는 동안에는 따스했다.

이미 공감 능력이 뛰어난 사람이라면 슬픔을 배움으로써 그

76

공감 능력을 미세하게 조정할 수 있을 것이다. 특별히 공감을 잘하는 사람이 아니라면 슬픔은 일생일대의 놀라운 경험이 될 수도 있다. 셰익스피어의 작품에 등장하는 인물 중에서 리어 왕만큼 고집불통인 인물도 없다. 리어는 모든 것을 가진 사람이었지만 결국엔 앞서 묘사한 대로 누더기를 걸치고, 숨진 딸을 안은 채 **결코라**는 말을 웅얼거리는 비참한 처지가 된다.

운명이 가파르게 영락하는 동안, 리어 왕은 몇 번인가 잠깐잠깐 멈추었는데, 그것을 어떤 통찰이라고 부를 수 있을 것이다. 왕위와 왕국, 심지어는 피난처까지 빼앗긴 리어는 모든 가난한 이들과 자신처럼 한데서 차가운 비를 맞고 있는 집 없는 이들을 생각하기 시작한다. 스스로 고통을 겪으면서 이전과는 전혀 다르게 타인의 고통에 공감한다. 그건 리어의 말을 거의 기도로 바꾸어줄 만큼 감동적인 계시였다.

> 불쌍하고 헐벗은 자들아,
> 너희가 어디서 이 무정한 폭풍우를 견디든,
> 머리를 누일 곳도 없이 주린 배를 안고
> 숭숭 뚫린 누더기를 입고 이토록 험한 계절에
> 어찌 몸 보전을 하느냐? 아, 내 이제껏 너무 무심했구나!
> 영화를 누리는 자들이여, 이를 약으로 삼아
> 가난한 이들의 처지를 겪어보라.
> 그리하여 남아도는 건 이들에게 떼어주고

하늘의 도리가 생각보다 더 정의로움을 보여주어라.

물론 하늘은 당신이 정확히 언제 슬픔에 빠지는지, 정확히 언제 떨어지는 모루를 피하며 살아가는지 모를 것이다. 다른 사람들 역시 똑같은 일을 겪을 것이고, 그래서 당신이 혼자가 아니라는 사실을 알면 위로가 될 것이다. 하지만 그렇다고 그 모든 결코의 무게가 가벼워지는 것은 절대 아니다.

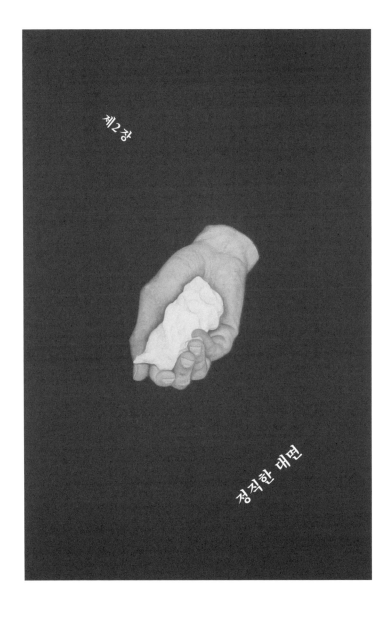

제 2 장

정직한 대면

토로

슬픔은 시작이다.

비록 이 말이 슬픔을 실제보다 간단하게 만드는 유쾌한 자기계발서식 표현이라 해도, 우리는 이 문장으로 이 장章의 문을 연다. 이 말은 진정 진실이기 때문이다. 슬픔은 시작인 것이다. 그렇지만 "새로운 날이 시작됐어요!"처럼 쾌활한 의미는 아니다. 슬퍼하는 것은 상쾌한 아침에 흰색 베란다에서 산 위로 떠오르는 해를 바라보는 것하고는 다르다. 건강에 좋은 시리얼 광고하고도 다르다. 슬픔은 분명 시작이지만 힘겨운, 골치 아픈 작업의 시작이다.

가장 힘들고 가장 골치 아픈 일은 당신 자신에게, 그리고 모든 것에 정직해지는 것이다. 여기서 모든 것이란 당신과 당신이 잃어버린 사람, 지난날 그와 함께한 일과 그가 없기에 앞으로 일어나지 않을 일을 말한다. 슬픔은 날것의 진실로부터 맹공격을 받는 일이기에 진실 자체와 맺고 있는 관계를 바꾸지 않고서는 슬픔에서 벗어날 수 없다. 어떤 이는 슬픔으로 인해 더 정직해지고, 어떤 이는 덜 정직해진다.

생명력을 고스란히 유지한 채 슬픔을 이겨내는 사람들은 가장 정직하게 살아온 이들이다. 이는 수전 로웬스타인과 피터 로웬스타인을 처음 만나자마자 깨달은 교훈이다. 두 사람은 롱아일랜드 몬톡의 바닷가에 산다. 첫 방문 때 우리는 커다란 돌 문기둥에 적힌 번지수를 따라 차를 운전해갔다. 그런데 이상하게도 문에 붙어 있는 이름이 로웬스타인이 아니었다. 문패에 적힌 글씨는 툰더가스Tundergarth였다.

어쨌든 우리는 그 건물로 차를 몰아 갔고, 얼굴 가득 미소를 띠고 맞으러 나오는 수전을 보고 제대로 찾아왔음을 알았다. 짧게 인사를 나눈 뒤 "앞에 있는 문에 왜 툰더가스라고 써 있죠?"라고 묻자 수전이 대답했다. "아, 툰더가스는 아들 알렉산더의 시신이 발견된 로커비에 있는 농장 이름이에요. 우리 부부는 그 농장 주인 부부와 알고 지내게 됐어요. 훌륭한 분들이죠. tundergarth는 '바람 저편에'란 뜻이에요. 멋진 말 아니에요? 자, 들어오세요. 커피를 준비해뒀어요."

우리는 이때 수전과 피터의 솔직함을 처음 접했는데, 이것이 아들과 아들의 운명, 아들이 없는 삶을 이야기하는 그들의 일관된 태도임을 알았다.

우리는 두 사람과 같이 있다 보면 누구든 알아볼 수 있는 그들의 또 다른 자질이 아들의 죽음을 대하는 솔직함과 밀접한 관련이 있음을 오래지 않아 깨달았다. 그들은 기뻐할 줄 아는 능력이 뛰어났으며 알면 알수록 무척 재미있는 사람들이었다. 피터는 은퇴한 사업가로 지금은 아내와 함께 소형 비행기를 타고 미국 동부 해안 곳곳을 비행하며 대부분의 시간을 보낸다. 전업 예술가인 수전은 집 가까이에 있는 커다란 작업실에서 조각을 한다. 둘 다 열렬한 스쿠버 다이버로, 알렉산더의 동생인 루카스의 부모이자 루카스의 세 아이들에게는 활기 넘치는 할머니고 할아버지다.

로웬스타인 부부를 만나면 모순되는 두 가지가 그들 안에서 조화를 이루고 있음을 알게 된다. 그들은 부모에게 닥칠 수 있는 가장 끔찍한 일을 겪었다. 테러 집단이 자행한 폭력에 자식을 잃었으니 말이다. 다른 한편으로 그들은 삶을 으스러지도록 껴안는다. 수전의 작업실 컴퓨터 바탕화면에는 오늘을 즐기라는 의미의 카르페 디엠Carpe diem이 적혀 있다.

삶의 모든 면을 받아들이는 능력, 기쁘고 축하할 것과 심술궂고 부당한 것을 함께 받아들여 그대로 삶에 통합시키는 로웬스타인 부부의 능력은 우리가 이야기하려는 정직의 핵심이다. 정직은 진실의 모든 측면을 기꺼이 받아들이려는 태도다. 조앤 디디온이 어느 인터뷰에서 말한 것처럼, 슬픔에 관한 한 "자신을 파멸시킬지 모르는 것이라면 무엇이든 똑바로 쳐다봐야 한다."

그러나 사랑하는 사람을 잃고 슬퍼하는 사람은 대개 그러지 못한다. 자신을 파멸시키려는 것을 똑바로 쳐다보지 못한다. 나쁜 것은 깊이 생각하거나 입에 올리지 않는다. 나쁜 것을 피하기로 마음먹을 수는 있지만, 그러면 좋은 것도 잃게 될지 모른다. 불쾌한 진실을 멀리하기 위해 일종의 진실 여과기(언짢은 것들이 자신 깊이 파고들지 못하게 하는 내적 메커니즘)를 만들어낼지도 모른다. 그런데 이 메커니즘은 악마의 접근을 막기 위해 작동할 수는 있지만 언제나 제자리를 지키려는 경향이 있다. 접근을 막아야 할 것이 악마든 아니든 그러하다. 그 결과 진실 여과기는 유쾌한 진실도 걸러내 버린다. 그래서 누군가를 잃은 고통을 느끼지 않겠지만 마음껏 기뻐하지도 못할지 모른다.

오랫동안 슬픔에 젖어 지내는 사람은 큰 고통을 못 느낀다기보다는 큰 기쁨을 느끼지 못한다. 이것이 바로 방어적인 진실 여과기의 단점이다. 로웬스타인 부부는 아들에게 일어난 일과 관련한 불쾌한 진실을 피하지 않기 때문에 모든 진실을 온전히 받아들일 수 있는 것이다. 바다, 손자 손녀와의 여행, 부부가 함께하는 생활처럼 오늘 두 사람을 행복하게 해주는 좋은 진실들이 여기에 포함된다.

슬픔은 이 진실 여과기를 거부하는 중요한 역할을 한다. 우리가 아는 한 진실 여과기에 저항하는 유일한 방법은 말을 하는 것이다. 다른 방법이 없다. 비록 자신에게뿐일망정 어떤 식으로든 생각을 표현해야 한다. 슬픔을 아주 잘 이해했던 셰익스피어는 이런 믿음을 아주 분명하게 표현했다.

슬픔을 토로하라. 그러지 않으면

슬픔에 겨운 가슴은 미어져 찢어지고 말 테니.

(『맥베스*Macbeth*』 4막 3장, 던컨 왕의 아들 맬컴의 대사 ─ 옮긴이)

　슬픔은 이런저런 방법으로 이야기를 걸어올 것이다. 말로든, 가슴속 속삭임으로든. 그런데 당신의 아픔은 가슴속 속삭임만으로는 절대 치유할 수 없다. 정직한 말은 일종의 치료약이다. 그리스 3대 비극 작가인 아이스킬로스가 말했듯이 "말은 병든 마음을 고치는 의사다." 슬픔만이 아니다. 정서적 건강을 되찾는 중요한 방법은 모두 정직한 말하기와 관련이 있다. 수년 동안 거듭거듭 "안녕하세요. 제 이름은 메리예요. 알코올 중독자죠"라고 소개하게 하는 알코올 중독 치료 12단계 프로그램에서부터 종교적 고백 의식과 (호주 작가이자 20세기 후반의 가장 유명한 페미니스트인 저메인 그리어가 보속 없는 고백이라 부른) 정신분석에 이르기까지, 마음을 치유하려면 말이 필요하다.

　말이 마음을 고치는 의사임은 사랑하는 이를 잃고 슬퍼하는 사람에게 가장 큰 도움이 되는 사실이다. 사랑하는 이가 병을 앓다 세상을 떠난 경우라면 당신은 힘든 것을 말로 표현할 수 없었을 것이다. 빌리 콜린스는 암cancer이라는 말을 못 들은 체하려는 아버지를 보고 시 한 편을 썼다. 이 병든 노인은 계속 아들이 캔서가 아니라 캠프파이어라고 말하는 듯 반응했다. 암은, 참으로 발설해서는 안 되는 두려운 말이다. 그래서 많은 이들이 이 말을 입에 올리지 않으려고 한다. 그러나 말하지 않는다고 해서 해를 입지 않는 것은 아니다. 사랑하는 사람이 죽어간 끔찍한 정황을 캠프파이어처럼 따뜻하고 기분 좋게 표현한다고 해서 그 사람이 되살아나지는 않는다. 잃지 않고 간직할 수 있는 것은 당신이 진실과 맺는 관계다. 하지만 그 관계는 정직한 말을 소리 내어 말할 때에만 유지된다.

사랑하는 이를 잃고 비탄에 잠긴 많은 이들은 심리치료나 지지집단의 도움을 받아 비로소 정직한 말을 한다. 심리치료는 감정을 말로 표현하는 것을 들어주는 대가로 전문가에게 비용을 지불하기 때문에 남에게 짐이 된다고 느끼지 않고도 말을 할 수 있다. 또 상담료에는 비밀 유지에 대한 대가도 들어 있다. 전문가와 나눈 내밀한 대화가 저녁 식탁에서 주고받는 이야깃거리가 되길 바라지 않는다면 비밀 유지는 가볍게 볼 일이 아니다.

지지집단이 슬픔에 빠진 사람에게 도움을 줄 수 있는 까닭은 체계가 잡혀 있기 때문이다. 그들은 시간을 엄격하게 관리하고 매사를 자상하게 처리한다. 그래서 즉석에서 쑥스럽게 털어놓는 개인적인 이야기가 밖으로 새나가지 않게 한다. 토론을 진척시키고, 사람들에게 차례로 이야기를 시키고, 대화가 끊기면 적절히 되살린다. 만일 대화를 망설이는 사람이라면 이 모든 것이 유용한 보조바퀴가 되어줄 것이다.

하지만 아무리 유용하더라도 이런 방법을 두려워하는 이도 많다. 어떤 이들은 심리치료를 받으면 그게 어떤 치료든 낙인이 찍힌다고 여긴다. 심리치료를 슬픔보다는 정신이상과 연관 지어 생각하는 것이다. 그들에게 "○○선생님을 만나보지 그래요?" 하는 것은 "구속복(난동을 막기 위해 정신병자나 죄수에게 입히는 옷—옮긴이)을 입고 돌아다니지 그래요?" 하는 것과 같다.

어떤 사람들은 지지집단(support group. 심리치료집단의 하나로, 같은 문제를 경험하는 참가자들이 서로에게 조언하고 위로하면서 변화를 꾀한다—옮긴이)에 대해서도 똑같은 생각을 한다. 이들은 낯선 사람의 어깨에 얼굴을 묻고 울음을 터뜨린다는 것에 기겁을 할지도 모른다(흥미롭게도 지지집단을 가장 꺼리는 사람이 결국 지지집단의 덕을 가장 많이 본다).

이런 방법에 마음이 끌리지 않아도 괜찮다. 타인과 감정을 나누는 것을 꺼린다고 해서 정직해질 수 없다는 의미는 아니다. 정직함이 사적인 감정을 공개적으로 고백해야 한다는 의미는 아니다. 정직은 '내 비애의 양파 껍질 벗기기'란 이름으로 블로그를 개설하는 것하고는 다르다. 정직은 정직하고자 하는 다짐일 뿐이다. 그 누구보다도 당신 자신에게 말이다. 타인과 함께 나누고 싶지 않다면 당신 자신에게만이라도 슬픔을 털어놓으라.

글쓰기가 도움이 된다는 사실을 깨닫는 이들도 많다. 2006년 이스라엘-레바논 분쟁 당시 살해된 아들 유리에 대해 많은 글을 쓴 다비드 그로스만은 말의 올바르고 정확한 사용을 병을 고치는 치료약(말이 치료자라는 견해에 다시 주목하라)이자 공기를 정화하는 새로운 고안물이라고 생각했다. 감정을 종이에 써서 현실화하는 과정에 대단한 힘이 있음을 깨닫는 이들도 있다.

시험 삼아 써보라. 노트를 집어 들거나 컴퓨터를 켜고 쓰기 시작해보라. 그렇게 쓴 것은 누구에게 보여줄 필요도 간직할 필요도 없다. 우리는 가장 효과적인 글쓰기 방법이 무엇인지 사람들과 의견을 나눴다. 카페로 가라. 되도록이면 자주 찾는 카페는 피하라. 그러고는 자리에 앉아서 고통스러울 만큼 정직한 말을 써라. 다쓰고 나면 종이를 찢어 쓰레기통에 버려라. 그것으로 끝이다. 그때쯤이면 당신이 해야 할 일은 끝났을 테고, 말로 표현해야 할 것은 모두 표현했을 것이다.

조앤 디디온과 C. S. 루이스가 바로 이런 일을 했다. 그렇다. 두 사람 다 이미 뛰어난 작가였다. 하지만 사별의 슬픔에 관한 글을 쓸 생각은 없었다. 처음에는 자신이 경험하고 있는 어지러운 감정과 생각을 정리하는 방법으로 앉아서 글을 썼다.

디디온은 남편이 죽고 일주일 뒤에 컴퓨터를 켜고 솔직한 네 문장을 썼다. 그리고 한동안 스스로 메모라고 부른 것들을 쓰면서 비로소 자신이 하나의 책을 엮어가기 시작했음을 깨달았다. 디디온은 출판사에 지나칠 정도로 순전히 개인적인 글이라서 조심스럽다는 말을 했는데, 단 한 번도 그렇게 다듬어지지 않고 속속들이 솔직한 글은 쓴 적이 없다고 훗날 털어놓았다.

C. S. 루이스도 똑같았다. 옥스퍼드 대학교 교수였던 그의 집에는 학자의 집이 으레 그렇듯 반쯤 쓰다 만 노트가 여기저기 널려 있었다. 루이스는 그중 한 권에 메모를 하기 시작했는데 결국 노트 네 권을 채운 메모는 한 편의 걸작으로 태어났다. 사실 그는 그토록 사적인 감정을 충격적일 만큼 솔직한 말로 표현하는 것이

너무 두려워 처음에는 N. W. 클러크라는 필명으로 책을 출간했는데, 전에는 한 번도 해본 적 없는 일이었다.

글쓰기가 맞지 않는다면 큰 소리로 하고 싶은 말을 해보는 것도 방법이다. 혼자서 말이다. 셰익스피어의 어느 주인공처럼 슬픔을 돌에게 **토로**하면 마음이 더 편해질지도 모른다.(『타이터스 앤드로니커스*Titus Andronicus*』에 나오는 장면 — 옮긴이) 이것 역시 정직함이다.

그러니 슬픔을 이야기하라. 주위에 아무도 없을 때 슬픔을 말하라. 빈 뒤뜰이나 샤워 커튼에 대고 슬픔을 이야기하라. 혼자 있는 차 안에서, 숲 속을 걸으면서 슬픔을 큰 소리로 외쳐라. 이것이 슬픔의 토로다.

패닉

———

슬픔은 아무 예고도 없이, 한순간에 찾아온다. 그러면 모든 것이 변한다. 슬픔이 찾아오는 순간 우리는 늘 깜짝 놀란다. 사람들은 보통 "이런 일이 일어나리라고는 한 번도 생각한 적이 없어요"라고 하지, "가끔 내게 이런 일이 일어나리라 생각했어요"라고 하지는 않는다. 사랑하는 이가 병이 위중해서 죽음을 확실히 예상할 수 있을 때조차 닥쳐온 죽음에 놀라움을 감출 수 없었다고 하는 이들이 많았다.

모든 사별의 슬픔은 끔찍한 순간과 함께 시작된다.

이 순간의 온전한 의미는 참으로 가슴 아프고 남과 나눌 수 없을 만큼 깊고 고독하다. 그래서 사람들은 그 순간은 좀처럼 이야기하지 않는다. 사별의 슬픔을 다룬 책에는 한 사람이 세상을 뜬 뒤 흘러간 하루 이틀이나 한 달 두 달, 한 해 두 해가 담겨 있다. 하지만 사랑하는 이를 잃은 그 몇 분, 아니 몇 초를 기록한 책은 거의 없으며, 혹 있다 하더라도 얼마 안 된다.

디디온의 그토록 솔직한 책에서조차 그 순간은 빠져 있다. 디디온은 남편이 심장마비를 일으킬 때까지의 모든 상황을 설명한다. 또 구급 의료진이 남편을 구하려고 도착했을 때 일어난 모든 정황을 기록한다. 뿐만 아니라 뒤이어 몇 해 동안 계속된 자신의 슬픔도 속속들이 묘사한다. 그러나 그 순간은 생략했다. 남편이 심장마비를 일으킨 순간부터 구급 의료진이 도착할 때까지의 짧은 순간은 설명하지 않은 것이다. 디디온이 패닉 상태에서 보냈을 순간은 고작 몇 분이었을 것이다. 하지만 그 몇 분이 중요한 이유는 패닉이 그 순간을 그토록 끔찍하게 만들기 때문이다.

사랑하는 이를 잃고 슬픔에 빠져 있는 사람은 아마 거의 늘 가벼운 패닉 상태를 느낄 것이다. 사실 슬픔은 언제라도 뭔가 나쁜 일이 다시 일어날지 모른다는 불안한 감정이라고 볼 수 있다. 신이 끝마무리를 하려고 준비하고 있다는 두려움을 느끼는 것이다. 사랑하는 이를 보내고 슬퍼하는 많은 사람들이 이런 감정을 안고 살아간다. C. S. 루이스는 『헤아려본 슬픔』의 맨 첫 줄을 이렇게 썼다.

아무도 내게 슬픔이 두려움과 너무도 흡사한 느낌이라고 말해주지 않았다.

이 감정은 특별한 무언가에 대한 두려움이라기보다는 한 사람의 온 인생을 감돌며 크고 넓은 영향을 끼치는 두려움이다. 루이스는 "나는 두렵지 않다. 그런데 이 느낌은 두려움과 비슷하다. 두려울 때처럼 속이 울렁거리고 두려울 때처럼 불안하다"고 설명한다.

당신이 위 속의 이런 느낌을, 내장 속의 이 희미하고 고통스러운 불안감을 감지한다면 슬픔에 작용하는 패닉의 역동을 좀 더 쉽게 이해할 수 있을 것이다. 그런데 사실 패닉은 생각하거나 입에 올리기만 해도 마음이 어지러워진다. 패닉이란 화제만으로도 패닉에 빠질 수 있다! 기품 있게 슬퍼한다는 말은 있지만 기품 있게 패닉에 빠진다는 말은 없다. 패닉은 악몽과 같아서 패닉에 빠지면 우리는 전에 없이 소리를 지르고 얼굴과 몸을 뒤튼다. 또 이성을 잃고 평소와 다른 사람이 된다. 이 모든 것을 겪거나 목격하는 것은 소름 끼치는 일이다.

슬픔과의 정직한 대면을 다루는 이 장에 패닉이란 주제를 포함시킨 이유는 패닉이 어떤 면에서는 부정직한 감정이라는 사실을 이해하는 것이 중요해서다. 패닉은 거짓말이다.

인간 진화의 산물인 패닉은 분명 우리 내면의 원시인에게 재난이 임박했음을 경고하기 위해 일어나는 원초적 감정이다. 그러나 우리는 원시인이 아니며, 더욱이 비탄에 빠진 상태에서는 그 불행의 경고가 절박하지도 않다. 불행은 이미 일어났으니 말이다. 사랑하는 사람은 이미 세상을 떠났고 어느 누구도 그 사실을 바꿀 수 없다. 패닉이 무슨 소용이란 말인가? 아무 소용도 없다. 패닉이 작용하여 몸에 한기가 들 만큼 아드레날린이 분비되면 두려움이 느껴진다. 그런데 이는 집이 이미 다 타버리고 난 뒤에 화재경보기를 울리는 만큼이나 쓸데없는 경고다.

　패닉이 그토록 철저하게 인간을 압도하는 원초적인 메커니즘인 까닭에, 패닉에 빠진 이들의 고통은 깊디깊은 슬픔보다 더 격렬하다. 예를 들어보자. 사랑하는 사람의 장례를 치르는 것과 사랑하는 사람이 살해되었다는 소식을 듣는 것 중에서 무엇이 더 끔찍할까? 첫 번째 상황이 훨씬 더 끔찍하다고 생각할 사람이 있을까? 두 경우 모두 사랑하는 사람은 죽고 남은 사람은 엄청난 충격을 받는 상황인데 나타난 반응은 왜 다를까? 후자의 경우 패닉에 빠지게 되는데, 대부분의 사람이 이 상태를 견디기 힘들어한다.

　물론, 평소에는 패닉 상태에 있는지 아닌지 스스로 판단하지 못한다. 패닉은 공격하듯 덮쳐온다. 가족이나 지인 혹은 잘 알지도 못하는 직장동료에게까지 비극적인 소식을 전해야 하는 상황은 매일매일 벌어진다. 비극이 일어나면 사람들은 흔히 평범한 일상에서 불려나와 상사와 동료, 비서가 전해주는 비보를 듣는다.

　맨해튼 성 빈센트 병원의 이브 뒤로조 박사는 자신이 돌보던 여성 환자의 갑작스러운 사망 소식을 가족에게 전해야 했던 상황을 글로 썼다. 그는 일상적으로 공황에 대처해야 하는 전문가들조차 대처 방법이 턱없이 미숙해서 이 글을 쓸 수밖에 없었다고 했다. 또 "무력감과 함께 이런 일을 처리하기 위한 준비나 훈련이 안 되어 있다는 느낌을 받았다"고도 했다. 의사조차 준비가 부족하다고 느낀다면, 이런 상황을 학생에게 전해주는 교사나 부하 직원에게 전해주는 상사, 아내에게 전해주는 남편이나 불안한 마음으로 끔찍한 패닉 상태를 곱씹으며 슬퍼하는 사람은 얼마나 더 힘들까?

뒤로조 박사가 맞닥뜨린 상황은 꽤 난감한 것이었다. 그리고 직업적인 악몽으로 시작된 상황은 곧바로 혼돈으로 악화되었다.

> 내가 "어머님이 운명하셨습니다"라고 하자 비명이,
> 고함소리가, 울부짖음이 터져나왔다. 가족들은 서로
> 이야기를 나누더니 복도를 정신없이 왔다 갔다 했다.
> 그러더니 나를 붙들고 울부짖었다. "어떻게 이런 일이
> 일어났죠, 어떻게 이런 일이 있을 수 있어요? 어머니가
> 돌아가신 게 확실해요? 실수죠? 다른 사람이죠?"

상상만으로도 서둘러 도망을 치거나 끔찍한 패닉에서 벗어날 수만 있다면 무슨 일이라도 할 것 같은 상황이다. 하지만 이 괴물의 특성을 철저히 알아내야만 그 수수께끼를 풀 수 있다.

패닉panic이란 말은 그리스신화에 나오는 목양신 판Pan에서 비롯되었다. 패닉이란 감정이 판의 이름에서 왔기 때문에 대부분의 사람은 틀림없이 판이 신경질적으로 팔짝팔짝 뛰어다녔으리라고 추측한다. (반은 사람 반은 양으로 묘사되는 것을 보면 판이 신경질적일 이유는 충분하다.) 하지만 패닉이란 낱말은 이 신의 다른 측면에서 유래했다. 판은 나그네가 혼자서 숲을 지날 때 섬뜩한 소리를 내는 숲의 신이었다. 그래서 사람들은 외진 곳에서 느끼는

갑작스러운 두려움을 파니콘 데이마panikon deima, 즉 '판이 일으키는 공포'라고 여겼던 것이다.

이 원초적인 인간의 감정은 신화적 용어로도 표현되었다. 첫째는 보호받지 못한다는 외로움이며 둘째는 괴기스러운 목양신이 갈대를 바스락거리게 하는 것처럼 낯선 광경과 소리에 대한 두려움이다. 이런 사실을 알고 혼자가 아님을 깨닫는다면 다소 광적인 자극을 접하더라도 패닉은 줄어들 것이다. 직관으로든 이해를 해서든 이 사실을 알고 있으면 최악의 상황에서도 패닉은 누그러진다.

뒤로조 박사는 자신이 받은 의학적 훈련이 가족을 잃고 슬퍼하는 사람들을 패닉에서 빠져나오게 하는 데 거의 도움이 되지 않았다고 했다. 그는 할 수 없이 타고난 인간애에 의지할 수밖에 없었다. 영화 〈스타워즈〉에서 루크 스카이워커가 첨단 무기를 버리고 감정적 무기인 포스를 사용하는 것처럼 말이다. 뒤로조 박사는 이렇게 썼다.

> 그들의 마음을 달래줄 위로의 말이 전혀 없음을, 어떤
> 말도 진정으로 도움이 될 수 없음을 나는 바로 깨달았다.
> 그 시점에서 나는 태도를 바꿔야 했다. 가족들은 감정을
> 분출할 시간과 공간이 필요했지만 그들이 복도를 마구
> 돌아다니게 둘 수는 없었다. 가족들의 감정을 존중해야
> 했지만 동시에 다른 환자들의 공간도 보호해줘야 했다.
> 모두들 대책이 필요하다는 것을 알고 있었기 때문에 나는

곧바로 도움을 청했다. 보안과에서 도움을 주러 왔고
간호사와 사회복지사들이 가족과 이야기를 나눴다.

가족들이 안전하게 보호받고 있다고 느끼자 상황은 정리되었
고, 불과 몇 분 전까지 터질 듯하던 흥분이 다소 가라앉았다.

이처럼 위기의 순간에는 상황을 호전시키기 위해 할 수 있는
일이 많지 않다. 시곗바늘을 뒤로 돌려 방금 세상을 떠난 누군가
를 다시 살아나게 할 수는 없다. 막 고인이 된 이가 없는 미래의
삶에서 자신을 보호할 수도 없다. 뒤로조 박사가 유족의 마음을
달래줄 말이 없다고 결론을 내린 것도 당연하다. 하지만 아무 도
움도 안 되는 패닉이라는 무질서한 에너지에 휘둘려 상황을 악화
시키지 않도록 노력해야 한다. 경적이 눌린 채 고장 난 상태에서
일어난 자동차 사고같이 되지 않으려면 말이다. 사고가 난 것도
끔찍한데, 삑삑 울어대는 그 빌어먹을 경적을 끌 수도 없다면 어
떻겠는가?!

뒤로조 박사가 감당할 수 없는 상황에 처했음을 깨닫고 처음
한 일이 다른 사람들에게 도움을 청하는 것이었다는 사실에 주목
하자. 위기가 닥쳤을 때는 가까이에서 도움을 주는 사람들이 대단
히 중요하다. 혹시 옆에서 도울 사람을 뽑을 권한이 있다면 신중
하게 최소 인원만 뽑아야 한다. 너무 많은 사람이 관여하면 상황
은 더 힘들어질 것이다. 패닉에 빠지면 마음이 통하는 사람을 찾
게 된다. 그런데 죽 늘어선 사람들 사이에서 이리저리 끌려다닌다

는 생각이 들면 혼자라는 느낌이 더 강하게 들 테고, 그러면 더 심한 패닉에 빠지게 될 것이다.

사람들이 패닉에 빠지면 평소와 달라질 수 있다는 사실도 기억해야 한다. 미덥던 사람이 갈팡질팡하는가 하면, 극도로 예민하게 보였던 사람이 겪어보니 무던한 경우도 흔하다.

패닉 상태에서 도움이 안 되는 이들이 있는데 특히 행동가를 경계해야 한다. 배관시설이 망가졌을 때는 행동가가 쓸모 있을지 모르지만, 사랑하는 이가 막 세상을 떠났음을 알았을 때는 보탬이 안 된다. 이런 상황에서는 할 일은 아무것도 없고, 있어주기만 해야 하기 때문이다. 그런데 그냥 있지 못하는 행동가들은 무엇이고 할 일을 찾을 것이다. 행동가들은 선의에서 돕고 싶어 하지만 그 도움이라는 게 대부분 상황을 악화시키는 것들이다. 영화 〈프로듀서〉에서 흥분한 진 와일더는 "나 흥분했어! 나 흥분했어!"라는 말을 되풀이한다. 제로 모스텔이 진 와일더의 얼굴에다 물 잔을 던진다. 잠시 침묵이 흐른 뒤 와일더가 입을 연다. "나 젖었어! 나 젖었어! 흥분한 데다 젖었어!" 이것이 행동가가 할 수 있는 기여다. "해리, 내가 믿고 주차를 맡길 수 있는 사람은 당신밖에 없어요" 같은 말로 행동가들의 주의를 밖으로 돌리는 게 좋다. 주차할 필요가 없더라도 말이다.

예로부터 여성이 진통을 시작하면 사람들이 남편에게 맨 먼저 외치는 말이 "물 좀 끓여요!"였다. 세월이 흐르면서 사람들은 끓인 물이 출산에 아무런 필요가 없다는 사실을 깨달았다. 물을 끓

여달라는 말의 진짜 목적은 남편들에게 아무 해도 입히지 않으면서 마음을 쏟을 일거리를(남편들은 악명 높은 '행동가'들이다) 주는 데 있다.

정보의 문제도 있다. 끔찍한 순간이 닥쳐오리라는 냉혹한 사실을 받아들여야 한다는 것이다. 뭔가 끔찍한 일이 일어나면 사람들은 그 정보를 받아들여야 한다. 이런 소식을 들을 때 맨 처음 해야 할 일은 그 소식을 받아들이는 것, 무슨 일이 일어났는지 이해하고 그것이 사실임을 인정하는 것이다. 그러려면 정보를 정확한 말로 전해 듣는 것이 중요하다. 어느 학교의 교사가 죽었다. 직무상 그 소식을 알려야 하는 행정 직원이 다른 교사에게 "존슨 선생이 심각한 심장마비를 일으켰답니다" 하고 전했다. 그 말을 들은 동료 교사는 "세상에! 존슨 선생님 괜찮으신가요?" 하고 물었다.

나쁜 소식을 전하는 이들은 종종 직설보다 애매한 말이나 완곡한 표현을 쓰려고 한다. "그분이 가버렸어요"나 "그분을 잃어버렸어요" 같은 표현들 말이다. 감정이 고조된 상황에서는 이런 말을 잘못 알아들을 수 있다. ("그이가 가버렸다고요? 방에 없다는 말인가요?", "그 사람을 잃어버렸다고요? 그럼, 찾아야죠"처럼.) 이런 순간에는 사랑하는 이가 죽었다고 말해야 한다. 사실을 말로 표현하지 않는다고 해서 그 사실이 사라져버리는 것도, 받아들이기 쉬워지는 것도 아니다.

끔찍한 순간에는 정직해지기가 어렵다. 정직해진다고 해서 이미 일어난 슬픔과 비극이 완화되는 것도 아니다. 하지만 분명 패닉은 줄여준다. 순간의 무섭고 혹독한 시련을 이겨내려면 엄청난 용기가 필요하다. 어니스트 헤밍웨이가 용기를 "강요된 품위"라고 정의한 것은 유명하다. 그러나 슬픔에 관해서라면 아마도 시인 필립 라킨의 정의가 더 적절할 듯하다. 그에게 용기의 의미는 사람들을 두렵게 하지 않는 것이다.

수치심

───

1년 전, 한 남자가 우리에게 여든다섯 나이로 작고한 아버지 이야기를 하고 있었다. 남자의 아버지는 시카고 경찰관이었으며 한 여자와 53년을 해로했고 자녀 여섯과 손자손녀 열일곱을 두었다. 독실한 가톨릭 신자였고 아일랜드인 특유의 대단한 유머 감각을 지녔으며 모든 이에게 사랑받은 사람이었다.

그런데 아버지의 말년을 이야기할 때 남자가 왠지 눈에 띄게 곤혹스러워했고 이야기하기 부끄러운 뭔가가 있는 것처럼 행동했다. 그리고 점점 주저하며 짐을 져 나르듯 느릿느릿 힘들게 말했다. 무슨 드라마가 숨겨져 있을까? 오랫동안 못 보고 지낸 사생아인가? 범죄라도 지었나? 마침내 그는 깊고 어두운 비밀을 우리에게 털어놓았다. "돌아가시기 전 두 해 동안 아버지는 오줌을 쌌습니다."

이 억눌린 수치심이 고작 그것 때문이라고? 그는 "그게 뭐 어때서요. 별일도 아니잖아요"라는 우리의 반응을 놀라워했다. 하지만 아들에게 그 일은 중대 사건이었다. 그는 아버지처럼 강하고 자부심 높은 남자가 그런 일을 견뎌내는 모습을 지켜보는 게 당혹스러웠다고 했다.

늙은 부모가 되었거나 그런 부모를 보살펴본 사람이라면 이 감정을 이해할 것이다. 메릴린 로빈슨의 소설 『길리아드*Gilead*』의 어느 아름다운 대목에서 영락한 늙은 서술자가 "네가 내 한창때를 봤다면 좋으련만" 하고 말한다. 죽어가는 아버지의 처지가 된 많은 이들이 이 말을 외치는 것 같다. 적어도 사랑하는 가족은 그 마음을 느낄 수 있다.

수치심은 사별의 슬픔이 지닌 여러 측면 중에서 사람들이 가장 얘기하길 꺼리는 부분이다. 우리는 슬픔과 죽어가는 과정에 결부된 문제를 두고 사람들이 얼마나 강한 수치심을 느끼는지 알고 놀랐다. 죽어가는 이가 어찌해볼 수 없는 문제뿐 아니라, 인간이면 자연히 겪는 불가피한 문제에 대해서까지 수치심을 느꼈다.

사랑하는 이를 떠나보내고 슬퍼하는 이들이 느끼는 이 은밀한 수치심은 너무 흔하고 만연한 것으로 보아 틀림없이 우리 문화 속에 깊이 배어들어 있을 것이다. 이는 생활 방식의 결점이라기보다는, 우리 자신은 아주 좋아하고 외부인들은 찬탄하는 미국적 특성의 부작용이다. 미국인은 미래와 젊음과 건강을, 활력과 재미를 좇는 사람들이다. 공공행사까지 온통 테일게이트 파티(왜건 등의 뒤판을 펼쳐 음식을 차린 간단한 야외 파티 — 옮긴이)로 바꾸지 않는가? 다른 무엇보다 미국은 승리를 높이 사는, 적어도 불패를 추구하는 나라다.

미국의 문화는 패배loss를 담담하게 받아들이는 문화가 아니다. 전쟁에서의 패배든 운동경기에서의 패배든, 법정에서의 패배든 여론에서의 패배든, 심지어 마지막 남은 무료 주차 공간을 허를 찔릴듯 남에게 가로채이는 것조차도 참지 못한다. 미국인에게 패배는 하나의 금기다.

우리는 한 사람의 처지가 여러 면에서 나빠지는 것을 가리킬 때 실패자라는 말을 쓴다. 머리카락이 빠지고 피부색이 칙칙해지고 젖가슴이 처지고 성적 능력이 떨어지는 것처럼, 인간이면 겪는 가장 자연스러운 상실loss조차 받아들이지 말라는 광고들이 귀를 간질인다. (비아그라 광고에 등장하는 남성은 틀니용 치약을 선전해도 될 만큼 늙어 보인다.) 아무런 상실도 받아들이지 못하는 이 무능력은 자신과 타인에 대한 주된 감정을 형성했다. 이로 인해 상실 전반에 대한 유해하고 근거 없는 관념들이 생겨났는데, 죽음과 그에 따르는 슬픔의 경우에는 특히나 더 그러했다.

죽음과 슬픔은 미래와 젊음, 건강과 활력, 즐거움이라는 당당한 미국적 미덕과 완전히 대립한다. 죽어가는 사람과 죽은 사람 때문에 슬퍼하는 이는 패배자다. 상실을 비정상적인 것으로 보는 문화적 특성 때문에 상실을 겪는 사람은 자신을 어딘가 문제 있고 사회적으로 용인받을 수 없는 예외적인 존재로 느낀다.

아무 날이고 신문의 부고란을 읽어보면 알 수 있다. 사람들은 병을 앓거나 병에 걸려 죽는 게 아니라 암을 비롯한 질병과 맞선 용감하고 영웅적인 전투에서 패배한다는 것을. 죽음이 맞서 싸워야 하는 존재라는 생각은 건강한 상태를 최대한 유지하기 위해 젖 먹던 힘까지 짜내야 하는 병자에게는 도움이 될지 모른다. 하지만 이런 승리-패배의 사고방식에 젖어 있으면, 끝내 죽음이 다가올 때 실패라는 망령의 기습을 받는다.

한 젊은 여성은 림프암 재발로 세상을 뜬 아버지가 마지막으로 남긴 말을 들려주었다. 암을 물리치려고 정말로 애썼지만 그러지 못했다는 것이었다. 아버지는 거듭거듭 말했다. "정말 미안하구나. 하지만 아빠는 노력했단다." 그는 존경받는 교사이자 충실한 남편이자 세 자녀의 아버지였으며, 자선 행사에서는 아마추어 광대 역할도 했었다. 그런 남자가 자신을 실패자라고 느끼며 눈을 감았다. 그 이유는, 글쎄, 그 이유는 죽어가고 있기 때문이었다.

죽음이 실패라거나 부끄러워해야 할 것이라는 생각은 널리 퍼져 있다. 피붙이의 죽음을 대할 때조차 그렇다. 사람들은 대체로 십대 이후에 시신을 처음 보는데, 전형적인 미국식 장례에 가면 좋지 않은 것은 어떻게든 감추고 지우려는 문화적 태도를 목격하게 된다. 장례식장에 붙어 있는 접객실은 하나같이 감각 있는 미혼의 여자 친척이 장식한 것처럼 화사해 보이고, 조문객이 고인과 대면하는 조문실에 있는 모든 것(조명에서부터 고인에게 바치는 꽃에 이르기까지)은 부드러운 파스텔 색조로 물들어 있다.

죽음이 부자연스럽다는 메시지만 크고 또렷할 뿐, 자연스러운 것은 하나도 없다. (어떤 죽음을 자연사라고 할 때는 고인이 살날이 얼마 안 남았다고 생각할 만큼 고령일 때뿐이다.)

아쉽게도 미국 문화는 다른 문화만큼 죽음을 삶의 일부로 받아들이지 못한다. 누군가 죽으면 무언가 잘못된 것처럼 행동한다. 그러나 잘못된 것은 아무것도 없다. 생명이 마땅히 거쳐야 할 과정을 거쳤을 뿐이다. 죽음을 기꺼이 삶의 일부로 인정하는 다른 문화권에는 죽음이 잘못된 것이라는 관념이 존재하지 않는다. 물론, 슬프다. 그러나 잘못된 것은 아니다.

한 여성이 친척의 장례식에서 있었던 이야기를 들려주었다. 장례식은 으레 그렇듯 엄숙했고 가족 친지들은 두 팔을 앞으로 내려 손을 포갠 어색한 자세(공식적인 저 졸고 있지 않아요 자세)로 우두커니 서 있었다. 바로 옆 조문실에는 필리핀 이민자 가족이 나이 많은 여성 가장의 장례식을 앞두고 밤을 새려고 모여 있었다. 발 디딜 틈 없이 모인 사람들은 관이 아니라 식탁 주위에 모이기라도 했다는 듯 거리낌 없이 시끌벅적 이야기를 주고받았다. 곳곳이 아이들 천지였는데, 관에 달라붙는 아이가 있는가 하면 고인이 된 증조할머니를 한번 보려고 어른들의 도움을 받아 관 위로 올라가는 아이까지 있었다. 그뿐이 아니었다. 그들은 이런 모습을 모두 비디오테이프에 담고 관 속에 누워 있는 고인의 사진도 찍었다!

이 광경을 평범한 미국 어머니에게 들려주고, 당신의 여섯 살 난 아이가 관 옆에서 밤을 지새우게 하겠느냐고 물어보면 십중팔구는 "천만에요"라고 대답할 것이다.

사람들은 문화적 성향을 쉽게 뒤집지 못한다. 라벤더 속에 누운 죽은 할머니의 사진을 컴퓨터 바탕화면으로 깔고 싶은 사람은 많지 않을 것이다. 죽음을 꺼림칙해하는 이런 태도는 죽음을 비정상적인 것, 따라서 혐오스러운 것으로 보게 하는 부작용을 낳는다. 병자와 죽어가는 이와 슬퍼하는 이들에 대한 사람들의 시선도 마찬가지다.

사랑하는 이를 잃고 슬픔에 잠겨 있다면, 마음속에 떨쳐버릴 수 없는 이미지들이 있을 것이다. 마음속에서 끝없이 고통스럽게 상연되고 재상연되는 질병과 죽음이라는 마음의 사진들 말이다. 이런 이미지 대부분은 육체가 소멸의 과정에서 겪는 현상과 관련이 있다. 병자가 토하는 것은 기본이고, 다친 사람이 피를 흘리는 것은 예사다. 그리고 노인이 오줌을 싸는 것은 정말 아무 일도 아니며 더 고약한 모습도 얼마든지 보일 수 있다.

셔윈 눌랜드 박사는 『사람은 어떻게 죽음을 맞이하는가*How We Die*』에서 갖가지 원인으로 죽음에 이르는 사람들의 해부학적 변화를 명확한 언어로 상세하게 설명한다. 이 책을 읽으면 사랑하던 사람이 무엇을 겪었는지 알게 되고 육신을 단순히 고통이나 죽음을 담는 그릇이라기보다는 정밀한 기계로 보게 될지 모른다. 이런 정보는 그야말로 충격적이다. 슬픔의 바깥에 있는 사람도 시체와 관련한 전문지식과 맞닥뜨리면 소름이 돋을 것이다. 어느 도서평론가가 이 책을 읽고 쓴 글을 찬찬히 읽어보자.

폐가 물로 가득 차고, 산소 공급이 끊기고, 핏줄이 꺼진다.
간이 부어오르고 콩팥에 독이 쌓이며, 종양이 커지고

암이 퍼진다. 온 장기臟器가 눈곱만큼도 알고 싶지 않은
온갖 것을 겪는다. 나는 이 모골이 송연한 책을 50쪽가량
읽고는 메스꺼워서 책장을 덮었다.

직업적으로 글을 읽는 사람이 육체의 소멸 과정을 다룬 책을
끝까지 읽을 수 없다면 직접 그 과정을 지켜봐야 하는 시카고 경
찰관의 아들 같은 이들은 도대체 어떡하란 말인가?

사람들이 병에 대해 수치심을 느끼는 것이 놀랍기만 한 일은
아니다. 대부분의 미국인은 여드름이 날 때부터 보행보조기에 의
지할 때까지 평생토록, 육체적 결함에 대한 문화적 감수성을 지니
고 살아간다. 얼마나 많은 이들이 사랑하는 사람을 잃은 것을 수
치스러워하는지 알면 정말 놀랍다. 사랑하는 사람이 세상을 떠나
고 나면 그 사람을 잃었다는 사실 때문에 남은 이들은 뭔가를 잘
못했다고 느낀다. 어처구니없는 생각 같지만, 사실이다. 이럴 때
면 오스카 와일드의 희곡『진지함의 중요성*The Importance of Being Earnest*』에 나오는 레이디 블랙넬의 불쾌한 대사가 떠오른다.

아버지나 어머니 어느 한쪽을 잃는 것은 불행으로,
부모를 다 잃는 것은 부주의로 여겨질지도 모르지요.

사별로 슬퍼하는 사람은 종종 이런 기분을 실제로 느낀다. 마치
자신이 부주의했던 것처럼, 마치 자신이 꽉 잡고 있지 않았던 것

처럼, 어쩐지 자신이 망쳐버린 것처럼.

사람들은 슬퍼하는 과정도 병과 죽음처럼 수치스럽게 여긴다. 실패라고 여기는 것이다. 빨리 일상으로 돌아오지 못하는 실패라고 말이다. 사람들은 슬퍼하는 사람을 두고 "8개월이 다 되어가는데 아직도 이겨내지를 못하는군"이라고 한다. 슬퍼하는 이 자신도 똑같은 말을 한다. 만약 사고로 온몸의 뼈가 다 부러진 사람이 있다면 겨우 몇 달 만에 그가 라켓볼의 명수처럼 코트로 복귀하리라 기대하는 사람은 아무도 없을 것이다.

우리에겐 슬픔을 참고 기다릴 인내력이 없다. 우리는 사람들이 그냥 종결하기를 바란다. 이것은 "이봐요, 이제는 떠난 사람 일로 그만 침울해하고 내 문제 좀 다시 이야기해볼까요?"라는 암호에 불과하다. 마흔두 살의 남편을 대장암으로 잃은 CBS의 앵커 케이티 쿠릭이 종결이라는 기분 나쁜 말을 혹평하는 것을 듣고 정말 속 시원했던 이유가 바로 이것이다. 쿠릭은 종결이 "비탄에 빠진 이들이 세상에서 가장 증오하는 말"이라고 했다.

죽음과 죽어가는 과정에 은밀히 들러붙어 있는 이런 수치심 때문에 당신은 금기의 섬에 유폐된 것처럼 느낄 수도 있다. 그런데 이 섬의 가장 외진 곳에, 이 장의 문을 열어준 이미지가 있다. 아버지의 자연적인 소멸 과정을 부끄러워한 남자의 이미지 말이다. 이런 모욕은 언제나 가장 고약한 사진이 되어 크나큰 수치심을 불러일으킨다. 알베르 카뮈의 말처럼 "연민을 불러일으키는 것은 분명 고통이 아니라 모욕"이기 때문이다.

죽음에 이르는 과정은 삭제하고 싶을 만큼 참기 힘들고 불쾌하다. 죽음 자체 또한 고통은 제거되었을지언정 별로 나을 것이 없는 상태다. 셔윈 눌랜드는 이를 숨김없이 표현했다.

나는 위엄 있게 죽어가는 사람을 별로 보지 못했다.

하지만 그는 이 고통스럽고 힘겨운 전 과정을 절망에서 구원해주는 말을 덧붙였다.

찾아내야 할 지혜가 있다면 그것은 분명 육체의 쇠락은
물론 정신의 피로까지 모두 초월하는, 그런 사랑과
성실의 여지가 인간에게 있음을 이해하는 것이다.

수치스러움을 기꺼이 견뎌내는 능력은 그 자체로 또 하나의 품위다. 수치심의 역전인 것이다. 당신이 병든 누군가를 면도해주거나 닦아주거나 씻어주고, 부축하거나 옷을 입혀주는 고통스러운 영상을 머릿속에 넣어가지고 다닌다거나, 혹은 이와 똑같이 고통스러운 누군가의 사후 영상(너무나 작고 너무나 쪼그라든, 존재라기보다는 물체에 훨씬 더 가까운)을 머리에 담고 다닌다면 어느 정도 자부심을 느껴도 좋다. 셰익스피어가 모든 위대한 사랑의 필요조건이라고 이야기한 것을 행했다는, 즉 "비극적 운명이 다할 때까지 사랑을 입증"(셰익스피어 「소네트 116」에서 인용─옮긴이)했다는 자부심 말이다.

　이런 경험은 수치심을 느낄 것이 아니라 훈장을 받아 마땅한 감동적인 용기다. 당신은 그 용기의 증거가 되었고, 끝까지 포기하지 않았으며, 불쾌한 광경을 외면하지 않았고, 사랑하는 이의 무너지는 기품을 떠받쳐주었다. 그 어려운 일을 해낸 뒤 불유쾌한 영상이 되어버린 고통스러운 순간들을 목격한 기억은 결국 소중히 남을 것이다. 그리고 당신이 품은 사랑의 한계를 죽어간 사람과 당신 자신과 하늘에 보여줄 기회를 누린 것을 감사히 여기게 될 것이다. 어쩌면 운이 좋았다고까지 느낄지도 모른다. 끔찍한 병으로 죽어가는 아내를 보살핀 도널드 홀은 그 경험을 이렇게 요약했다.

　　아내의 죽음은 내게 일어날 수 있는 최악의 일이었고,
　　아내를 보살핀 것은 내가 해볼 수 있는 최고의 일이었다.

　부디 슬픔과 결부된 이 이상한 수치심, 사랑하는 이를 잃어 모욕을 당한다는 수치심에서 해방되길 바란다. 이상하게 들릴지 모르지만 용서에 이르게 하는 것도 슬픔의 중요한 역할이다. 인간이 피 흘리고, 뼈가 부러지고, 눈물 흘리며, 똥을 싸다 소멸하는 육체의 주인임을 용서하라. 사랑하는 이의 죽음을 막지 못하고서, 바로 그 사람이 없다고 마음의 갈피를 못 잡는 스스로를 용서하라.

신뢰

남에게 밧줄을 던져줄 때는 반드시 한쪽 끝을 잡고
있어라.

우리는 비탄에 빠져 있는 누군가와 이야기를 나누는 가장 지혜로운 방법으로 이 표현을 떠올리게 되었다. 어느 심리학자가 즉석에서 한 이 말이 우리에게는 경험칙이 되었다. 의미는 단순하다. 아무리 의도가 좋더라도 슬픔에 빠진 이에게 입증할 수 없는 말은 절대 하지 말라는 것이다.

예를 들어 누군가 "그분은 더 좋은 곳으로 갔어요"라고 한다면, 이때 이 사람은 밧줄의 반대쪽 끝을 잡고 있지 않은 것이다. 사랑하는 사람이 좋은 곳으로 갔는지는 아무도 확실히 알 수 없다. 만약 누군가가 "걱정 말아요, 괜찮을 거예요"라고 한다면, 이 사람 역시 붙잡을 수 없는 밧줄을 던지는 것이다. 자신도 잘 모르는데, 어떻게 다른 사람이 괜찮을 거라고 할 수 있단 말인가?

반면 "당신이 그를 얼마나 사랑했는지 알겠어요"는 나름의 확신을 가지고 할 수 있는 말이다. 누군가가 다른 쪽 끝을 잡고 있으리라 믿고 붙잡을 수 있는 밧줄이다. "밤새도록 휴대전화를 쥐고 있다가 당신 전화번호가 뜨면 언제라도 받을게요"라고 말해준다면 한결 더 낫다. 이는 그 사람이 알 수 있는 사실이고 또 할 수 있는 일이다. 신뢰해도 되는 밧줄이다.

밧줄을 믿을 수 있다는 것은 그저 말장난으로 들릴지도 모른다. 우리는 대체로 대화할 때 습관적으로 주고받는 격의 없는 과장된 표현과 우아한 거짓말에 큰 관심을 두지 않고 살아간다. 우편물을 받다가 우연히 눈이 마주치는 수상한 이웃에게 "날씨가 참 좋죠" 외에 달리 무슨 말을 하겠는가? 진심이 아닐지라도 말이다. 당연하지만 친절한 거짓말을 했다고 사람들을 비난할 필요는 없다. "나를 위해 일주일에 7일을, 하루 24시간을 대기하겠다니요? 당신은 잠도 안 자요?" 하지는 않는다.

그러나 슬픔에 빠졌을 땐 말이 더욱 중요해진다. 아무것도 쉽게 믿지 못하기 때문이다. 가장 친한 친구나 연인, 지인이 하는 말조차도.

사별의 슬픔에 빠졌을 때 신뢰가 위기를 맞는 것은 예사다. 사랑하는 사람을 잃으면 삶의 기본적 평안에 대한 중요한 믿음을 상실한다. 한순간 아름다웠던 인생을 온통 뒤흔들어놓는 일이 다음 순간 일어났기 때문이다. 어떤 이들에게 그 순간은 기나긴 과정이다. 샤워를 하다 뭔가를 알아차린 배우자가 무심하게 한 한마디가

1년 뒤 그의 죽음으로 귀결되는 경우가 그렇다. 그 순간이 더욱 갑작스럽게 느껴지는 이들도 있다. 삶은 한순간 아름답다가도, 다음 순간 산산조각이 난다. 9·11 테러를 묘사한 아주 많은 글이 그날의 화창한 날씨에 대한 감상의 말로 시작된다.

화창한 날을 믿었거나 건강과 안전, 소중한 것들이 내일도 곁에 있으리라는 생각처럼 당연하게 여겼던 삶의 토대들을 줄곧 믿었다면, 슬픔이 닥쳤을 때 스스로 잘 속는 사람처럼 느낄 수 있다. C. S. 루이스 역시 이런 상황을 밧줄이란 은유를 써서 묘사했다.

밧줄을 상자를 묶는 데만 사용한다면 밧줄의 튼튼함을
쉽게 믿을 수도 있다. 하지만 밧줄에 의지해 절벽에
매달려 있어야 한다고 가정해보면 그 밧줄을 진정 얼마나
신뢰했는지 알게 되지 않겠는가?

사랑하는 이를 잃고 슬픔에 빠지면 벼랑에 매달린 기분이 들 수 있다. 마음이 상처를 입을 가능성은 그만큼 크고, 당연히 불확실해 보이는 것을 잡을 때는 신중해진다.

어떤 말과 행동을 믿어야 할지를 두고 극도로 예민해지는 이 비극의 시간에 사람들은 당신이 신뢰할 수 없는 말을 한바탕 늘어놓을 것이다. 상투적인 말("시간이 약이에요"), 근거 없는 확언("당신은 이 어려움을 이겨낼 거예요"), 진부한 격려의 말("신이 천국에 새로운 천사가 필요해서 데려간 거예요"), 그리고 훨씬

더 진부하고 엄숙한 말("모두 신의 위대한 계획의 일부예요")을 듣게 될 것이다. 심지어는 슬픔에 대처하는 능력이 좀 더 뛰어날 것 같은 전문가도 슬픔에 잠긴 사람과 어떻게 이야기를 나눠야 하는지 어이없을 만큼 이해하지 못한다. 빌 C. 데이비스의 희곡『집단청원*Mass Appeal*』을 보면 스파클링 와인을 즐겨 마시는 인정 많은 교구사제가 위로를 하는 방법에 대한 지혜를 들려준다. 이 장면은 위로를 전문적으로 하는 이들조차 슬픔에 빠진 사람과 대화하는 법을 얼마나 잘못 알고 있는지 보여주는 좋은 예다.

> 위로는 슬픔에 빠진 사람이 자신의 슬픔이 얼마나
> 위로할 길 없는 것인지 깨닫도록 시시하게 들려야 하네.
> 위로할 길 없는 슬픔은 사람을 고귀한 지위에 올려놓지.
> 고귀해졌다는 이 느낌 덕분에 대부분의 사람이 대부분의
> 비극을 이겨내는 거야. 그러니 사제인 자네의 임무는 뭔가
> 어리석은 말을 해서 평범한 슬픔을 위로할 길 없는 고귀한
> 감정으로 끌어올리는 걸세.

때때로 비탄에 빠진 이는 사람들이 건넨 허튼 위로의 말을 트집 잡는다. 죽은 딸을 두고 하는 뻔한 얘기들에 "하느님이 천사가 필요해서 그 아이를 데려갔다고? 그분은 하느님이잖아. 천사를 하나 더 만들면 되잖아?"라고 반응한다. 대개의 사람은 근거 없는 말들을 못 들은 체 그냥 넘긴다. 하지만 슬픔에 빠진 사람은 이

런 말을 흘려듣지 않고 잠재의식 속에라도 담아둔다. 그리고 그런 말들 때문에 무엇이든 점점 더 신뢰하지 않게 된다.

어려울 때 버팀목이 되어주리라 생각했던 누군가를 실제로는 의지하고 있지 않음을 깨닫게 될지도 모른다. 반대로 묘하게도 한 번도 신뢰할 만한 사람이라고 생각해본 적이 없는 누군가에게 끌리기도 한다. 이는 지극히 평범한 시나리오다. 어느 순간 불현듯 가장 친한 친구보다 성실치 못한 직장동료를, 배우자보다 이웃 사람을, 정신과 의사보다 청소부를, 나무랄 데 없는 누이보다 망나니 형을 더 신뢰하게 될 수도 있다. 이는 그들이 당신이 찾을 수 있는 가장 튼튼한 밧줄을 잡고 있기 때문이다. 비록 밧줄을 던져준 이가 엉성한 밧줄을 던져준 사람만큼 당신을 사랑하지 않는다거나 잘 알지 못하더라도 말이다.

신뢰를 얻고 싶은 사람에게는 이런 상황이 속상할 수 있다. 그래서 신뢰를 얻기 위해서 무슨 일이라도 하려 들 것이다. 누군가 이런 사람을 가리켜 카타르시스 스토커라고 했는데, 언제나 당신이 자신과 함께 특별한 순간을 맞이하고 자신에게 속마음을 털어놓고 자신 앞에서 카타르시스를 느끼고 자신을 신뢰해주기를 바라는 사람들이다.

이런 사람이 신뢰를 얻으려고 도를 넘는 행동을 하면 아마 당신은 뒷걸음질 칠 것이다. 사람들은 보통 너무 세게 혹은 너무 극단적으로 밀어붙이는 사람을 직관적으로 불신한다.

신뢰받는 사람은 으스대지 않는다. 오히려 신용을 과시하기 위한 행동을 거의 하지 않기 때문에 믿을 만한 사람이라는 인상을 확실히 준다. 마크 트웨인은 "진실이 신발을 신고 있는 사이 거짓은 세상을 반 바퀴나 돌 수 있다"고 했다. 진실은 서두르거나 야단법석을 떨지 않는다. 그럴 필요가 없기 때문이다. 정직한 말과 행동은 당신의 슬픔을 누군가와 이야기해도 될지 따져볼 때 유념하면 좋을 신용의 전조다. 제발 나를 믿어달라고 호소하기 위해 고등학교 기악합주단이라도 불러와 당신 집 잔디밭에서 베트 미들러의 노래 〈내 날개를 받쳐주는 바람이여〉를 연주할 것 같은 사람은 우리가 기댈 수 있는 이상적인 인물이 아니다.

사람들이 던지는 가장 기본적인 밧줄인 사소한 말씨나 행동거지를 유심히 지켜보다 보면 신뢰할 만한 사람을 알아볼 수 있다. 다시 한번 말하지만, 이것은 누가 당신을 사랑하느냐 사랑하지 않느냐 하는 문제와는 아무런 상관이 없다. 다만 신뢰할 수 있는 사람의 특징인 정직과 연민을 다 갖춘 사람을 찾기 쉽지 않다는 것이 문제다.

하지만 그런 사람이 없는 것은 아니다. 영화 〈위트〉에서 말기 난소암으로 고통받는 저명한 영국인 교수(에마 톰슨 분)와 그녀를 간호하는 흑인 간호사(오드라 맥도널드 분)가 병실에서 대화를 나누는 장면이 나온다. 이 장면은 죽어가는 사람이든, 사랑하는 이를 잃고 비통해하는 사람이든, 힘겨운 상황에 처한 사람과 어떻게 대화해야 하는지를 보여주는 훌륭한 본보기다.

어느 늦은 밤 간호사가 병실에 들어와 보니 교수가 수심에 잠긴 채 불안에 떨고 있다. 교수가 의연해 보이려고 애쓰며 입을 연다. "아무것도 이해할 수가 없어요." 그러더니 감정이 격해져 목소리가 갈라진다. 사람들은 눈물을 보면 대부분 반사적으로 "오, 울지 말아요"라고 하거나 "괜찮아질 거예요"라고 한다. 하지만 이 간호사는 있는 그대로 말한다. "교수님은 지금 굉장히 힘겨운 싸움을 하고 계십니다." 이것은 거짓 밧줄이 아니다. 간호사가 반대쪽 끝을 잡고 있는 밧줄이다. 암과 싸우는 것은 진정 힘겨운 일이다. 간호사는 그것을 알고 있는 것이다. 모두 사실이다.

그런 다음 간호사는 병실에 도사리고 있는 진짜 문제와 정면으로 맞선다. 그녀는 화학요법에 반응하지 않는 교수의 암 이야기를 꺼낸다. "화학요법이 효과가 없는 것 같죠?" 솔직해지자는 간호사의 권유에 교수가 (아마 평생 처음으로) "두려워요"라고 대답한다. 이런 경우에도 사람들이 보이는 자연스러운 반응은 거짓된 밧줄을 던지는 것, 즉 "두려워하지 말아요"나 "괜찮을 거예요"라고 하는 것이다. 하지만 간호사는 "당연히 두렵겠지요"라고 한다.

그러자 교수는 "더는 자신이 없어요"라며 자기연민에 빠지기 시작한다. 간호사는 그래도 거짓된 밧줄을 던지지 않는다. 고통받는 사람이 자기비난을 늘어놓아서 우리가 끝을 잡고 있지도 못할 밧줄을 되는대로 던지기 쉬운 때인데도 말이다. 대신 간호사는 "예전에는 자신이 있었지요, 그렇지 않나요?"라고 할 뿐이다.

신뢰가 형성되기 시작한다. 이제 두 사람은 새벽 4시에 병실에 앉아 막대기가 2개 꽂힌 하드를 갈라 우둑우둑 깨물고 쩝쩝 빨아 먹으며 이야기를 나눈다. 간호사가 던진 밧줄을 신뢰할 수 있게 된 교수는 좀 더 솔직하게 마음을 털어놓는다.

교수: 내 암은 제거할 수 없는 거죠, 그렇죠?
간호사: 네. 교수님이 앓고 있는 암을 치료할 좋은
치료법이 아직은 없답니다. 의사들이 교수님한테 이
사실을 설명해주었으면 좋으련만.
교수: 알고 있었어요.

교수가 이미 최악의 상황을 알고 있다는 사실에 주목하자. 이 것은 모든 신뢰의 문제가 지닌 아이러니다. 사람들은 슬픔에 빠진 이가 이미 알고 있는 것을 모르게 하려고 무던히 애를 쓴다. 이 장면은 다음의 대화로 끝난다.

교수: 그래도 당신은 날 계속 보살펴줄 거죠?
간호사: 물론이지요.

내밀 수 있는 단 하나의 단단한 밧줄이 하드와 보살펴주겠다는 약속이라면 그대로도 좋다. 작아도 괜찮다. 슬플 때는 지킬 수 있는 작은 약속이 지킬 수 없는 큰 약속보다 낫다. 생의 기본적인 평안에 대한 신뢰는 밧줄에 매달려 안간힘을 쓸 때 조금씩 회복될 것이다. 신뢰는 누군가 세상을 떠나면 갑작스럽고 파괴적으로 허물어지지만, 회복될 때는 그와 정반대로 천천히 조금씩 회복된다. 신뢰의 상실은 큰 것 같고, 그 회복은 작은 것 같다.

사랑하는 남편을 잃은 여성이 남편의 1주기에 바닷가 호텔에 혼자 묵고 있었다. 물을 한 병 사려고 기념품 가게에 들렀는데 좀 슬퍼 보였던 모양이다. 계산대 앞의 나이 지긋한 여성이 "괜찮아요. 그냥 드세요" 했다. 물병을 들고 가게를 나온 여자는 문득 처음 본 낯선 사람이 방금 자신에게 가늘지만 단단한 밧줄을 던져주었음을 깨닫고는 멈춰 섰다. 평소에는 과묵했지만 여자는 기념품 가게로 돌아가 계산대에서 일하는 노부인에게 이렇게 말했다. "친절하게 대해주셔서 정말 고맙습니다. 덕분에 기분이 좋아졌습니다. 1년 전 오늘이 남편이 저세상으로 간 날이라 마음이 울적했거든요." 그러자 노부인이 대답했다. "그렇다면 부인, 초콜릿을 좀 드셔야겠군요."

부인

〈당신 없이도 잘 지내고 있어요I Get Along Without You Very Well〉는 널리 알려진 미국의 인기 곡으로, 1930년대에 나온 뛰어난 토치송(torch song. 실연이나 짝사랑 등을 노래하는 감상적인 블루스 곡―옮긴이) 가운데 하나다. 많은 작곡가가 이 노래를 세상에서 가장 슬픈 노래라고 했는데, 곡의 배경에 흥미로운 사연이 있다. 호기 카마이클이 작곡한 이 곡의 가사는 누군가가 신문에서 찢어준 시였다. J. B.라는 머리글자로만 서명을 해서 익명으로 신문사에 보낸 시였는데 쓸쓸하면서도 감미로운 글에 매료된 카마이클이 여기에 곡을 붙인 것이다. 자신이 만든 노래가 너무 마음에 든 그는 유명한 몇몇 신문기자의 도움을 받아 신비에 싸인 J. B.가 누구인지 알아내려고 했다. 많은 노력 끝에 시를 쓴 사람을 찾아냈는데 제인 브라운 톰슨이라는 초로의 여성이었다. 시인도 작사가도 아니었던 톰슨은 그 시가 누구를 혹은 무엇을 노래했는지 끝까지 세상에 밝히지 않았다.

노랫말은 "보슬비가 내릴 때"나 떠나간 이의 이름을 들을 때처럼, 이 일 혹은 저 일이 있을 때 말고는 "당신 없이도 잘 지내고 있어요"라고 이어진다. 사실 이 노래의 원래 제목은 〈당신 없이도 잘 지내고 있어요. (가끔은 말고요)〉이다. 제목 뒤에 덧붙은 말이 우리가 부인이라는 문제를 다루면서 강조하고 싶은 점이다. 즉, 슬픔에 잘 대처하고 싶다면 정직해지고, 마음을 터놓고, 솔직해지고, 진심이 돼라. 가끔은 말고, 어떤 것들은 빼고 말이다.

큰 슬픔을 한 번도 겪어보지 않은 사람들에게는 앞서 이야기한 많은 내용과 모순되는 것처럼 보일지도 모른다. 그러나 크나큰 슬픔을 겪어보았다면 이것이 모순이라기보다는 역설임을 알 것이다. 그렇다. 슬픔의 모든 측면을 정직하게 면밀히 살피고 똑바로 응시하는 것은 중요하다. 하지만 머릿속이나 마음속에서 "거기는 가지 말자"고 마음먹는 곳이 적어도 한군데는 있을 것이다. 여기에 바로 이 노래의 의미가 있다. 노래의 지극한 슬픔은 마지막 부분에 있다.

당신 없이도 잘 지내고 있어요.
물론, 봄에는 말고요.
봄은 절대 생각하지 않을 거예요.
가슴이 찢어지고 말 테니까요.

노랫말을 쓴 사람은 봄을 생각하지 않을 것이다. 영원히. 어떤 이에게는 너무나 가슴 아픈 곳이어서 (노래 속에서조차) 갈 수 없는 곳들이 있다. 그 사람은 절대 그곳에는 가지 않을 것이다. 가고 싶지 않으면 가지 않으면 된다. 그래도 괜찮다. 드러내놓고 마주할 필요가 없는 것도 있기 때문이다. 당신의 선택이었다 해도 그게 당신이……(드디어 이 말이 나온다)……부인을 한다는 의미는 아니다.

가장 화나는 일 중 하나는 누군가 당신이 부인을 한다고 책망하는 것이다. 사람들은 이런 말을 아무렇게나, 그것도 전문가처럼 굴면서 툭툭 던진다. 우리와 이야기를 나눈 한 심리학자가 바로 전날 세상을 뜬 동료 이야기를 해주었다. 고인의 가족들이 어떻게 하고 있는지 보려고 어지러운 마음으로 친지들이 모여 있는 곳으로 내려갔더니 비서가 얼른 그를 옆으로 불러 말했다. "쉽게 받아들이려고 하지를 않아요. 모두들 부인을 하는데, 그게 슬픔의 첫 번째 단계라면서요." 그 말에 심리학자가 이렇게 대꾸했다. "음, 어쩌면 자네 덕에 오늘이 다 가기 전에 저 사람들이 분노 단계(엘리자베스 퀴블러-로스의 슬픔의 다섯 단계 중 2단계. 1단계는 부인, 3단계는 타협, 4단계는 우울, 5단계는 수용이다―옮긴이)에 이를지도 모르겠군." 요컨대, 사람들과 감정을 나누지 않는다고 해서 타인들이 마음대로 진단을 내리는 것처럼 당신이 부인하는 것은 아니라는 의미다.

그 누구도 부인한다는 이유로 수전 로웬스타인을 비난할 수 없다. 부인하는 사람이라면 자신의 삶에서 가장 충격적인 순간을 재현하는 76명의 여성을 조각하며 15년이란 긴 세월을 보내진 못했을 것이다. 그런데 이야기를 나누기 위해 마주 앉았을 때 수전이 처음 한 말 가운데 하나가 "어쩌다 보니 부인이 중요하다는 걸 굳게 믿게 됐어요……. 당장 받아들일 순 없지요. 너무 힘드니까요"였다. 이런 온건한 부인은 문제를 통째로 피하는 것과도 다르고, 슬픔의 특정한 측면에 자신을 맞추는 것과도 다르다. 슬픔이 닥치면 한꺼번에 처리할 일이 많다 보니 처리 과정을 늦추고 대충 순위까지 매겨 상황을 받아들이려는 마음이 들지도 모른다. 사랑하는 이가 세상을 뜬 그날 호스피스 병동에서 허겁지겁 집으로 돌아와, 하나하나 되짚어야 할 끔찍한 모든 순간을 스프레드시트로 계산하지 않아도 된다. 서두를 필요가 없다.

많은 사람이 슬픔을 관리 가능한 단위로 처리하는 쪽을 택한다. 슬픔의 특정한 면을 마주할 때, 밀린 집안일처럼 소매를 걷어붙이고 달려들어야 해결할 수 있는 만만치 않은 작업을 대하듯 행동한다. "올여름엔 무슨 일이 있어도 수납함을 사서 저 돼지우리 같은 지하실을 정리하고 말 거야" 하는 마음을 슬픔이라는 감정에 적용하는 것이다. 어떤 이들은 말 그대로 조용히 생각한다. "돌아가시기 전 마지막 몇 달 동안 내가 아버지한테 얼마나 화가 났었는지 곧 이야기할 수 있겠지."

슬퍼하는 일은 고통스러운 작업이다. 그 고통스러운 작업이 지루하게 길어지는 사이사이 숨을 고르고 재충전할 시간이 필요하다. 부인은 바로 그 필요한 휴식, 그것도 건강한 휴식이 될 수 있다. 《뉴요커》의 한 시사만화에 거리를 걸어가는 두 여성이 나온다. 한 여성이 다른 여성에게 돌아서더니 이렇게 말한다. "다시 부인을 했더니 기분이 한결 나아졌어."

슬픔을 처리할 때 속도를 조절하는 것은 부인이 아니다. 만약 25년이 흐른 뒤에도 여전히 고인이 된 사랑하는 사람의 상을 차린다면, 맞다, 그것은 부인이다. 그러나 너무 많이, 너무 빨리 슬퍼하는 슬픔의 마조히스트가 되는 것과 너무 깊이 부인한 나머지 골방에 틀어박히는 것은 전혀 다르다. 자신이 겪는 슬픔의 여러 측면을 자세히 들여다보기 위해 자신만의 시간표를 짜는 것은 유익하다. 이는 슬픔의 여러 영역 중에서 당신에게 자율권이 있는 유일한 영역이기도 하다.

"완벽하게 준비가 되면 그렇게 할 거예요." 언제 처리하고 싶은지는 물론이고, 어떤 면을 처리하고 어떤 면은 절대 처리하고 싶지 않은지 정하는 것도 바람직하다. 못 견디게 두려워서 언제까지나 비밀로 해두고 싶은 것을 부인이라고만 볼 수는 없다. 그럴 땐 그냥 "거긴 가고 싶지 않아요"라고 하면 된다. 좀 더 두려운 상실의 이미지나 측면이 있는 경우라면 당신은 "거긴 가고 싶지 않다"는 정도가 아니라 이미 거기에 가 있는지도 모른다. 눌러서는 안 되는 버튼이 몇 개 있음을 당신 자신은 알고 있다. 이길 수 없을 정도로 두려운 것이기 때문일 수도 있고, 당신 자신조차 출입이 금지된 머릿속이나 가슴속 어느 방에 보존해야 할 만큼 신성한 것이기 때문일지도 모른다. 너무나 고통스러워 처리할 수 없는 것들 중에는 슬픔을 정직하게 대면할 때 꼭 필요치 않은 것도 많다.

일례로 사랑하는 이를 떠나보낸 사람이 오래 생각하고 싶지 않은 것 중 하나인데도 불구하고 흔하게 떠올리는 일은 죽어가는 이가 평소답지 않게 주위 사람들을 고약하게 대하는 상황이다. 더없이 친절하고 마음 따뜻했던 사람이 죽음에 임박하면 가족들 가슴에 못 박는 말을 하고 친구들을 무섭게 몰아세우며 여러모로 곁에 두기 두려운 사람으로 변한다.

이런 감정의 분출을 곱씹을 필요는 없다. 그런 행동은 과거의 그 사람과는 아무 상관도 없다. 그저 고통의 무게에 짓눌려서 터져나온 행동일 뿐이다. 고통에 대한 인간의 반응은 본능적이다. 닫히는 자동차 문에 손가락이 끼이면 당신은 미친 듯이 비명을 지를 것이다. 어쩔 수 없는 반응이다. 그런데 정말 아플 때는 몸 전체가 자동차 문에 끼인 것처럼 느껴진다. 슬픔의 다섯 단계를 처음 정리한 의사 엘리자베스 퀴블러-로스는 다음과 같이 설명한다.

……분노는 사방팔방으로 뻗어가고, 때로는 거의
무작위로 주위에 투사된다. ……이런 상황에 처한 환자는
늘 불평거리를 찾는다.

생의 마지막 날, 고통으로 제정신이 아닌 사람이 마지막으로 독설을 퍼붓는 무서운 광경을 다시 떠올리고 싶지 않다고 해서 부인을 하는 것은 아니다. 이런 일을 겪었다면 사람들은 혀를 쯧쯧 차며 "그런 상태에서는 누구나 가장 사랑하는 사람한테 포악을 떠는 법이에요" 한다. 그런데 이런 말은 아무런 위로도 되지 못한

다. 슬퍼하기는 회복의 과정이지 망자에게 보여줘야 할 자책의 의식은 아니다.

회상하고 싶지 않은 영상이 있다고 해도 그것이 부인을 하는 것은 아니다. 이런 영상은 세상을 떠난 사람과 관련이 있겠지만 주위 사람들과도 관련이 있을 수 있다. 사랑하는 사람이 세상을 떠나면 어느 순간 당신은 사랑하는 다른 사람들과 한 공간에 있으면서 그들이 괴로워하는 모습을 지켜보게 된다. 이 또한 감당하기 힘들다. 그래서 이 상황을 마주하지 않는 쪽을 택할지도 모른다. 2009년 2월, 뉴욕주 버펄로에서 일어난 콘티넨털 항공기 추락사고로 누이를 잃은 한 젊은 남자는 집에 전화를 한 뒤에 이렇게 말했다. "어머니가 전화선 너머에서 평생 처음 들어보는 이상한 소리를 지르셨어요." 다른 이들도 이와 비슷한 이야기를 했다. "그 사람이 우는 걸 처음이자 마지막으로 본 건 아무개의 장례식에서였어요"라는 말을 우리는 몇 번이고 듣지 않는가? 가장 가까운 이들이 슬픔을 못 이겨 당신이 절대 떠올리고 싶지 않은 반응을 보일 수도 있다. 하지만 어쩌겠는가? 일은 일어났고, 당신은 보거나 들었다. 되새길 아무런 이유도 없다. 정직함으로 인해 고문을 당할 필요는 없다는 말이다.

〈당신 없이도 잘 지내고 있어요〉를 쓴 여성에 대해 짧게 덧붙일 이야기가 있다. 제인 톰슨이 누구인지 밝혀진 뒤 호기 카마이클은 인기 가수 딕 파월에게 곡을 주어 한 라디오 프로그램에서 처음으로 이 노래를 선보였다. 그런데 방송이 전파를 타기 하루

전, 제인 톰슨이 세상을 떠났다. 아마도 톰슨은 거긴 가고 싶지 않았는지 모른다.

실수

———

슬픔은 지뢰밭이 될 수도 있다. 사별의 슬픔에 잠겨 있는 누군 가와 그 사람에게 힘을 주려고 애쓰는 이들에게는 도처에 감정의 폭탄이 숨겨져 있다. 이 폭탄은 밟기 쉬운 데다 폭발하면 피해가 이만저만 크지 않다. 실수란 개념은 슬픔과 관련한 문제 중에서 가장 인간적이다. 슬픔에 잠겨 지내는 동안 저지르는 실수 가운 데 악의로 생기는 것은 거의 없다. 맞다, 감정적으로 녹초가 되어 서 생기고 특정 문제에 무지해서 생기는 것이다. 그렇다, 때로는 어리석기 짝이 없어서 일어난다. 하지만 그런 실수는 보통 아무런 악의도 없다. "그것은 정직한 실수였다"는 표현에서처럼 실수라는 말을 수식할 때 아주 흔하게 사용하는 형용사 중 하나가 '정직한' 인 데는 그만한 이유가 있다. 슬픔에 빠진 사람이 한 실수든, 그 주변에 있는 사람이 하는 실수든, 슬플 때 저지르는 대부분의 실 수는 정직한 실수다.

어떤 측면에서는 이런 점 때문에 실수라는 문제를 해결하는 일이 그토록 힘들고 솔직히, 아주 슬프다. 설령 슬플 때 저지르는 실수가 아무리 정직한 것이라 해도 무방비 상태로 고통을 아주 민감하게 감지할 때 생기기 때문에 상처가 큰 건 마찬가지다.

데이비드 린지 어베어의 희곡 『래빗 홀*Rabbit Hole*』은 하나뿐인 자식 대니를 네 살 나이에 잃는 한 젊은 부부에 대한 이야기다. 대니는 집에서 기르는 개를 쫓아가다 차에 치인다. 그것도 바로 집 앞에서. 희곡은 대니가 죽은 지 몇 달 뒤, 부부가 어떻게든 살아보려고 안간힘을 쓰는 데서 시작된다. 어느 날 비디오테이프를 집어든 남편은 끔찍한 실수를 발견한다. 아내가 살아 있는 아들의 마지막 모습이 담긴 테이프에 디스커버리 채널의 토네이도에 관한 다큐멘터리를 녹화한 것이다. 그렇게 아이의 마지막 모습은 영원히 지워져버렸다.

이 사고는 정직한 실수들의 불행한 합작품이었다. 아내는 남편을 위해 다큐멘터리를 녹화하려고 했다. 남편의 마음을 아들의 죽음이라는 끝없는 쳇바퀴가 아닌 다른 것에 쏟게 해서 반 시간 동안이나마 휴식을 주려고 말이다. 남편 역시 자상한 사람이었는데 실수가 벌어지기 전날 밤 잠을 이루지 못했다. (그 악명 높은 4시 30분이었을까?) 그는 아내를 깨우지 않고 아래층으로 내려가 아들의 모습이 담긴 테이프를 틀어본다. 그리고 아내에게 들리지 않게 베개에 얼굴을 묻고 울고 난 뒤 비틀거리는 걸음으로 침대로 돌아간다. 대니의 모습이 담긴 테이프를 비디오에 그대로 넣어둔 채로.

이런 실수가 아무리 정직한 것이라 해도 아들의 마지막 모습

128

이 영원히 사라졌다는 사실을 바꾸지는 못한다. 로스앤젤레스 레이커스 농구단의 명해설가 칙 헌은 "피해를 주지 않으면 반칙이 아니다"라는 명구를 만들어냈다. 사람들이 슬픔 속에서 저지른 실수를 실황 중계하고 있었다면 그는 "반칙이 아니어도 피해를 준다"고 했을지 모른다. 피해를 보는 사람에게 실수란 무척 아프게 느껴질 수 있다. 그래서 실수한 사람의 마음에 악의적인 동기가 있었으리라 생각하기 쉽다. 이런 식으로 생각하다 보면 정직한 실수와 객관적 상관물(T. S. 엘리엇이 「햄릿과 그의 문제들」이라는 글에서 처음 언급한 개념으로, 정서를 직접적으로 나타내지 않고 구체적인 사물을 제시하여 간접적으로 환기하는 시적 기법—옮긴이)을 같은 것으로 판단할지도 모른다. 엘리엇의 말대로라면 "여러 가지 물건과 정황, 연속된 사건들"이 "특별한 감정을 나타내는 형식"이 될 때 이런 일이 일어난다.

『래빗 홀』에서 지워진 비디오테이프는 남편이 아들의 죽음과 연관시켜 자신의 감정을 분출하는 수단이 된다. 그는 아들 대니를 차에 치여 죽게 한 부주의한 실수와는 지쳐 나가떨어질 때까지 격투를 벌일 수가 없다. 주먹을 날릴 대상이 없기 때문이다. 주먹을 날릴 수 있는 것은 대니의 마지막 모습을 없애버린 부주의한 실수뿐이다. 거실에 있는 그의 눈앞에 아들을 잃게 한 실수 대신 놓여 있는 것은 아내가 지워버린 비디오테이프뿐이다.

슬픔이 닥치면 정처 없이 떠도는 변덕스러운 감정에 어울리는, 엘리엇이 형식이라고 부른 온갖 것들이 생겨나는데, 이것들이 하는 유일한 일은 폭발의 원료가 될 물건을, 상황을, 사람을 찾는 것이다.

한 가지 예로 여기 남편을 잃은 어느 여성의 이야기가 있다. 남편의 장례를 치르는 날, 여자는 교회로 가는 길에 공항에 들러 어머니를 태워 가기로 되어 있었다. 그런데 그만 약속을 잊고 혼자서 교회로 가버렸다. 여자의 어머니는 사위의 장례식에는 참석도 못하고 공항에 버려진 채 수하물 찾는 곳 주위를 서성거리며 세 시간을 보냈다. 이런 일에 사람들이 의아해하는 건 당연하다. 어떻게 그런 큰 실수를 할 수 있는지, "오늘은 누구를 객관적 상관물로 삼을까?" 궁리하며 어머니를 공항에 버려둘 수 있는지 말이다.

그러나 슬픔에 잠기면 머리는 평소처럼 작동하지 않는다. 어떻게 그럴 수가 있을까? 가장 근원적인 논리에 문제가 생겼기 때문이다. 항상 곁에 있던 사랑하는 이가 떠나가 버렸다. 뇌는 이 상실을 계산할 수 없고, 따라서 일시적인 정신착란이 일어난다. 사랑하는 이를 잃고 비탄에 빠진 이들은 상실을 겪고 처음 느끼는 슬픔을 좀처럼 슬프다고 설명하지 않는다. 그보다는 초현실적인, 악몽 같은, 충격을 받은 느낌이라는 말로 표현한다.

사별의 슬픔은 실제로 일종의 혼란 상태다. 모든 생각이 제자리를 벗어났는데, 항상 곁에 있던 누군가가 그 자리에 없는데, 어떻게 당신의 뇌만 제자리에 그대로 있을 수 있겠는가? 대니는 제자리에 있지 않다. 어머니를 공항에 남겨둔 여성의 남편도 제자리를 이탈했다. 비탄에 젖은 사람들의 판단력이 잠시 제자리를 벗어나면 왜 안 된다는 말인가?

130

슬픔에 젖어 있는 동안에는 정신이 위태로워진다. 감정을 담당하는 신경이 무방비 상태에 있기 때문이다. 대개의 사람들이 아무렇지 않게 생각하는 사소한 충돌이나 삐걱거림이 실수로만 느껴지지 않고 잔혹하게 다가올 것이다. 우리는 연휴 동안에 열여섯 난 아들이 음주 운전자의 차에 치여 사망한 어느 부모 이야기를 들었다. 월요일이 되자 슬픔으로 정신을 가누지 못하는 부모에게 음성 메일이 도착했다. 학교 당국에서 미리 녹음해서 자녀가 "오늘 학교에 오지 않았다"고 알려주는 음성 메시지였다. 메시지는 무단결석에 대한 교칙을 일일이 열거하며 이어졌다. 부부는 그 뒤로도 3일 동안 똑같은 음성 메일을 받았다.

끔찍하기 짝이 없긴 하지만 음성 메시지는 자녀가 결석했을 때 그 사실을 학부모에게 알려주기 위한 학교당국의 효율적인 시스템에 불과했다. 하지만 메시지를 계속 들어야 했던 가엾은 부부에게 시스템의 효율성 따위는 분명 중요하지 않았을 것이다. "반칙은 아니지만 피해를 준 것이다."

자신 역시 학부모인 대부분의 학교 관리자들은 실수를 깨닫고는 소스라치게 놀라 사과를 하고, 죽은 학생의 이름을 얼른 결석 통지 자동화 시스템에서 삭제했다.

회사나 정부기관, 학교같이 큰 조직이 저지르는 이런 형태의 실수는 특별히 뻔뻔스럽게 느껴질지도 모른다. 슬픔에 빠진 이들은 이런 얼굴 없는 단체를 싫어하게 된다. 은행이나 정부기관, 심지어는 (세상에!) 케이블 회사와도 고문 같은 전화통화를 해야 한다. 이미 감정이 소진될 대로 소진된 상태에서, 전화선 반대쪽에 있는 자동 기계에게 "가입자가 사망해서 벌금을 내지 않기 위해 앞으로 30일 내에 이러저러한 조치를 취할 수 없다"는 사실을 애써 이해시키느라 얼굴이 새파래진다. 이런 단체들이 "안녕하세요?"라는 인사말로 사별을 겪고 슬퍼하는 사람을 격분케 하는 전화를 걸지 못하도록 법을 만들어 통과시키면 어떨까?

레비아단 같은 거대한 회사나 단체는 사악한 유령같이 군다. 회사나 국가기관이 공과금을 받기 위해서 고의로 그러는 것처럼 보인다. 그것은 슬퍼하고 있을 때 위로해주는 사람들이 저지르는 실수와는 큰 차이가 있다. 이미 가까운 사람들의 실수는 용서받을 수 있는 상황이다. 당신은 이미 누군가를 잃었고, 그래서 사랑하는 사람의 수가 적어졌으니 말이다. 아직 곁에 남아 있는 모든 이들에게 매달릴 상황인 것이다.

하지만 이상하게도 당신의 마음과는 반대로 타인들은 쉽게 접근하지 않는다. 이상하게 들릴지 모르겠지만 사람들은 슬픔에 빠진 이에게서 두려움을 느낀다. 때때로 별로 유명하지 않은 연예인을 바라보듯이, 슬픔을 품위 있게 해주는 낯선 아우라가 뿜어져 나오기라도 하는 듯이 당신을 바라본다. 그래서 잘못된 말과 행동으로 실수를 할 것 같은 이들은 겁을 먹는다.

당연히 그들은 말과 행동에서 실수를 저지른다. 거투르드 스타인은 "지나치게 조심스러워하면 조심스러움에 열중한 나머지 틀림없이 넘어지게 되어 있다"는 특유의 역설 어법으로 이런 경향을 표현했다.

1970년대 미국 CBS 방송이 방영한 시트콤 〈올 인 더 패밀리All in the Family〉의 유명한 에피소드를 하나 살펴보자. 특별 출연한 새미 데이비스 주니어가 주인공 아치 벙커의 택시에 서류가방을 두고 내려서 벙커 가족을 찾아온다. 무엇이나 아는 체하는 오만한 아치는 가족들에게 데이비스의 눈이 유리 눈이라고 말한다. (새미 데이비스 주니어는 실제로 한쪽 눈이 의안이었으며, 이는 누구나 아는 사실이었다.) 그러고는 모두에게 그 사실에 대해서 입도 벙긋하지 말라고 주의를 준다. 데이비스가 도착하자 커피가 나온다. 아치는 호의 넘치는 주인 행세를 하며 데이비스에게 커피 잔을 건네는데, 그때 그의 얼굴을 똑바로 쳐다보며 "눈에 크림하고 설탕을 넣나요?"하고 묻는다.

이런 종류의 말실수는 언제든 일어나지만 새미 데이비스 주니어보다는 속물인 아치에게, 슬퍼하는 이보다는 말실수를 하는 사람에게 더 해로운 경향이 있다.

사별을 겪고 비통해하는 사람과 이야기를 나누는 중에 어쩌다 암이란 말이나 사고가 발생한 거리의 이름이나 세상을 떠난 사람의 이름을, 혹은 표현 형식이나 맥락이 어떻든 (중요한) 죽음이란 말을 입 밖에 내면 사람들은 엄청난 실수를 저질렀다고 생각한다. "배터리가 죽어서 회사에 늦었어" 같은 말을 하고는 죽음을 연상시키는 말D-word을 했다는 당혹감에 금세 얼굴이 빨개진다. 그러나 이것은 불합리한 두려움이며 불필요한 경계다. 사별의 슬픔에 젖어 있는 이라면 이미 고인이 된 사랑하는 이의 이름을 알고 있고, 그 사람이 영원히 그렇게 죽은 채로 있으리라는 사실을 알고 있다.

그들은 분명 인생의 하루하루를 그 사실과 함께 살아간다. 그러니 D-word를 말한 사람을 "배터리가 죽었다고? 그래, 내 남편도 죽었어, 이 여편네야!" 하며 닦아세우지는 않을 것이다.

그럼에도 사람들은 마음이 불편하다. 그래서 실수를 하면 본능적으로 불편함을 감추고 아무 일도 없었다는 듯 행동하려고 애쓴다. 모든 사람이 그 실수를 분명히 알고 있을 때조차 말이다. 물론 이렇게 하면 상황은 더욱 불편해질 뿐이다. 누군가가 불편함을 은폐하려는 것을 보면 슬픔에 젖은 사람의 기분은 더 엉망이 된다. 주위 사람이 실수를 하면 이야기를 하라. 털어버리듯 가볍게 "괜찮아요"라고. 그러고는 하던 이야기를 계속하면 된다.

《뉴욕 타임스》가 보도한 한 연구에 따르면 환자들은 의료 사고가 일어났을 때 의사가 과실을 솔직하게 인정하거나, 정직한 설명과 사과의 말을 듣고 자신이 입은 손상에 대해 신속하고 정당한 보상을 받으면 소송을 제기할 확률이 훨씬 낮다고 한다. 이 사실을 입증하는 통계가 압도적으로 많아지자 30개 이상의 주에서 증거 부족으로 법정에서 인정되지 않는 의료과실에 대해 사과하는 것을 법률로 정했다. 과거에는 많은 의사가 과실을 인정하고 그 과실이 어떻게 일어났는지 설명하면 소송을 당하게 될 뿐이라고 두려워했는데 실제로는 그 반대인 것이다.

이 연구는 의료 분쟁의 해결보다 더 중요한 것을 전해준다. 상처를 입힌 사람에게 우리가 진정으로 받고 싶은 것이 무언인지를 보여주는 것이다. 우리가 원하는 것은 진정한 이해일 뿐 보복이 아니다. 대부분의 사람에게는 한 줌의 정직함이 한 덩이의 고기보다 더 가치 있다.

감상벽

――――

　오랫동안 학자와 비평가들은 역사상 가장 논란이 분분한 인물인 햄릿을 괴롭히는 것이 정확히 무엇인지 논쟁을 벌였다. 본인에게 직접 물어보았다면 햄릿은 적어도 1막에 처음 등장했을 때는 자신을 서서히 갉아먹는 것이 무엇인지 말해줄 수 있었을 것이다. 스스로 단정적으로 말한 것처럼 말이다. 아버지가 의문의 죽음을 당한 직후 어머니가 아버지의 동생과 결혼한 것을 안 햄릿은 피가 끓어오른다. 거트루드 왕비는 아들 햄릿을 격분시키는 한편 남편의 장례식에서 가증스러운 감정 연기를 펼쳐 보이는데, 햄릿에게는 소름 끼치도록 기만적인 것이었다. 햄릿은 "니오베처럼 눈물을 철철 흘리며……부왕父王의 시신을 뒤따르는" 왕비의 모습에 울분이 쌓인다. 햄릿에게는 제 어미가 흘리는 "부정하기 짝이 없는 눈물의 소금기"가 마치 진실한 슬픔이라는 자신의 맨 상처에 쏟아부어지는 것처럼 느껴졌다.

　비탄에 젖은 이들은 이 상처와 소금기가 무엇인지 알 것이다.

우리는 자기애와 위선에 물든 타인의 감정에 상처를 입을지도 모른다. 어떤 죽음을 둘러싸고든 항상 그 상황을 자신의 목적에 이용하는 사람이, 여럿이 함께 경험하는 신성한 슬픔을 개인적인 목적에 이용하는 사람이 있기 마련이다. 이것은 진심으로 슬퍼하는 사람들을 움츠러들게 하는 과시적인 행동에서 분명하게 드러난다. 슬픔을 연기하는 이들과 진정으로 슬퍼하는 이들을 구별해주는 선이 있다. 앞의 행동은 우리가 감상벽이라고 부르는 것인데, 첫 대사에서 햄릿은 그 정체를 낱낱이 밝힌다. 거투르드 왕비가 고인이 된 아버지 때문에 지나치게 슬퍼한다고 나무라자 햄릿은 여왕에게 격하게 대든다.

> 비통해 보인다뇨, 마마? 아니, 전 진정 비통합니다.
> 전 겉꾸밈 같은 건 모릅니다, 어머니.
> 이 검은 외투나 격식을 갖춘 엄숙한 상복이나
> 억지로 지어내는 공허한 탄식이나
> 강물 같은 눈물이나 풀죽은 표정이나
> 비애를 나타내는 온갖 처신과 심사와 모습,
> 이 모든 것을 합한다 해도 제 심경을 진실로 나타내진
>   못합니다.
> 그런 것들은 정말 그럴듯하게 보이겠지요.
> 그까짓 연기는 누구나 할 수 있으니까요.
> 허나 제 가슴속에 있는 것은

비통의 겉치레와는 다릅니다.

이런 과시의 문제는 오늘날에도 햄릿 때와 다르지 않다. 과시는 거론하기 거북한 주제인 한편, 슬퍼하는 이들을 분노로 끓어오르게 하는 행동이다. 슬퍼하는 것처럼 보이나 실은 슬픔이 필요한 상황을 틈타 자기 잇속 챙기기에 급급한 사람들 때문에 정작 슬픈 이들이 마음의 병을 심하게 앓을지도 모른다. 슬퍼하는 이들은 대부분 이 문제에 침묵하지만 누가 묻기라도 하면 기다렸다는 듯이 이야기를 줄줄 쏟아놓을 것이다.

이런 상황을 다룬 재미있는 예를 랜포드 윌슨의 희곡 『7월 5일』에서 찾아볼 수 있다. 샐리 탤리라는 담찬 열일곱 살 괴짜 아가씨가 열다섯 살 많은 애인의 장례식에 참례한다. 샐리는 겉꾸미는 사람 하나와 맞닥뜨리는데, 얼마나 엄청난 분노를 느끼는지 숨이 넘어갈 지경이 된다.

나는 그 멍청한 풀 목사의 말에 귀를 기울이며 앉아서
금방이라도 울음을 터뜨리고 싶어 안달인 위선적인
그의 아내를 건너다보았다. 그 여자는 흡사 학생 같았다.
누군가 프랜신 울어! 하면 울음을 터뜨릴 것 같았다.

우리는 모두 프랜신 풀 같은 이들 (혹은 프랭크 풀 같은 이들)을 알고 있다. 어떤 비통한 상황에서든 찾아낼 수 있으며, 그 자리에 있는 사람이라면 너나 할 것 없이 알 수 있는 이들이다.

비극을 겪을 때는 자신의 슬픔에 골몰한 나머지 상황을 가볍게 여기는 사람을 무심히 보아 넘길 수도 있다. 게다가 대개의 사람들은 그처럼 감정이 불안정한 때에 다른 사람의 행동을 판단하는 것을 매정한 처사라고 여긴다. 그러나 분명 분노는 일어난다. 그것도 정당한 분노가. 이것은 고인에 대한 감정을 독점하느냐 아니냐의 문제가 아니라, 사랑하는 사람에 대한 존경의 문제다. 눈물이 헤픈, (햄릿 식으로 말해) 겉꾸미는 사람들이 사랑하는 사람의 죽음을 이용해 돈을 벌고, 이기적인 감정적 이득을 보려고 죽음을 둘러싼 슬픔을 유용하는 것을 지켜보노라면 마음이 편치 않을 것이다.

이렇듯 돈과 관련된 말로 감정의 문제를 이야기하면 생경하게 들릴지 모르겠다. 하지만 이는 문학에서 자주 사용될 뿐 아니라 슬퍼하는 이들이 감상벽을 묘사할 때 가장 흔하게 사용하는 은유다. 아일랜드의 작가 제임스 조이스는 감상벽을 "불로不勞 감정"이라고 불렀다. 오스카 와일드도 비슷한 은유를 써서 감상주의자를 "대가를 지불하지 않고 풍부한 감정을 소유하고자 하는 자"라고 정의했다. 『햄릿』의 5막에서 오필리아의 장례식에 모습을 드러낸 햄릿이 말한다.

> 나는 오필리아를 사랑했느니. 4만 오라비가 있어, 그
> 사랑을 다 합한다 해도 내 사랑의 총량만은 못하리.

이 수치의 비유는 참으로 적절하다. 우리는 우리와 사랑하는 사람 사이에 존재했던 사랑의 특별한 총량을 알고 있다. 감상주의자들은 합당한 정도 이상으로 고인을 이용하는데, 이렇게 되면 진정 가슴 아파하는 사람들이 상처를 입는다.

한 대학의 상담사는 학생들이 관련된 애도 상황이면 어떤 경우든 무대의 주변을 주목하는데, 흔히 그곳에서 가장 비통한 사람을 볼 수 있기 때문이라고 했다. 너무 가슴이 아파 햄릿이 말한 "누구나 연기할 수 있는 행동"에 동참할 수 없는 사람들은 무대의 중앙을 감정을 좀도둑질하는 자들에게 내어주고는 무리에서 떨어져 앉는다.

우리는 바로 이런 상황이 뉴욕주 롱아일랜드에 있는 한 대학 캠퍼스에서 벌어지는 것을 목격했다. 인기 많았던 한 남학생이 돌연 사망했다. 많은 이들이 촛불이 타오르고 카메라 플래시가 번쩍이는 임시 추도식에 운집했다. 모여든 사람들 중에서 고인을 가장 잘 아는 사람은 구급 의료진이 필요했던 여학생이 아니었다. 여학생은 죽은 학생과는 고작 몇 개월 동안 알고 지내며 가볍게 사귄 것으로 밝혀졌다. 억지로 지어내는 공허한 탄식인 셈이다. 그렇다고 (요청받지도 않았는데) 기타 줄을 요란스럽게 퉁겨낸 학생이 고인을 가장 잘 아는 것도 아니었다. 뼈에 사무치도록 가슴이 아픈 학생은 죽은 남학생의 룸메이트였던 절친한 친구였다. 그는 주변에 홀로 떨어져 앉아 있었다. 슬픔을 가눌 수 없어 무대의 중심에 있을 수가 없었던 것이다.

140

과도한 감정이 꼭 우리가 사용하는 경멸적인 의미의 감상벽만을 가리키는 것은 아니다. 감정의 자극을 아주 쉽게 받는 이들도 있는데, 그들의 예민한 눈물샘도 진실함에는 자극을 받지만 거짓 감정에는 반응을 보이지 않는다. 우리는 모두 이런 사람들을 알고 있으며 또 좋아한다. (어쩌면 당신이 바로 그중 한 사람인지도 모른다.) 그런 이들은 마음이 따뜻하고 위선적이지 않아서 절대 특별한 관심을 받으려고 애쓰지 않는다. 슬픈 상황에서 그들의 감정이 넘친다고 해서 아무도 반감을 품지 않는다. 그들은 크리스마스 캐럴을 듣거나 개밥 광고를 보거나 감사장을 읽을 때, 혹은 〈먼데이 나이트 풋볼〉을 시청하다가 경기장 전광판에 등장해 청혼을 하는 남자를 보며 눈물을 흘리기도 한다. 이런 행동은 겉치레가 아닌 진심이기 때문에 감상벽이 아니다.

반면 감상벽은 과시가 심하다. 감상주의자들은 자신을 슬프게 하는 것보다는 자신이 슬픔을 느낀다는 사실이 더 중요하다. 자신이 무엇을 느낀다는 사실을 다른 사람들에게 보여서 그 감정을 정당화하려 한다. 이런 까닭에 감상주의자들이 장례식을 강탈하는 일은 예사로 일어난다. 크리스토퍼 버클리는 양친의 죽음을 회고하며 쓴 회상록에서 이런 장례식 도둑들을 신랄하게 비난한다.

당신은 아마 고인을 치켜세우기 바쁜 사람들로 인해 강철 같은 비통함이 철수세미처럼 갈기갈기 찢기는 장례식에 한두 번은 가보았을 것이다. 이런 자들은 어디에서나 쉽게 눈에 띈다. 그자들은 좀처럼 미리 준비하는 법이 없고 대신 분위기에 따르거나 진심으로 말하기를 더 좋아한다. 그래서 최소한 20분 동안은 쓸데없는 소리를 진심으로 지껄여댈 것이다. 그러면 장례식에 참석한 사람들은 그만 고인은 까맣게 잊어버리고 삐져나온 이무깃돌이 지붕에서 그 수다쟁이 머리 위로 떨어지기를 간절히 기도하게 될 것이다.

버클리는 부친의 장례식에서 연설할 사람들에게 똑같이 4분씩 시간을 주면서 엄포를 놓았다. "시간을 넘기는 경우를 대비해서 저격수를 배치해두었습니다."

사랑하는 이를 잃고 슬픔에 잠겨 있다면 자신의 감상벽과도 씨름해야 할 것이다. 흔히 부고나 송덕문이나 추도사를 쓰다 보면 어느 사이엔가 감상주의자들이나 쓰는 미사여구를 짓게 된다.

우리는 감상적인 문화에 쉽게 끌린다. 감상은 잘 팔리기 때문이다. 그 결과 수많은 감상이 여기저기 떠다니는데, 이 부유하는 감상이 아주 큰 영향을 끼친다. 그런데 감상과 존경은 동전의 양면임을 알아야 한다. 감상과 마찬가지로 존경도 사람에 대한 평가다. 우리는 누군가에게 존경을 표하거나 그 사람을 존경해야 한다. 감상이 타인의 감정적 필요 때문에 고인의 가치를 이용하는 반면, 존경은 누군가에게 그가 받아 마땅한 것을 준다.

어떤 이들은 존경을 표하려면 아주 감상적인 표현을 써서 과장되게 말해야 한다고 느낀다. 그런데 이렇게 되면 존경하는 이의 특징을 살려주기보다는 오히려 고유한 본성을 없애버리게 된다.

어느 열한 살 소년은 할머니의 장례식에서 앞뒤 생각 없는 어른들과 정반대되는 행동으로, 사랑하는 이에게 존경을 표하는 훌륭한 모범을 보여주었다. 원하는 이는 누구든 교회 앞으로 와서 고인에 대해 이야기할 수 있는 순서가 되었다. 이런 의식은 때때로 떠들썩한 연회로 변한다. 그러면 사람들은 자기도취에 빠진 감상적인 언행을 늘어놓다 어느 순간 고인에 대한 불경한 말을 무심코 내뱉기도 한다.

이 특별한 가족의 친지 몇몇이 이야기를 했는데 여기저기서 휴대전화 소리가 울려 간간이 중단되었다. 하나같이 세상을 떠난 여성이 어떻게 그들의 문제 해결을 도와서 그들을 구했고, 어떻게 그들에게 힘을 주어 다시 일어서게 했으며, 어떻게 문제 있는 연애 관계를 견뎌내게 했고, 그들을 얼마만큼 사랑했으며, 어떻게 시종여일하게 그들 곁에 있었는지 쉬지도 않고 장황하게 늘어놓았다. 어쩌다 가끔 고인이 서운하게 한 적도 있지만 공개적으로 용서하겠다고 말하기도 했다.

드디어 열한 살 된 손자 차례가 되었다. 소년은 자신의 이야기는 한마디도 하지 않고 할머니 이야기만 했다. 할머니가 어떻게 무일푼의 이민자로 미국에 와서 자리를 잡았는지, 어떻게 가정을 꾸리고 얼마나 열심히 일했는지, 얼마나 많은 사랑을 베풀었으며 얼마나 훌륭한 여성이었는지 말했다. 마음에서 우러난 말로 할머니에 대해 깨닫고 감탄하고 마땅히 존경해야 한다고 생각하는 것들을 하나하나 설명했다. 이렇듯 소년은 교회를 가득 메운 어른들을 부끄럽게 했다. 게다가 끝마무리로 "멍청이처럼 보이기 싫으면 휴대전화 좀 끄세요"라고 일갈했다.

소박하지만 무척 훌륭한 존경의 표현이다. 고인에 대한 존경은 지나치게 과장해서 표현하는 것이 아니라 고인이 어떤 사람이었는지 솔직하게 알려주는 것이다. 다음은 신문 부고란에서 발췌한 글이다.

어머니는 온 세상을 통틀어 가장 훌륭한 어머니셨습니다.
이제껏 어떤 아들도 더 많은 사랑을 받지는 못했습니다.
어머니는 상상할 수 있는 한 가장 위대하고 가장 상냥하며
가장 멋진 사람이셨습니다. 견줄 이 없는 영혼이셨습니다.

처음 이 글을 읽으면 더없이 정중하고 사랑이 깃든 찬사 같다. 하지만 조금 자세히 들여다보면 두 가지를 알 수 있다. 첫째, 이 글은 조앤 크로포드(1904~1977, 1930년대 활동한 미국 배우로, 딸이 자녀를 학대한 악녀라고 폭로하는 전기를 발간할 정도로 자녀와 사이가 안 좋았다—옮긴이)만 빼고 지구상의 모든 어머니에게 바칠 수 있는 찬사다. 어머니를 다른 어머니들과 구별해주고 어떤 사람인지 느끼고 그려볼 수 있게 해주는 것이 하나도 없다. 둘째는 사랑하는 이에 대한 찬사를 쓰는 사람들이 가장 빠지기 쉬운 함정이기도 한데, 모든 내용이 지나치게

긴장한 상태로 추모의 글을 쓰는 아들의 관점에서 나온다는 것이다. 몇 년이 지나 감정이 가라앉고 나면 으레 그렇듯 이런 글은 수많은 다른 부고와 하등 다를 게 없는 흔해빠진 글로 보일 것이다.

캘리포니아 북부의 한 지역신문에서 발췌한 다음 글을 보자.

어머니는 가족을 사랑하셨습니다. 또 가르치는 것을 좋아하셨고, 정원 가꾸기를 좋아하셨습니다.

모두 수수한 말이지만 글 속의 여성이 선명하게 그려진다.

세상을 떠난 사랑하는 이에 대해 뭔가를 쓸 때는 "가장 훌륭한"과 "이제껏", "가장 위대한"과 "상상할 수 있는 한", "세상을 통틀어"와 특히 "견줄 이 없는", "비범한"처럼 앞의 글에서 본 과장된 표현을 피해야 한다. 대신 존경하는 마음을 정직하게 표현하는 데 집중하는 게 좋다. 시간이 지나도 빛을 잃지 않을 말들은 감상적이지 않고 진실하다. 장엄하게 쓰려고 하지 마라. 대신 의미를 잘 전달하는 수수한 말 한마디와 정곡을 찌르는 묘사를 찾는 데 힘쓰는 게 낫다.

마음에 드는 부고 몇 개를 소개한다. 첫 번째는 《뉴욕 타임스》 부고란에서 발췌한 것으로 1908년에 태어나 2006년에 사망한 어느 여성에게 바치는 글이다.

사랑하는 베스에게,

지난 일요일 처음으로 그레이랜드 바닷가를 당신 없이
걸었소. 마지막까지 밝은 오렌지색 스웨터를 입었던
사랑스러운 당신을 그리며 말이오.

사랑하는 톰이

이 부고로는 톰에 대해 아무것도 알 수 없다. 베스라는 여인을
얼마나 사랑했는지를 빼고는. 대신 이 여성은 상상할 수 있지 않
은가? 아흔여덟 나이에 바닷가를 거니는, 여전히 맵시를 내는 여
인을.

두 번째는 《애리조나 리퍼블릭》에서 따온 것인데 육류 가공공
장에서 일한 남자에 대한 부고다. 그의 가족은 이렇게 썼다.

아버지를 기리는 뜻으로 뭔가 하고 싶다면 외식으로
큼직한 스테이크를 먹고 이 나라 쇠고기 생산자들에게
모자를 들어 인사를 해주십시오. 아버지가 흐뭇해하실
것입니다.

며칠 뒤 편지 한 통이 신문사로 배달되었다. 선시티웨스트에
사는 남자가 보낸 답장이었다.

빈센트 씨 가족에게 제가 곧 부고에 적힌 것을
그대로 실천해서 빈센트 씨의 공적을 기리며 포크로

스테이크를 (물론, 살짝만 익힌 것으로) 찍어 올리겠다고
전해주십시오.

전혀 모르는 사람이 답장을 보낼 정도면 그보다 부고를 잘 쓰
기는 어려운 일일 것이다. 친숙한 말을 쓰면 부고 속 인물이 좀 더
친숙하게 느껴진다. 실제와는 다른 대단한 인물로 둔갑하지도 않
는다. 그래서 거짓 없는 존경을 표하게 된다. 다음은 테드 케네디
(케네디 형제 중 막내인 에드워드 케네디―옮긴이) 상원의원이 형 바비(케네디 형제
중 둘째인 로버트 케네디의 애칭―옮긴이)의 장례식에서 한 추도사다.

죽은 제 형은 살아생전의 실제 모습보다 더 나은 사람으로
이상화하거나 과대 포장할 필요가 없는 사람입니다.
잘못을 보면 바로잡으려 했고 고통을 보면 치유하려
했고 전쟁을 보면 멈추려고 한, 그저 인격을 갖춘 선량한
사람으로 기억하면 될 사람입니다. 그를 사랑했고 오늘
그를 영면으로 안내한 우리는 그 자신의 꿈이자 그가 다른
이들을 위해 희망했던 세상이 언젠가는 꼭 실현되기를
빕니다. 이 나라 도처에서 그가 어루만졌고 또 그를
어루만져주려던 이들에게 여러 차례 한 말처럼 말입니다.
"어떤 이들은 세상을 있는 그대로 보고 왜 그렇지? 합니다.
저는 이제껏 존재한 적 없는 세상을 꿈꾸며 말합니다. 왜
안 되지?"

대부분의 말이 짧은 일상어다. 존경을 담고 있으면서도 수수하고 진실하며, 무엇보다 감상적인 상투어로 넘칠 때보다 훨씬 더 감동적이다. 이것이 정직의 힘이다. 감상주의자는 자신이 무엇을 놓치고 있는지 모른다.

유머

러시아 유대인촌에서 모세와 양켈이 약탈을 일삼는 카자크 사격대에 막 총살될 참이다. 사격대의 한 병사가 눈가리개를 씌우자 양켈은 병사의 얼굴에 침을 뱉고 경멸하듯 쏘아붙인다. "이 더러운 카자크 놈!" 그러자 모세가 몸을 돌려 양켈을 조용조용 달랜다. "양켈, 제발 말썽 좀 일으키지 마."

아무리 엄중한 상황을 두고도 농담하는 사람이 있고, 아무리 엄중한 상황에 처해 있어도 농담하는 사람이 있다.

노먼 커즈스의 선구적인 책 『웃음의 치유력*Anatomy of an Illness*』이 출간된 뒤 고통을 덜어주는 유머의 힘은 의학 논쟁의 단골 주제가 되었다. 커즈스는 강직성 척수염이라는 퇴행성 질환을 앓는 동안 유머를 활용해 고통을 경감시키고 궁극적으로 치유에 이른 개인적 경험을 책으로 썼으며, 이 공로를 인정받아 UCLA 의과대학 교수가 되었다. 그는 막스 브라더스(미국 코미디 영화에 큰 영향력을 끼친 형제 재담꾼들인 그루초, 치코, 하포, 제포로 30년 동안 인기를 끌며 연극과 영화, 라디오에서 사회 저명인사들과 조직사회에 대한 재기 발랄한 공격을 한 것으로 유명하다―옮긴이)의 영화를 보곤 했는데 10분간 배를 잡고 껄껄 웃으면 두 시간 동안 고통 없이 잘 수 있다는 것을 알았기 때문이다.

유머의 치유력은 기정사실이 되었으며 우리 문화 곳곳에서 『영혼을 위한 닭고기 수프』(미국의 유명한 상담가이자 작가인 잭 캔필드가 쓴 베스트셀러 제목. 희망과 긍정의 에너지가 역경을 딛고 일어서게 하는 여러 사례를 담았다―옮긴이) 식의 신조를 찾아볼 수 있다. "웃음이 명약"이라는 말은 평범한 격언이자 《리더스 다이제스트》의 단골 기사이며, 지난 50년 동안 미국의 가정들은 곤경에 대처하는 법에 관한 일화나 만화를 하나씩 냉장고에 붙여두곤 했다. 할리우드도 유머의 치유력이란 시류에 편승해 억압받거나 병든 이들에게 즐거움을 선사하는 개심한 익살꾼이 등장하는 영화를 해마다 수 편씩 제작했다.

그런데 사람들은 치유를 돕는 유머는 이해하면서도, 슬픔을 덜어주는 유머의 역할에 대해서는 어리둥절해한다. 애도 상황에서 유머를 마음 편히 구사하는 사람은 아주 드물다. 이런 상황에서 유머를 쓰는 것은 부적절하다는 생각 때문에 사람들은 슬픔 속 유머를 금기로 억눌러왔다. 애도 상황은 시종일관 침통해야 하며 침울한 분위기를 깨려고 숨죽여 웃는 이조차 없어야 한다고 생각했다. 이런 이유로 애도의 현장에는 서툰 유머를, 그것도 적절하지 않은 때에 들려주는 사람들밖에 없다. 시바 siva(부모나 배우자와 사별한 유대인이 장례식 후 지키는 7일간의 복상 기간―옮긴이) 때 '똑똑'으로 시작하는 우스갯소리를 하는 삼촌 알은 환영받지 못하는 존재다.

유머는 도피와 대결로 나눌 수 있다는 점에서 곤경에 대처하는 다른 본능적 반응과 같다. 위험에 직면한 인간은 도피하거나flight, 그 자리에 남아 위험과 끝까지 맞서 싸운다fight. 유머의 대처 메커니즘도 이와 같아서 도피 유머와 대결 유머가 있다. 도피 유머는 곤경에서 구해주려 하고, 막스 브라더스가 노먼 커즌스에게 해준 것처럼 마음의 고통을 제거해주려 애쓴다. 이와 반대로 대결 유머는 도피하지 않고 그대로 있으면서 잘못된 모든 것과 대면하게 한다. 마음에서 문제를 제거하는 대신, 마음에 문제를 얹어놓는다. 나아가 떨쳐버릴 수 없는 것들을 처리하도록 문제를 불러낸다.

슬픔의 경우에는 대결 유머가 훨씬 더 도움이 된다. 결국에는 바보 같은 텔레비전 코미디나 영화에 빠져 슬픔에서 도피할 수 있게 될지 모르겠지만, 슬픔의 초기 단계에서는 현실도피적인 유머를 사용할 수도 없을뿐더러 혹 사용하더라도 화를 돋우기 쉽다. 사랑하는 이를 잃고 슬퍼하는 사람은 자신의 세계가 중심부터 뒤집히는 동안 신이 나서 돌아가는 남은 세계를 향해 설명할 수 없는 분노를 느낀다. W. H. 오든의 「슬픈 장례식Funeral Blues」은 아마 사별의 슬픔을 주제로 한 현대 시 중 가장 잘 알려진 시일 것이다. 이 시가 애도하는 이들의 심금을 울리는 이유는 이런 분노를 아주 잘 드러내기 때문이다.

모든 시계를 정지시키고 전화선을 끊어라.
개에게 기름진 뼈다귀를 물려 짖지 않게 하라.

......

이제 별들은 필요 없다. 모두 꺼버려라.

달도 치워버리고 해도 없애버려라.

......

시계를 정지시키고 별을 사라지게 하고 싶을 때, 현실 도피 코미디의 가벼운 재미는 손톱으로 칠판을 긁는 소리처럼 신경을 긁어댈 것이다. 그 순간은 거품 터지는 맥주 캔을 딸 기분이 아닌 것이다.

도피 유머, 곧 현실도피적인 위안은 병든 이들의 통증은 덜어줄지 모른다. 그러나 병과 사별의 슬픔은 큰 차이가 있다. 병으로 인한 고통은 육체로부터 비롯된다. 이 고통은 주의를 다른 데로 돌리면 완화될 수 있다. 그러나 사별의 슬픔으로 인한 고통은 사랑에서 비롯되며, 사랑은 완화될 수 없다. 병에는 언제나 치유에 대한 희망이 있다. 비록 그 희망이 마지막 순간에 일어나는 기적일지라도. 그러나 사별의 슬픔에는 치유란 게 없다. 사람이 사라졌고, 그 사실은 결코 바꿀 수 없기 때문이다. 커즌스의 구세주 그루초 막스가 일찍이 비꼰 것처럼 "시간이 가면 발뒤꿈치가 닳는 법이다Time wounds all heels". 슬픔에 빠진 이들은 "시간이 가면 치유의 가능성이 줄어든다Time wounds all heals"고 느낄 때가 가끔 있다. 슬퍼하는 사람들은 이 사실을 바로 이해한다. 사람들은 누군가가 세상을 떠난 뒤 몇 시간 만에 자신이 맞닥뜨린 결말이 어떤 것인지 느끼기 시작한다. 현실을 피해 날아가flight 버릴 수 없다는 것을, 머물 곳은 여기라는 사실을 알게 된다. 그러니 생존을 위한 도구라면 무엇이든 새로 마주한 현실과 싸우는fight 데 도움이 되어야 한다.

바로 이때 대결 유머가 필요하다. 유머는 이 지옥 같은 감정과 싸울 때 요긴하게 쓸 수 있는 도구다. 지그문트 프로이트는 '농담과 무의식의 관계'라는 주제만으로 책 한 권을 써냈다. (특별히 명랑한 인물이라고 알려져 있지 않은) 프로이트는 유머가 절망과 싸우는 심오하고 효과적인 수단임을 알아보았으며 농담을 사회가 억압한 금지된 사고와 감정을 표면화할 수단이라고 보았다. 그래서 전장의 함성처럼 우렁찬 어조로 유머를 "고통받기를 거부하고, 자아의 불패를 역설하며, 쾌락의 원칙을 당당하게 옹호하는 태도"라고 불렀다.

슬픔은 신처럼, 때로는 신보다 더 강한 존재로 느껴질 만큼 대단한 위력을 발휘한다. 유머는 슬픔이라는 거인을 말뚝 한두 개로 쪼그라뜨린 뒤 그 힘을 빼앗고, 파이로 내리쳐서 음울한 위엄을 약화시키는 방법이다.

우리가 동부 해안에 사는 한 가족에게서 들은 이야기는 대결 유머가 실제로 느끼는 것을 말하게 해준다는 사실을 더할 나위 없이 잘 보여준다. 며칠 전 가장을 잃은 가족은 장례식 전 밤샘하는 날 아침에 식탁에 둘러앉아 있었다. 남편을 잃은 어머니와 아버지를 잃은 십대 후반의 자식 셋이 아무 말 없이 아침을 깨작거리고 있었다.

장례식장에 가 관 속에 누워 있는 눈감은 아버지를 볼 생각에 마음이 어지러웠던 것이다. 긴장감이 흐르고 분위기는 침울했다. 그런데 그때 맏딸이 부엌으로 걸어 들어오더니 큰 소리로 빈정거렸다. "음, 밤샘을 하게 되다니 이게 웬 경사!" 형제들과 어머니는 그만 커피에 사레가 들릴 뻔했다. 다른 식구들에겐 맏딸의 말이 너무도 충격적이고 너무도 우스웠던 것이다. 금지된 것을 의식하고 나자 웃을 수 있게 된 것이다.

맏딸의 말이 도움이 된 것은 그것이 대결 유머였기 때문이다. 만약 맏딸이 부엌으로 들어와 "어, 들었어 그 얘기? 그……"라고 했다면 그건 도피 유머가 되었을 테고, 아마도 결국에는 부자연스럽고 억지스러운 유머가 되어서 상황을 훨씬 더 어색하게 했을 것이다. 그렇지만 맏딸은 이 불편한 상황을 피하지 않고 정면으로 돌파했다. 가끔은 다소 짓궂은 행동이 요긴할 때가 있다.

사별의 슬픔을 겪는 사람에게 단정한 처신을 기대하는 것은 가혹한 처사다. 유머를 통해 진공처럼 모든 것을 에워싸 버리는 슬픔의 공간 밖에도 하나의 세계가, 심지어 기쁨이 있음을 스스로 깨달아야 한다. 다음은 셰익스피어의 『십이야*Twelfth Night*』의 한 장면이다. 대수롭지 않은 일에 법석을 떠는 금욕적인 말보리오가 외모와 이름이 딱 어울리는 토비 벨치(토비는 땅딸보 노인 모양의 맥주 컵을 뜻한다—옮긴이) 경이 여는 한밤의 파티에 들이닥친다. 소란스러운 환락을 멈추게 하려고 애쓰는 말보리오에게 술에 얼근히 취한 벨치 경이 모든 희극 중에서 가장 뛰어난 대사로 응수한다.

154

그대가 근엄하다 하여 맛난 음식과 술이 없어야 한다
생각하오?

　　장례식 전야의 밤샘과 장례식, 시바 등 누군가의 사후에 치러
지는 격식에 치우친 의식들이 진행되는 동안 사람들은 그 어느 때
보다 더 많은 덕행을 실천한다. 하나같이 다른 이를 위해 문을 당
겨주고 조용한 음성으로 공손하게 말하며 고인이라면 우스꽝스
럽게 여겼을 모든 엄숙함과 격식과 관습에 집착한다. 이런 미덕
이 계속 이어지는 중에도 소소한 대결 유머의 표적으로 삼을 희극
적인 인물을 찾아볼 수 있다. 이런 이들은 쉽게 눈에 띈다. 주변을
맴돌며 사람을 불안하게 하는 책임감 강한 이들이 있다. 입으로
똑딱똑딱하는 괴상한 소리를 내거나 머리 모양이 이상한, 아니면
흔히 이 두 가지를 다 갖춘 목사나 사제, 랍비와 전도사가 바로 그
들이다. 게다가 해군특수부대Navy Seal의 경계 태세를 갖추고 바다
표범seal(수컷이 암컷에게 구애할 때 노래를 부르는 것으로 유명하다―옮긴이)의 노랫
소리 같은 꽥꽥거리는 목소리로 교회의 오르간 소리를 압도하는
귀부인처럼 상대해야 할 끔찍한 사람이 적어도 하나는 있기 마련
이다. 이런 사람들이 없다 해도 한동안 안 보고 지낸 나잇값 못 하
는 친지는 언제나 있는 법이다. 잊지 말아야 할 점은 유머는 마음
내키는 대로 지어내는 것이 아니라 저절로 생겨나는 것이라는 사
실이다. 유머는 지어낼 수 없다. 그저 받아들일 뿐이다. 그러니 어
떤 재치 있는 유머가 있나 하고 인터넷 검색창에 슬픔에 관한 농담

따위를 쳐보지는 말자. 그저 불현듯 떠오르는 유머를 받아들여 함께 나누자. 그런 유머라야 효과도 있다.

사람들은 언제 다시 웃어도 되는지 잘 모른다. 탁월한 희극 작가 래리 겔바트가 일찍이 이에 대한 경험칙을 밝힌 바 있다. 칵테일파티에서 한 여성이 "왜 모두 절 보자마자 싫어하죠?" 하고 물어오자 겔바트는 "그래야 시간이 절약되니까요" 하고 대답했다. 우리는 대결 유머를 바로 이렇게 느껴야 한다. 오늘 당장 웃어라. 그러면 시간을 절약할 수 있다. 만약 "언젠가는 우리가 이 이야기를 하며 웃을 테죠"라고 말할 수 있다면 지금 당장 그 자리에서도 웃을 수 있어야 한다. 언젠가는 오늘만큼 많이 웃을 필요가 없을지도 모른다.

다음은 희극배우 앨런 앨다가 전한 이야기다. 아주 드문 경우지만 한번은 겔바트가 참석 중이던 장례식 중간에 다른 장례식으로 가야 할 일이 생겼다. 자리를 뜨려고 몸을 일으킨 겔바트가 조문객들에게 이렇게 말했다. "죄송합니다. 슬퍼하면서 달려가는 건 정말 싫군요." 겔바트는 언젠가를 기다릴 수 없었던 것이다. 대결 유머는 그 순간에 쓰일 때 가장 효과가 크다는 것을 알고 있었던 것이다.

몬티 파이선Monty Python(영국의 유명한 희극단―옮긴이)의 창립 멤버 중 하나인 그레이엄 채프먼이 희귀 암에 걸려 마흔여덟의 나이에 갑작스럽게 세상을 떠났다. 공교롭게도 영화 〈몬티 파이선의 비행 서커스〉의 첫 공연 20주년 전날 밤이었다. 유머로 동료를 잃은 슬품과 대결하고 싶었던 테리 존슨은 장례식이 끝날 때까지 기다릴 수가 없었다. 그래서 동료의 죽음을 파티의 흥을 깨는 역사상 최악의 사건이라고 불렀다. 채프먼이 눈을 감는 모습을 지켜보고는 당혹감을 감출 수 없어 병실을 나와야 했던 존 클리스 역시 슬픔과 대결해야 할 필요를 느꼈다. 그래서 다음과 같은 추도사를 고인이 된 20년 지기에게 바쳤다.

다들 그렇게 재능 있고 그렇게 능력 있으며 친절하고
뛰어난 지성의 소유자가 겨우 마흔여덟 나이에
(이토록 갑작스레), 이루고 즐겨야 할 것들을 남겨둔
채 사라져버리다니 비통하다고 생각하고들 있겠지요.
자, 전 이렇게 말해야겠습니다. "무슨 소리! 그 공짜
점심 좋아하는 녀석 없어져서 얼마나 시원한데.
튀김요리나 되라." 제가 이렇게 말하는 이유는 자신을
대신해 여러분에게 충격을 안겨줄 이 영예로운 기회를
날려버린다면, 그 친구가 저를 절대 용서하지 않을 것
같아서입니다. 그레이엄은 어떤 기회도 그냥 흘려보내는
법이 없었지요. 어젯밤 이 글을 쓰고 있자니 그 친구가 제
귀에 속삭이는 소리가 들리더군요. "좋아 클리스, 자넨
영국 텔레비전에서 최초로 빌어먹을이라는 말을 한 인물이
되는 걸 무척 자랑스러워하는군. 이게 정말로 나를 위한
추도식이라면 말일세, 자네가 영국 추도식 사상 최초로

제기랄이란 말을 해주면 더 바랄 게 없겠네.”

당연히 모여 있던 조문객들은 술렁거렸다. 웃음을 터뜨리는 사람도 있었고 경악하는 사람도 있었다. 그러나 대부분은 경악하며 웃음을 터뜨렸다!

슬픔의 폭풍우 한가운데에 있을 때 반드시 떠올려야 하는 것들이 있다. 다시 유머를 즐기게 되리라는 것, 삶은 계속되리라는 것, 시계는 다시 똑딱똑딱 가고 별들이 다시 보고 싶어지리라는 것을. 그리고 숨 막히게 하는 슬픔의 미덕과 대결을 벌이는 중에도 맛있는 음식과 술을 즐기게 되리라는 것을 말이다.

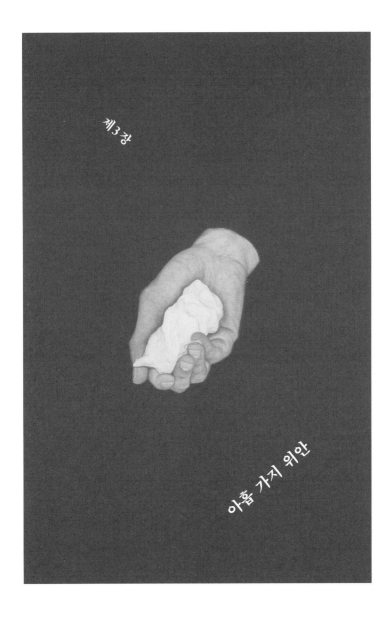

제3장

아홉 가지 위안

휴식

순수한 휴식은 슬픔의 고통을 치료해주는 가장 효과적인 치료제다. 그러나 슬퍼하는 사람이 참 하기 어려운 것 가운데 하나도 휴식이다. 사랑하는 이를 잃고 비탄에 잠긴 이들은 자기 자신을 가장 혹독하게 감시하는 감독자가 될 수 있다. 그들은 지나치게 자신을 혹사하면서 "다른 사람들이 쉬는 것은 괜찮을지 모르지만, 나는 할 일이 너무 많아서 쉴 수 없어"라고 할지도 모른다.

알베르 카뮈는 일기장에 다음 세 문장을 휘갈겨 썼다.

치유의 단계들.
자유의지를 잠들게 하라.
"해야 한다"는 이제 그만.

이 메모는 힘들 때 마음의 평화를 얻고자 혼자만 보려고 써놓은 것이지만 휴식이 주는 위안에 대한 간명하고 아주 정확한 설명이

기도 하다. 치유의 맨 첫 단계는 자유의지를 잠들게 놔두는 것, 계속해서 "넌 해야 해! 넌 해야 해! 넌 해야 한다고!" 하는 저 내면의 목소리를 물리치는 것이다. 그냥 간단히 말하라. "됐어"라고.

카뮈가 알아본 "넌 해야 해!" 하는 마음의 합창을 멈추기는 쉽지 않다. 그 대부분이 미국 문화의 강력한 백색소음에서 비롯되기 때문이다. 미국은 의지를 먹고 자라는 나라다. 언제나 끊임없이 일하는 것이 가장 차원 높은 문화적 선善이라는 메시지가 매일같이 쇄도한다. 사람들은 텔레비전 광고만 쳐다보면 된다. 광고 두 편 중 하나는 끝 장면이 똑같다. 다이어트를 돕는 식이섬유 보충제 메타무실을 복용하고 남자의 몸매가 균형 잡히거나, 우울증 치료제 팍실을 먹고 여자의 마음이 정상으로 돌아온 뒤, 마지막에는 늘 남자가 마을 축제에서 손자를 공중으로 들어 올리거나 여자가 윈드서핑을 하면서 카메라를 향해 엄지손가락을 세워 보이는 해피엔딩을 보여주는 것이다. 언제나 끊임없이 움직이는 것이 곧 괜찮다는 가장 중요한 증거다.

따라서 끊임없이 활동하지 않으면 뭔가 문제가 있다는 의미가 된다. 휴식은 사회를 혼란스럽게 하는 불순한 행동으로 여겨지고 휴식이 필요한 사람은 왠지 수상한 사람이 된다. 사람들에게 킥복싱 토너먼트에 참가해야 해서 금요일 밤 볼 수 없다고 말해보라. 그러면 사람들은 당신을 대단하다고 여길 것이다. 하지만 조용한 시간이 좀 필요해서 금요일 밤에 볼 수 없다고 하면 당신에게 정신질환이 있는지 의심할 것이다. 그렇지 않더라도 최소한 뭔가 이

162

상하다고는 여길 것이다.

당신은 이 문화적 금기를 감지하고 이에 물들지 않으려고 치열하게 싸울지도 모른다. 또 상실을 겪었으니 이미 정상적인 삶의 흐름으로부터 멀어졌다고 느낄지도 모른다. 그래서 휴식의 요구에 굴복하면 정상적인 삶으로부터 훨씬 더 멀리 벗어나게 될까 봐 휴식의 필요성에 쉽게 수긍하지 못한다. 그렇다 보니 슬픔이라는 특수한 상황에 놓이면 엄청난 에너지가 빠져나간다는 것을 알아채지 못하고, 계속 움직이려고 무던히 애를 쓴다. 실은 이와 정반대로 해야 한다.

사랑하는 사람을 잃고 슬픔에 잠겨 있다면, 그때가 바로 카뮈의 진언이 필요한 시기다. 어렵겠지만 우리는 휴식이 주는 치유의 첫 단계를 받아들여야 한다. 예를 들면, 당신은 남의 손을 빌려 청소를 하는 유의 사람으로 보이기 싫을 것이다. 당치 않다. 몇 달 동안은 사람을 써라. 항상 손수 잔디를 깎는 것을 자랑으로 여길지도 모른다. 당치 않다. 이웃 아이에게 한동안 잔디를 깎게 하라. 그런데 훨씬 중요한 것이 있다. 청소부가 진공청소기를 돌리는 게 시원찮아도, 잔디 깎는 아이가 실수로 수선화 몇 송이를 꺾어도, 자유의지를 잠들게 하라. "해야 해"는 이제 그만.

사별의 슬픔은 모든 것을 아우르는 경험이다. 하지만 당신은 그것이 얼마나 많은 원기를 소모시키는지는 잘 깨닫지 못한다. 마치 누군가가 지하실에 당신 모르게 대량의 전기를 소비하는 거대한 가전제품을 설치해둔 것과 같다.

이런 사실을 잘 모르는 이유는 너무 자주 감정에 압도되다 보니 감정이 얼마나 깊은 마음속에서 우러나는 것인지, 감정 자체가 얼마나 힘든 경험이 될 수 있는지를 잊기 때문이다. 또 육체에 얼마나 큰 영향을 줄 수 있는지도 말이다. 애간장이란 말을 쓰지 않고 격렬한 슬픔을 표현하는 것이 가능하긴 한가? 사랑하는 이를 잃고 슬퍼하는 이들은 으레 몇 번이고 격렬한 슬픔을 겪기 때문에 사람들은 그것이 얼마나 이례적인 경험인지를 잊어버린다.

사별을 겪지 않은 여성은 아침 샤워를 하는 동안 텔레비전 뉴스가 들리도록 욕실 문을 열어둔다. 그러나 사별로 인해 비탄에 잠긴 여성은 자신에게 허락된 유일한 사적 공간에서 흐느끼는 소리가 아이들에게 들릴까 봐 욕실 문을 닫는다. 샤워를 끝내고 나올 때 어느 쪽이 진이 더 많이 빠져 있을까? 욕실에서 매번 울고 나오다 보면 나중에는 그 일에 익숙해져 버린다. 그래서 강렬한 감정이 얼마나 심신을 피폐하게 하는지 망각한다. 만약 이 여성이 매일 아침 샤워 중에 하듯 길모퉁이에서 울었다면, 사람들은 놀라 입을 떡 벌리고 개들은 짖어대고 지나가던 행인은 응급구조대를 부를 것이다. 그러나 사별을 겪고 슬퍼하는 사람에게 이런 일은 일상일 뿐이다.

아무리 고된 일이라도 감정 노동에 비하면 별것 아니라는 사실도 놀랍다. 10킬로미터를 달리는 격렬한 신체 활동을 했거나 소득 신고같이 고되고 힘든 정신노동을 했더라도 하룻밤만 잘 자고 나면 회복할 수 있다. 하지만 감정이 원인이 되어 많은 에너지를 쏟은 뒤에는 그렇게 간단히 이전 상태로 되돌아올 수 없다. 배우자와 말다툼을 하거나 가족이 보낸 불쾌한 이메일을 받으면 감정이 소진되듯 감정적인 힘은 조금만 쏟아도 며칠 동안 기진맥진한 상태로 지내게 된다.

슬픔에 잠긴 이들이 깨닫고 의외라고 생각하는 일 가운데 하나는 슬픔이 원기를 고갈시키는 것처럼, **좋은** 감정 역시 에너지를 무척이나 소진시킨다는 점이다. 사람들은 비탄에 젖은 이에게는 늘 친절을 베풀고, 아름답고 의미 있고 소중한 감정들을 표현한다. 이 모두가 고마운 일이긴 하지만 동시에 감정적 자원을 크게 소모시킬 수도 있다.

잠깐 들러서 케이크를 주고 가는 친절한 사람의 자상함도 받는 이의 감정을 고갈시킨다. 당신은 그 사람의 친절에 감동을 받는다. 그래서 당신의 감정은 소진된다. 감사의 마음을 전하려고 무척 애를 쓰게 된다. 그래서 당신의 감정은 소진된다. 아무리 힘든 상태여도 잠깐 한담을 나눠야 한다. 그래서 당신의 감정은 소진된다. 손님이 떠나고 난 뒤 부엌에 들어오면, 앞서 또 다른 친절한 세 사람이 가져다준 케이크 때문에 빵 바자회라도 여는 기분이 든다. 그러고는 스스로 고마워할 줄 모른다는 생각에 마음이 불편해진다. 그 생각이 또 마음을 갉아먹는다.

사랑하는 이의 죽음을 미처 듣지 못한 이들에게 몇 주 또는 몇 개월 동안 계속해서 부음을 알리는 것은 에너지 탱크에 또 다른 큰 구멍을 내는 일이다. 비보를 처음 듣는 이들에게 죽음은 방금 일어난 일처럼 느껴진다. 당신이 아는 사람일 때도 있지만 고인을 그다지 잘 알지 못하는 모르는 사람일 경우도 있다. 그렇다고 그들이 비보에 강렬한 반응을 보이지 말란 법은 없다. 그들이 반응하면 당신도 반응을 보여야 하는데, 그게 쉽지 않은 법이다. 1년에 세 번 바비큐 그릴용 프로판 가스를 배달하는 철물점 직원이 어느 날 집으로 찾아와 남편을 찾을 것이다. 당신은 그에게 무슨일이 있었는지 말해줄 테고, 그러면 직원은 당황해서는 언젠가 남편과 낚시 얘기를 아주 즐겁게 나눴다고 회상할 것이다. 어느 사이엔가 당신은 이름도 모르는 그 프로판 가스 사내를 위로해야 하는 처지가 된다.

이런 상황들이 슬픔에 빠진 이들의 에너지를 고갈시킨다. 십중 팔구 전날 밤 잠을 제대로 못 잔 탓에 이미 기운이 없는 상태로 하루를 시작했을 테니 말이다. 불면증이라는 심술궂은 신이 다스리는 땅은 사별로 비통해하는 이의 마음만큼이나 황량하다. 비탄에 잠긴 이의 무의식은 의식을 계속 자극하여 깨어 있게 한다. 통제력을 잃을까 봐 두려운 것이다. 사별을 겪고 슬퍼하는 사람은 무의식적으로 휴식을 취하면 다잡고 있던 마음이 흐트러진다고 느낀다. 휴식을 취한다는 것은 변화에 동의하는 것이며 의식의 운전석을 내어주는 것이다. 특히 누군가가 세상을 떠난 지 얼마 안돼 슬픔을 가누지 못하는 사람은 경계를 늦추면 또 다른 나쁜 일이 자신을 기습할지 모른다고 느낀다. 그래서 무의식이 그를 계속 잠들지 못하게 하고 불침번을 서며 견디게 하는 것이다. 불면증은 위력이 대단하다. 그리고 사랑하는 이를 잃고 슬퍼하는 사람에게 이런 상황은 죽음처럼 고통스러울 수 있다. 이유는 이렇다.

> 불면을 앓을 때 당신은 결코 진정 깨어 있지 못하고 결코 진정 잠들지 못한다. 불면을 앓으면 진짜인 것은 아무것도 없고, 모든 것이 아득하다. 모든 것이 복사複寫의 복사다.

영화 〈파이트 클럽〉의 이 대사는 불면을 더할 나위 없이 분명하게 표현해준다. 영화를 보면 불면이 어떤 결과를 낳는지 알 수 있다. 수면 박탈이 고문의 한 방법으로 사용되는 데는 이유가 있다.

만약 정도가 약한 불면증을 앓는다면 잠을 좀 자긴 하겠지만 그 잠은 대부분 정신적 회색 지대가 될 것이다. 정신적 회색 지대란 잠에서 깨는 순간 안도하게 될 만큼 불쾌한 생각과 무서운 이미지가 인간을 괴롭히는 의식의 맨 가장자리다. 그래서 사람들은 부실한 수면이라는 고문 같은 초현실보다는 잠 못 이루는 불편한 현실이 더 낫다고 느낀다. 이런 잠은 분명 휴식이 아니다.

희극배우 W. C. 필즈는 "최선의 불면증 치료는 잠을 많이 자는 것"이라는 현명한 말을 했다. 하지만 그러기 위해서는 도움이 필요하다. 많은 이가 이런 순간에 또다시 "넌 무엇이든 해야 해"라는 마음의 소리에 영향을 받는다. 우연히 알게 된 더 흥미로운 금기는 깊은 슬픔을 앓는 이들이 약간의 술이든 처방받은 수면제든, 수면을 도와주는 것들을 마지못해 사용한다는 점이다.

애완동물용 프로작도 살 수 있을 만큼 약물을 많이 쓰는 나라이니, 무언가에 중독된 적이 없다면 비탄에 젖어 괴로워하지 말고 순한 수면제 정도는 망설임 없이 복용하는 것도 좋다. 평생 마약 같은 건 입에 대본 적도 없는 칠순의 아버지께 수면제 소미넥스 반 알을 준다고 아버지가 주디 갈런드(영화 〈오즈의 마법사〉의 주연을 맡은 뮤지컬 영화배우―옮긴이)의 노래를 흥얼거리다 욕실 바닥에 쓰러지는 일은 없을 것이다. 하지만 자연주의를 따르는 친척은 보탬이 되려고 "수면제 말고 캐모마일 차를 드셔보지 그러세요?"라고 조언한다. 이 말은 "샌드위치 그만 드시고 도장이나 핥으시지 그러세요?"라는 말과 별로 다를 게 없다.

사랑하는 이를 잃고 슬퍼하는 사람에게 캐모마일 차를 권하는 친척이나 케이크를 가져다주는 이웃은 필요하지 않다. 대신 휴식으로 이끄는 것들이 필요하다. 코미디언 앨런 킹이 남편을 떠나보낸 뒤 손님을 치르던 초로의 여성 이야기를 들려주었다. 방문객들이 떠나면서 기도를 해주겠노라고 하자 노부인은 이렇게 대꾸했다. "기도는 제가 직접 할 테니 설거지나 좀 해주시겠어요?"

이 여성이 정곡을 짚었다. 염려를 표현할 때는 실질적인 도움이 위로의 말보다 훨씬 낫다. 내일 아침 일찍 일어나 두 시간 동안 눈 속을 운전해 짐을 찾아와야 한다면 식탁 위에서 무엇을 발견하고 싶은가. 친구가 참 안됐다며 보낸 기운 내! 카드인가, "내가 대신 가서 짐을 찾아왔어. 들어가 더 자"라는 메모가 붙은 바로 그 짐인가. 슬픔에 빠진 사람들이 위로 카드 대신 짐을 받으면 얼마나 좋을까.

만약 선물을 보낼 생각이라면 목욕용 연화제나 초, 책이나 CD, 담요(얼마나 멋진 선물인가)같이 위로가 되는 것들을 찾아보라. (자신에게 선물을 사주는 것도 괜찮은 생각이다.) 휴식을 위한 발명품 중 의자 이후로 가장 탁월해 보이는 조각그림 맞추기도 있다. 조각그림의 난해한 모양을 맞추다 보면 딴생각이 들어올 여지가 없다. 혼자도 좋고, 사람들과 이야기를 나누면서 맞춰도 좋다. 조각 그림을 맞추는 동안에는 극도의 긴장감도 사라진다. 게다가 사별의 슬픔을 앓는 이라면 퍼즐 조각을 이어 붙이는 것이 새로운 삶에 대한 좋은 은유가 되기도 한다.

휴식을 마련해주는 환경도 필요하다. 누군가가 옆에 있는 것만으로도 충분할지 모른다. 사별로 슬퍼하는 이들이 맞닥뜨리는 커다란 장애물 가운데 하나는 혼자 있는 것을 외롭다고 느끼거나 적어도 불편하게 느낀다는 점이다. C. S. 루이스는 슬퍼하는 이들이 사람들 속에 있는 것과 혼자 있는 것 사이에서 느끼는 모순을 잘 포착했다.

가까이에 사람들이 있으면 좋겠다. 집에 아무도 없으면
무서우니까. 그리고 가까이 있는 사람들이 나 빼고
이야기를 나누면 좋겠다.

철저히 혼자가 되면 휴식을 갈망하는 만큼 불안을 느낄 것이다. 조용히 혼자 있을 곳을 찾아내자마자 마음속에서는 불쾌한 영상이 떠오르고, 휴식에 대한 모든 희망이 꺾인다.

그러므로 혼자 있으면서도 외롭지 않은 환경을 찾아야 한다. 카페가 구원의 장소가 될 수 있다. 작가 노엘 라일리 피치는 "카페는 혼자 있고 싶으면서도 외로움을 느끼지 않도록 주위에 사람들이 있어야 하는 이들에게 적당한 곳"이라고 했다. 공원이나 쇼핑몰의 푸드코트처럼 사람이 많이 모이면서도 번거롭지 않은 곳도 괜찮다. 혹시 근처에 대학교가 있다면 대학 교정이나 대학가도 좋다. 젊음의 활기와 유쾌함이 있는 동시에 인생이 자신에게 강편치를 날릴 수 있다는 사실을 까맣게 모르는 사람들이 많은 곳이니 말이다.

가장 좋은 것은 함께 시간을 보내면서도 내면의 평정을 유지할 수 있는 사람과, 말하거나 행동할 필요 없이 그냥 있으면 되는 장소다. 릴케가 아래에서 묘사한 이 특별한 은혜는 찾기 쉽지 않다.

> 사랑은 이와 같으니,
> 고독한 두 사람이
> 서로 지켜주고
> 울타리가 되어주며
> 반가이 맞아주네.

자식을 잃은 한 여성은 친구의 배려로 친구의 침실 소파에서 늦은 오후에 낮잠을 자곤 했다. 비탄에 잠긴 이 여성은 소파에 누운 채 친구가 저녁을 준비하면서 내는 활기찬 소리를 들으며 꾸벅꾸벅 졸기도 했다. 숟가락이 그릇에 탁탁 부딪치고 냄비가 달각거리는 소리가 난 뒤에는 음식 냄새가 났다. 그것은 혼자이면서도 혼자가 아닌, 아늑한 휴식이었다. 자, 이런 게 바로 좋은 선물이다.

스포츠

확실한 위안을 주는 것은 얼마 없지만 스포츠는 많은 사람에게 휴식과 가장 비슷한 역할을 한다. 스포츠를 즐기는 병자와 죽어가는 사람, 비탄에 빠진 이들은 다른 모든 것이 기대를 저버리는 순간에도 마음을 졸이며 야구 경기의 9회, 농구 경기의 4쿼터, 육상 경기의 사진 판정까지 지켜볼 정도로 여전히 스포츠에 빠져들 수 있다. 어느 순간에는 환호성까지 지를지 모른다.

스포츠를 단순한 경기가 아니라 모든 인간관계의 결합체라고 생각하는 것도 일리가 있다. 사람들은 출신 대학이나 고향, 출신 지역이나 모국의 팀을 응원한다. 사람들은 어울리는 친구들과 늘 같은 술집에 가서 경기를 관람하고 가상 리그에 가입하기도 한다. 누군가는 매년 슈퍼볼 경기 때마다 성대한 파티를 연다. 직장인들은 '3월의 광란'으로 불리는 대학 농구 토너먼트 기간이면 저마다 우승팀을 점치며 내기를 건다. 이처럼 각자 응원하는 팀이 다른 상태에서 자신이 응원하는 팀이 이기면 상대 팀을 응원한 친구나 식구에게 당장 전화를 하고 싶어 안달하는 사람이 있기 마련이다. 이런 모든 관계는 경기가 시작되자마자 때맞춰 재개된다. 경기를 관람하다 보면 처음 보는 사람들이 하이파이브를 하고 군중이 돌연 일제히 함성을 지른다. 야구 세상인 머드빌(어니스트 세이어가 1888년에 쓴 야구 시 「타석에 선 케이지」에 나오는 야구 팀의 연고지—옮긴이)이 기쁨에 들썩인다.

스포츠마다 관람할 때 즐기는 음식도 있다. 스포츠 관람 중에 음식을 먹는 것은 몸에는 확실히 안 좋지만 분위기를 돋우는 데는 최고다. 스포츠 바 메뉴보다 더 다채롭고 위안을 주는 것이 있을까? 술집 주인이 부리토와 버펄로윙을 뒤섞어 버펄리토라는 요리를 만든다고 해서 우리 인생이 나빠지면 얼마나 나빠지겠는가? 진실을 말하자면 바비큐 소스가 수염에 묻으면 사별의 슬픔을 앓는 사람의 우울한 이미지를 유지하기가 쉽지 않다.

운동을 즐기는 사람이 아니라 해도 이런 사람들의 모임에 함께 하는 것이 위로가 될 수 있다. "홍팀을 할까 백팀을 할까?"만 정할 수 있다면 모임에 휩쓸려 들어가는 것은 어렵지 않다. 올림픽 때도 이런 일은 자주 일어난다. 체조 안마 경기의 세세한 규칙을 아는 사람은 많지 않지만 일단 경기 규칙을 이해하고 응원할 팀을 정하면 몰입하는 건 어렵지 않다. "루마니아 심판만 8.5점을 줬어! 저 작자 제정신이야?"

할 수 있거나 흥미가 있으면 운동경기를 직접 하는 것이 관람하는 것보다 훨씬 큰 위안이 된다. 단순한 스포츠는 몰두할 대상과 집중력만 있으면 된다. 마을의 중년 부인들이 참가하는 볼링 리그를 본 적이 있다면 그들이 볼링에 완전히 몰입하고 있음을 알 것이다. 아마 그들은 다른 생각을 할 겨를이 없을 것이다. 그런데 이게 바로 핵심이다. 마음을 한 곳에 집중하면 다른 생각이 끼어들여지가 없기에 슬픔에 젖어 있을 때 운동경기에 참여하면 기분 좋은 위안을 얻을 수 있는 것이다.

운동을 하면 그 보상이 따르는 압박감도 느끼게 된다. 자신에게 맞는 목표를 정해놓으면 기량이 조금씩 향상되는 것이 보인다. 그러면 경기 자체나 결과뿐 아니라 쏟아붓는 노력과 연습도 즐길 수 있다. 인간에게는 나아지고자 하는 본능적인 욕구가 있다. 비록 "테니스는 전혀 못 해요"에서 "아직 서툴지만 그렇게 못하지는 않아요" 정도의 향상이라도 말이다. 기술 수준은 중요하지 않다. 한 단계 한 단계 커지는 보상이 운동경기를 하는 이유이기 때문이다.

절망 속에서 불명예스럽게 백악관을 떠난 리처드 닉슨을 구원해준 것은 무엇보다 골프였다. 골프를 치는 닉슨의 사진을 한 번이라도 본 적이 있다면 흘긋 보아도 그의 골프 실력이 변변찮음을 알 수 있다. 그러나 그는 활기 없는 스윙만으로도 국제적인 망신을 견뎌낼 수 있었다. 다시 한번 짚고 넘어가지만 중요한 것은 기량이 아니라 몰입이다.

관람만 하기엔 야구만큼 좋은 스포츠도 없다. 야구의 역사나 볼을 때리는 방망이 소리가 좋아서일 수도 있고, 미국에서 시작된 스포츠여서일 수도 있고, 아니면 그저 잔디 구장이 좋아서일 수도 있다. 그렇더라도 야구에는 뭔가 특별한 것이 있다. 2001년이 다 저물 무렵, 뉴욕이 연고지인 두 팀은 야구가 슬픔에 빠진 도시를 위로할 수 있다는 사실을 알게 되었다.

2001년 9월 18일, 양키스는 9·11 이후 재개된 정규 시즌 첫 경기를 치렀다. 팀은 홈에서 멀리 떨어진 시카고에 있었는데, 그 곳에 있는 게 너무나 무의미하게 느껴졌다. 중견수인 버니 윌리엄스는 경기가 막 시작되려는 순간, 경기를 왜 치러야 하는지 이해가 가지 않았다고 회상했다. 감독 조 토레도 똑같은 심정이었다. "다들 야구 같은 건 아무 관심도 없었죠."

그러나 그들은 그 뒤 곧 경기를 시작했다. 뉴욕을 연호하는 함성이 귀청을 뚫을 듯 우렁찼다. 뉴욕에 있는 홈구장에서 거의 1천 킬로미터나 떨어진 먼 곳에서 양키스 선수들은 자신이 하고 있는 일이 단순히 경기를 치르는 것만은 아님을 깨달았다. 그들에게는 갈채를 보낼 대상이 필요한 뉴욕 시민과 전 국민이 있었던 것이다. 경기가 시작되기 전 뉴욕에서 온 소방관과 경찰관들이 소개를 받고 나와 줄지어 서자 경기장은 "U-S-A!"라는 구호로 가득 찼다. 버니 윌리엄스와 조 토레의 감정이 금세 바뀌었다. 윌리엄스는 "몇 분 동안이라도 그 사건을 잊게 해줄 대상이 필요한 사람들의 얼굴을 보니 이해가 가기 시작했죠"라고 했다. 조 토레는 이렇게 덧붙였다. "우린 사람들에게 그 기억을 잊으라고 요구하지 않았습니다. 그저 몇 시간 동안 사람들을 즐겁게 해주려고 애썼을 뿐입니다."

조 토레의 말이 옳다. 스포츠가 위안을 주는 이유는 계속되는 고통을 잊게 해서가 아니라 짧은 시간이나마 휴식을 주기 때문이다. 뉴욕 시장 루디 줄리아니는 당시를 이렇게 회상했다. "2001년 가을, 그게 얼마 동안이든 사고를 잊게 해준 두 가지는 야구 경기와 아들의 풋볼 경기뿐이었습니다."

양키스가 시카고에서 경기를 치른 며칠 뒤에 열린 뉴욕 메츠의 경기는 9·11 이후 뉴욕에서 처음 치러지는 주요 경기였다. 경기는 9·11로 목숨을 잃은 이들에게 바치는 조사와 함께 시작되었다. 경찰국과 소방국 직원 몇몇과 〈뉴욕, 뉴욕〉을 부른 라이자 미넬리가 자리에 함께했다. 그러나 진정한 위로의 순간은 메츠의 포수 마이크 피아자가 투런 홈런을 쳐 팀을 선두로 끌어올리고 결국에는 승리로 이끈 8회 때 찾아왔다.

메츠의 감독 보비 밸런타인은 이렇게 회상한다. "딱, 하는 방망이 소리와 함께 사람들은 슬픔을 떨치고 자기도 모르게 일어나 박수를 치며 환호성을 질렀습니다."

스포츠 기자 존 앤더슨은 이렇게 썼다.

피아자가 친 홈런이 얼마나 멀리 날아갔는지는 아무도 모른다. ……방망이 한 방의 치유력을 어떻게 측정할 수 있겠는가. ……스포츠가 한 사회에 주는 진정한 의미를 어떻게 계량할 수 있겠는가.

176

앤더슨은 이어서 피아자의 홈런이 현장에 있던 4만 1,000명 관중에게는 물론, 텔레비전으로 경기를 지켜보던 수백만 뉴욕 시민에게 "1초도 안 되는 시간일 수도, 꽉 찬 1분일 수도 있지만 아무런 생각도 끼어들지 않은 순수한 기쁨"을 선사했다고 썼다.

사별의 슬픔에 빠져 있을 때 스포츠는 시시해 보일 수도 있고, 어쩌면 모든 이의 마음으로부터 아득히 멀어질지도 모른다. 그러나 마음이 괴로울 때 멀리서 위안을 얻는 게 어떻단 말인가? 한 경기나 한 회, 혹은 홈런 볼이 셰이 스타디움(뉴욕 메츠의 홈구장―옮긴이) 밖으로 날아가는 동안만이라도 말이다. 한 기자는 2001년 9월 그날 밤, 피아자가 날린 홈런을 이렇게 묘사했다.

공은 그냥 계속 날아가서 뉴욕의 밤하늘로 솟구쳐 올랐다.
도시 전체의 응어리진 마음을 실은 공이었다.

자연

조부모는 슬픔을 달래주는 힘이 가장 큰 자연의 선물이다. 곁에 있기만 해도 위로가 될 뿐 아니라 나이가 들고 죽어서 신비한 자연의 일부가 된다는 것이 무슨 의미인지를 깨우쳐준다. 그리고 이런 교훈을 색다르게 가르쳐주는데, 마치 죽음이라는 가혹한 현실을 견디기 위해 먹는 약에 설탕을 발라 쉽게 삼키게 해주는 것 같다.

사람들 대부분이 처음으로 대면하는 죽음은 조부모의 죽음이다. 조부모는 죽음을 맞기 전에도 함께 사는 내내 평화롭게 사라진다는 의미가 무엇인지 보여준다. 아이들은 머리가 벗어진 할아버지 무릎에 앉아서 "할아버지는 왜 머리카락이 하나도 없어요?" 라거나 "할아버지 얼굴은 왜 쭈글쭈글해요?"라고 묻는다. 할머니 팔과 목의 늘어진 피부를 잡아당기고 고사리 같은 손가락 끝으로 불거져 나온 굵고 푸른 혈관을 더듬는다. 우리는 자라는 동안 알게 모르게 할아버지 할머니가 죽어가는 모습을 지켜보게 된다.

그 덕분에 마침내 할머니 할아버지가 세상을 떠나도 충격을 덜 받고 좀 더 잘 견딜 수 있다. 대개의 경우 조부모의 죽음은 비교적 예상할 수 있고 여생을 충분히 누린 평온한 죽음이다. 정신을 잃을 만큼 고통스러워하는 사람도 없고 실수나 별난 사건도 일어나지 않는다. 조부모는 대체로 신변을 정리한 상태에서, 작별의 시간이 다가온다는 사실을 주위에 넌지시 알리면서 평온하게 눈을 감는다.

할아버지나 할머니를 여의는 경험을 한 손자 손녀는 장래에 슬픔을 겪더라도 충격을 덜 받거나 덜 놀란다. 그리고 그 경험을 삶의 일부라고 느낀다. 사고가 유연한 어린아이는 할아버지가 경험하는 일이기 때문에 죽음이 분명 자연스럽고 정상적이며 괜찮은 현상이라고 추측한다.

조부모를 슬픔에 대한 가르침을 주는 첫 스승으로 삼는 이유는 나이라는 단순한 조건 때문이다. 조부모는 우리가 아는 가장 나이 많은 사람이다. 그렇지만 어쩌면 이 상황은 가족의 역할을 정해준, 좀 더 크고 오래된 우주의 설계인지도 모른다. 카드놀이에서 져주고 우리 귀 뒤에서 동전을 꺼내는 마술을 보여주는 동안 조부모는 서서히 우리에게 영원한 작별을 가르쳐준다. 우리는 그것을 깨닫기도 하지만 그러지 못할 때도 있다.

자연의 위안이란 할아버지 할머니가 하나하나 베풀어준 모든 것을 한데 모아놓은 것과 같다. 자연은 스스로의 아름다움을 드러내는 동시에 그 섭리 속에 숨어 있는 오래된 지혜를 느끼게 하는 방식으로 우리를 위로한다.

사랑하는 이를 잃고 비통해하는 사람은 자연이 좋은 것이라는 가르침을 다시 받을 필요가 있다. 생명의 상실도 자연의 일부이긴 하지만 말이다. 슬픔을 다룬 책을 보면 슬퍼하는 이들이 얼마나 자연을 가까이하고 싶어 하는지 알 수 있다. 세계 최대 인터넷 서점인 아마존에 들어가 슬픔이라는 단어를 치고 화면에 뜨는 책들의 간결한 표지를 가만 보면 나무와 나뭇잎과 꽃을, 목초지와 잔디밭, 숲과 오솔길을 보게 될 텐데, 하나같이 이슬이 촉촉이 맺혀 있다. 분명 슬픔은 사람들 안에 있는 잎을 돋아나게 한다!

자연은 슬픔이 일으키는 문화의 위협을 겪고 난 후에 우리가 우리 자신을 회복시키는 데 필요한 하나의 수단이다. 살다 보면 불편할 정도로 부자연스러운 여러 상황에 처하게 된다. 긴 병으로 고통받는 이의 머리맡에서 밤을 새본 적이 있다면 튜브와 차트, 모니터를 비롯한 기계처럼 악몽을 떠올리게 하는 병원 장비에 둘러싸여 보았을 것이다. 만약 사랑하는 사람이 갑자기 세상을 떠났다면 공문서와 불길한 전화에 시달렸을 것이다. 그게 아니라도 최소한 장지와 장례식 절차에 대해서는 알게 되었을 것이다. 장례식 절차는 스무 곡의 우울한 오르간 음악이 며칠 동안 쉬지 않고 맹렬히 연주되는 세계처럼 느껴진다.

난생처음 뼈저린 슬픔을 경험하고 나면 정원에서 손에 흙을 묻히는 것이, 말 그대로 땅으로 돌아가는 것이, 왜 위안이 되는지 깨닫게 된다. 함께 있기 편한 진실한 사람을 묘사할 때 "흙냄새 나

180

는"이라는 말을 쓰는 데는 다 이유가 있는 것이다. 사별의 슬픔에 젖어 있을 때는 장례식 때 신은 구두를 벗어던지게 해주는 활동과 사람과 상황을 찾게 된다.

자연은 당신을 익명의 존재로 되돌려놓으며 또 한 번 위로한다. 하지만 애도 기간 중에는 이런 일이 좀처럼 가능하지 않다. 슬픔이 당신을 눈에 띄는 사람으로 만들기 때문이다. 당신은 사람들의 주목을 받고 특별한 사람 취급을 받는다. 본의 아니게 우주의 중심으로 던져지는 것이다. 남편과 사별한 여성이 산책을 하면 모두 고개를 돌려 상냥하게 목례를 한다. 마치 강아지에게 그러듯이. 당신은 소소한 유명인이 된다. 가족 친지들이 각지에서 당신을 보러 와주고, 걱정해주고, 배려해주며, 계속 안부를 물어준다. 그 사람들 편에서 보면 이 모든 행동은 아주 자상한 것이지만, 우주의 중심에 있다 보면 심신은 지치고 스트레스는 쌓인다.

비극이라는 지나치게 큰 세계에서 시간을 보내고 나면 평범한 크기의 세계로 돌아오고 싶은 마음이 간절해진다. 중요한 드라마의 주인공이 아니라 자기 자신이, 인간이, 그냥 내가 간절히 되고 싶다. 패러디 영화의 귀재 멜 브룩스가 만든 유명한 촌극 〈2,000세 노인 The 2000 Year Old Man〉을 보면 제목이기도 한 2,000세 노인이 초등학교를 방문해서 교사와 학생들로부터 질문을 받는다. 누군가가 옛 사람들이 초자연적인 힘을 믿었냐고 묻자 노인은 이렇게 대답한다.

그래, 우리에겐 신이 있었다. 필이라 불리는 녀석이었지.

필은 아주 큰 놈이었다. 게다가 무시무시했지. 널 밟아
으깨버릴 수도 있었거든. 그래서 우린 그 녀석에게 빌곤
했다. "필, 제발 우리를 해치지 말아줘" 하고 말이다.
그런데 어느 날 번갯불이 번쩍하고 쿵 소리가 나더니 필이
번개를 맞았단다. 우린 모두 주위를 둘러보고서는 서로
이렇게 말했단다. "필보다 더 대단한 게 있구나."

자연은 우리에게 필보다 더 대단한 무언가가 있다는 것을 알려준다. 우리보다 더 대단한 무언가가 있다는 것도. 그 과정에서 자연은 과장된 슬픔을 약화시켜 우리를 위로한다.

자연은 당신이나 당신의 슬픔, 당신의 삶에 아무 관심이 없다. 도우려고 하거나 옳은 말을 해주거나 필요하다고 생각하는 것을 주지도 않는다. 자연은 둔감하고 무관심하다. 자연 자체 그리고 경외심을 불러일으키는 온갖 자연현상과 비교하면 당신은 하찮아 보인다. 이런 기분을 느껴보려고 그랜드캐니언에 갈 필요는 없다. 억수같이 쏟아지는 폭우를 보고도 느낄 수 있으니 말이다. 자연과 접해보면 생명이라는 더 거대한 관성 안에서 우리의 역할이 보잘 것없음을 깨닫게 되지만 오히려 그런 깨달음이 진실한 위안과 평온함을 준다. 자연은 우리에게 책임질 일이 없음을, 그리고 그것이 좋은 일임을 깨닫게 한다. 부담을 덜게 되니 말이다.

최상의 상태에 있는 자연을 접하면 우리는 자연이 얼마나 선한지, 얼마나 공정하고 아름다우며 신선한 경이로움인지 이해하

게 된다. 어떤 형태로 나타나든, 자연은 이런 느낌을 준다. 너무 친숙한 나머지 아이들과 애완동물이 자연의 일부라는 사실을 망각하긴 하지만 이들도 우리에게 자연과 똑같은 느낌을 준다.

애완동물 곁에서는 혼자 실컷 울 수 있다. 당신을 올려다보는 영혼이 담긴 개의 눈을 보고 감정이 복받쳐 10분 동안 실컷 울고 나면 기분이 한결 좋아질 것이다. 마음 놓고 울 수 없다는 것만 빼면 아이들과 함께 있는 것도 애완동물과 함께 있는 만큼이나 좋은 자연과의 접촉이다. 유쾌한 기분을 느끼고 싶은 마음에 아이들이 방망이로 머리를 때려도 내버려두게 된다.

이런 사소하고 일상적인 접촉을 통해서든 웅대하고 경이로운 외견에 감동해서든, 자연을 가까이하다 보면 자연이 본질적으로 빈틈없이 설계되었다는 느낌을 받을 것이다. 설령 죽음이 그 일부라 하더라도 말이다. 자연을 받아들이지 못하는 것은 일종의 신경증이다. 자연에 대한 두려움(외부의 자연뿐만 아니라 본성이라는 자기 내부의 자연도)은 신경증에 대해 비전문가가 내릴 수 있는 훌륭한 정의일지도 모른다. 자연을 받아들인다는 것은 자연의 온갖 측면에 있는 진실들을 환영하는 것이다. 아마도 이런 이유 때문에 진실과 자연이란 두 낱말이 섞여 쓰이는지도 모른다. 자연을 접하면서 사람들은 좀 더 진실해진다.

슬픔도 그렇다. 우리는 평범한 삶에서 너무도 많은 진실을 외면한다. 슬픔이 주는 몇 안 되는 선물 가운데 하나는 사람들이 슬픔을 겪고 나서 진실을 돌아보게 된다는 점이다. 사랑하는 누군가가 죽었다는 사실보다 더한 진실은 아무것도 없다. 자신이 누구인지, 사람들이 사랑해주는지 아닌지, 미래의 모습은 어떨지 같은 것들은 얼마든지 거짓으로 말할 수 있다. 교묘하게 속일 수 있는 것들이다. 그러나 사별의 슬픔은 속일 수 없다. 사랑하는 이는 영원히 가버렸으며, 그것으로 끝이다.

슬픔이 진실의 어두운 면이라면 자연은 진실의 밝은 면이다. 어떤 식으로든 자연과 접촉하면 그 이면에 지혜롭고 상서로운 무언가가 있다고 느끼게 된다. 셰익스피어의 희곡 『뜻대로 하세요*As You Like it*』에는 추방당해 숲에서 사는 공작이 등장한다. 추방으로 인해 불행해졌던 그의 삶은 자연과 더불어 살며 얻은 것들로 다시 행복해진다. 그는 나무 우거진 자신의 거처를 열광적으로 찬미한다.

우리네 인생, 벗들과 어울릴 일 없으니
나무의 이야기를 듣고 흐르는 시내에서 글을 읽네
돌 속에 가르침이 있고 만물에 선이 있네

공작은 "역경의 열매는 달다"고 믿는다. 이것은 셰익스피어의 희곡 중 덜 알려진 대사 가운데 가장 좋은 대사다. 셰익스피어는 공적 삶에서 추방당한 역경이 없었다면 공작이 절대 돌의 가르침을 들을 수 없었으리라고 말하는 것이다. 슬픔이라는 역경에는 좀처럼 달콤한 것이 없다. 하지만 우리는 자연 덕분에 비록 슬픔은 좋지 않더라도 삶은 좋은 것임을 깨닫는다.

184

탐닉

저널리스트 데이비드 리프는 어머니인 작가 수전 손택을 백혈병으로 잃은 이야기를 회고록으로 썼다. 그런데 무뚝뚝한 제목이 궁금증을 불러일으킨다. 『죽음의 바다에서 헤엄치기*Swimming in a Sea of Death*』(국내 출간 제목은 『어머니의 죽음』이다―옮긴이)라는 제목은 분명 리프 자신이 어머니의 고통스러운 마지막 나날을 어떻게 느꼈는지 설명하려는 의도로 지은 것이다. 죽음이 뒤에 남는 이의 집과 방과 옷가지와 머리카락에, 영혼과 육체에 스며들었다고 느껴질 만큼 병과 비극에 흠뻑 젖은 후에야 사람들은 사랑하는 이를 잃었다는 상실감을 느끼게 된다. 사랑하는 이를 잃고 비통해하는 이들은 죽음의 바다에 함께 빠져 있다가 이제 구조된 것이다.

사별을 슬퍼하는 사람이 누군가를 죽음으로 잃은 자신의 경험을 책으로 쓴다면 『자기 억제의 바다에서 헤엄치기』 같은 제목이 맞춤할 것이다. 이들은 오랜 기간 자신의 욕구보다는 죽어가는 이의 욕구를 먼저 챙겨야 했다. 부끄럽지 않게 곁을 지키느라 샤워도 못 하고 병원 의자에서 웅크린 채 쪽잠을 자며 고단한 간병을 계속한다. 사랑하는 이를 위해 해야 할 옳은 일이자 당연한 일이라 여기면서. 또한 리프가 표현한 대로 우리들 대부분이 "죽어가는 사람에게 우선권이 있다"고 느끼는 까닭에, 그의 욕구를 자신의 욕구 앞에 놓는 것은 물론 자신의 사소한 불만은 죽어가는 이의 고통과 절대 비교할 수 없다고 생각한다.

그러나 자기 억제는 대가가 크다. 시인 윌리엄 버틀러 예이츠의 표현대로 "너무 오래 희생하면 심장이 돌처럼 굳는다." 자기 억제를 계속하다 보면 생명력은 활기를 잃고, 욕구는 전체 상황을 고려할 때 대수롭지 않게 느껴진다. 특히나 험난한 죽음의 바다를 헤엄쳐 건넜다면 사랑하는 사람이 떠나고 난 뒤 특정한 욕망이 샘솟는 것을 깨닫게 될지도 모른다. 죽음보다는 삶을 부르짖고 자기 억제보다는 그 반대의 것을 갈구하기 시작할지도 모른다. 솔직히 이것은 약간의 방종이다.

이상하게 들릴지 모르겠지만, 탐닉은 큰 위안이 될 수 있다!

사별을 슬퍼하는 사람들이 자신 위로하는 흔한 방법 중 하나는 탐식이다. 음식 작가인 M. F. K. 피셔는 「슬픔에 관한 에세이S IS FOR SAD」에서 "가슴이 막 찢어지고 삶이 암울해 공허한 것 같을 때 불현듯 밀려드는 불가사의한 식욕"의 특징을 설명한다. 어느 날 한 남자(피셔는 그를 "반듯한 남자"라고 표현한다)가 피셔의 집에 나타났다. 그는 열렬히 사랑하던 아내가 눈을 감은 날 밤 자신이 저지른 일들 때문에 충격을 받은 상태였다. 사흘 동안 아내가 시름시름 죽어가는 모습을 지켜본 남자는 아내가 눈을 감은 날 저녁, 피셔를 보러 캘리포니아 해안까지 차를 몰고 온 것이다. 피셔의 글에 따르면 오는 내내 그는

> 네다섯 곳의 큰 레스토랑에 차를 세우고는 매번 두툼한 스테이크를 먹었다. 보통 때 같으면 거들떠보지도 않는 수북이 쌓인 감자튀김과 두툼한 파이와 자기 앞에 있는 빵도 함께. ……또 도로 가에 있는 조그만 가게 여남은 곳에서 쓰디쓴 블랙커피 잔을 비우고 또 비웠는데, 음식에 곁들여 마시기도 했고 커피만 마시기도 했다. 가게를 나오면서는 콧노래도 흥얼거리고 휘파람도 불었다.

피셔의 집에 도착할 무렵 남자는 자신이 어떻게 그처럼 무절제한 행동을 했는지 믿을 수가 없었다. 그는 피셔에게 "어떻게 내가? 어떻게 내가? 아내 무덤의 흙이 마르기도 전에?"라고 토로했다. 그는 자신이 형편없는 인간으로 느껴졌다. 그렇지만 그의 행동을 우울한 죽음에도 불구하고 쾌락이 있는 삶을 빨아들이려는 시도로 이해한 피셔는 이렇게 변호한다.

> 가족이나 가까운 친지와 사별한 이들은 대개 기도보다는 좀 더 실체가 있는 음식물을 갈망한다. 그들은 스테이크를

먹고 싶어 한다. 더욱이 그것을 먹어야 한다. 되도록이면
덜 익힌 것으로…….

사랑하는 이를 잃고 슬퍼하는 사람들이 빠져들곤 하는 탐닉의
또 다른 영역은 섹스다. 탐닉에 대한 이 참을 수 없는 갈망은 감각
과 야릇한 충동으로 나타나는데 그들이 늘 이런 충동들을 좇아 행
동하는 것은 아니다. 그렇지만 가끔은 그런 일이 일어난다.

계관시인이었던 도널드 홀은 아내인 제인 케니언이 눈을 감
고 난 뒤에 겪은 도락과의 싸움을 낱낱이 기록했다. 홀과 케니언
은 특별한 결혼생활을 했는데, 에미상을 수상한 다큐멘터리 〈함
께한 삶〉이 두 사람의 결혼을 그대로 그렸다. 케니언이 세상을 떠
나기 전 몇 해 동안 홀이 쓴 시는 대부분 아내에게 바치는 연시다.
두 사람은 23년을 부부로 살았다. 그리고 1995년 4월 22일, 케니
언이 먼저 세상을 떠났다.

2주 뒤 홀은 콘돔을 샀다. 홀은 섹스를 찾아나섰고, 찾아냈다.
그는 갑작스레 솟구치는 이 육체적 욕망을 삼인칭 시점으로 썼
다. "당면한 슬픔 때문에 혼란스러워진 그는 살아 있다는 것을 느
끼고 싶었다"는 홀이 쓴 시의 한 구절이다. 얼마나 마음에 와 닿
는가. 속박을 벗은, 이 애처로운 갈망. 홀은 틀림없이 피셔의 이
야기에 나오는 남자처럼 "어떻게 내가? 어떻게 내가? 아내 무덤
의 흙이 마르기도 전에?" 하고 중얼거렸을 것이다. 하지만 피셔
가 설명하듯 이런 충동은 정상적일 뿐만 아니라 본질적으로 존중

해야 할 것이다. 피셔는 "우리가 인식하지 못할 뿐 이런 갈망에는 다른 모든 물리현상처럼 늘 바람직한 이유가 있다"고 주장한다. 하지만 피셔가 "인간의 열정을 아기자기하게 치장하고 싶어 하는 이들"이라고 부르는 사람들은 이 사실을 인정하려 들지 않는다. 피셔는 "육체를 뒤집어쓴 우리는 품위 있는 행동을 따르려 하는데, 우리보다 더 현명한 우리의 육체가 용기와 힘을 다해 충동에 응답하라고, 음식을 먹으라고 몰아붙이는 것 같다"고 설명한다.

먹는 것, 성적 욕망을 품는 것, 사랑하는 것, 탐닉하는 것. 이런 것은 육체의 본능인 동시에 영혼의 본능이기도 하다. 우리는 이 본능을, 새 생명으로 죽음을 떨쳐버리려는 이 원초적 충동을 가장 성스러운 상징 속에서도 찾을 수 있다. 성聖 금요일(부활절 전의 금요일로 예수가 십자가에 못 박힌 날을 기념하는 날―옮긴이)의 십자가를 부활절 계란으로 바꾸려는 충동(많은 신화에서 알은 음식과 함께 생식을 상징하는데, 생식은 생명력에 대한 이상적인 은유다)과 가족과 사별한 사람의 집에 갈 때 음식을 들고 가야 한다는 기본적인 예절에서도 확인할 수 있다. 음식은 생명이며, 생리적 충동을 수용할 수 있는 승화물이다. (시바에 나타나서 "상심이 클 텐데, 얼른 섹스 한번 하는 게 어때요?" 할 수는 없잖은가.)

사랑하는 사람을 잃고 비통해하는 이에게 섹스는 보통 사람들이 음식을 탐하는 만큼이나 흔히 느끼는 충동이지만, 이야기하기는 쉽지 않다. 섹스에는 음식보다 훨씬 많은 수치심이 들러붙어 있고, 따라서 대처하기가 그만큼 더 어렵다. 디저트를 하나 더 달라고 하는 것은 괜찮다. 하지만 웨이트리스에게 함께 집에 가자고 청하는 것은 그렇게 간단히 해치울 수 있는 일이 아니다. 젊은 나이에 약혼자를 떠나보낸 한 여성이 힘들게 보낸 시간에 대해 우리와 이야기를 나누었다. 그녀는 자신에게 어울리지 않는다는 말을 써가며 자신에게 어울리지 않는 행동을 묘사했다. "평생 처음이자 딱 한 번, 미쳐 날뛰며 창녀처럼 성교를 했어요." 그녀는 이 말을 뱉어놓고도 당혹스러워 어쩔 줄 몰라했다. 그래서 이 품위 있는 숙녀가 자기 입으로 말한 행위를 하고 있는 모습은 좀처럼 상상이 되지 않았다.

음식과 달리 오명이 따를지 모르지만 사실 섹스에 대한 탐닉은 음식에 대한 충동과 그 뿌리가 같다. 생명에 대한 갈망이자 생명의 힘을 손끝으로, 온몸으로 느끼고자 하는 욕구인 것이다. 테네시 윌리엄스의 희곡 『욕망이라는 이름의 전차 *A Streetcar Named Desire*』에서 블랑슈 두보아는 여동생 스텔라와 함께 살기 위해 미시시피에서 뉴올리언스로 온다. 그런데 블랑슈가 매춘부라는 오명을 얻고, 심지어 자신이 가르치던 고등학생과 관계를 가진 뒤 그곳을 떠나왔다는 사실이 밝혀진다. 그러나 블랑슈는 자신의 삶을 생명으로 충만하게 하고 싶어서 그런 행동을 했다고 해명한다. 아버지와 어머니와 여동생이 모두 죽은 집에서, "죽음의 신이 문 앞 계단에 텐트를 쳤어"라고 (동생 스텔라에게) 말하는 블랑슈는 "욕망은, 죽음의 반대잖아요"라고 (결혼해 안정을 찾고 싶었던 매제의 직장 동료 미치에게) 말한다.

190

이것이 사실이라면 비탄에 빠져 있는 사람과 마찬가지로 죽음을 앞둔 사람 역시 섹스를 통해서든 다른 형태의 탐닉을 통해서든 생명의 힘과 재결합하고자 하는 욕망을 느낄 것이다. 죽어가는 사람은 얼마 남지 않은 마지막 시간에 자신이 살아 있음을 느끼게 해주는 것에 관심을 보이고 병적일 만큼 집착하기도 한다. 내일 죽는다 해도 상관없다. 『나도 이별이 서툴다*Final Exam*』(부제가 '죽음에 대한 어느 외과의사의 아름다운 고백'으로, 죽어가는 사람들을 일상처럼 지켜보는 의사가 죽음과 관련한 자신의 이야기를 쓴 글이다─옮긴이)에서 저자 폴린 첸은 불치병을 앓는 한 중년 남자에 얽힌 일화를 들려준다. 살날이 얼마 남지 않았다는 것이 확실해지자 남자는 아내를 데리고 비버리힐스에 있는 가장 값비싼 의상실로 턱시도를 사러 가겠다고 고집을 부렸다. 폴린은 남자가 턱시도를 여남은 벌은 족히 입어보았다고 했다.

> 그가 왜 그랬는지 모른다. 그냥 미친 짓이었다. 하지만
> 지켜보는 수밖에 없었다. 나는 그가 턱시도를 입을 일이
> 없으리라는 것을 분명히 알고 있었다. 하지만 아무 말
> 않고 따라다니며 그가 턱시도를 죄다 입어보고 가장
> 비싼 옷을 사는 것을 지켜보았다. 그는 마치 살아 있다는
> 사실을 스스로에게 확인시켜 주려는 것처럼 보였다.
> 어쩌면 그는 단지 몇 분 동안만이라도 자신이 죽지
> 않으리라고 믿고 싶었는지도 모른다.

만약 죽어가는 이를 보살피고 있거나 누군가가 슬픔을 이겨내 도록 돕고 있다면 죽음과 멀리 있다고 느끼려는 이 의지를 정상적 인 것으로 이해하는 것이 중요하다. 그 사람에게 여유를 주자. 사 랑하는 사람이 하고 싶은 것을 마음껏 하도록 놔둔다고 큰 문제가 생기지는 않는다. 대부분의 경우는 정도가 심하지 않다.

사랑하는 이를 잃고 슬퍼하고 있다면 추태나 부적절한 생각처럼 느껴지는 것들이 실제로는 죽음에 대한 분노 때문에 생긴다는 것 을 알아야 한다. 시인 딜런 토머스는 이를 "빛의 소멸"(죽어가는 아 버지를 위해 쓴 유명한 시 「저 휴식의 밤으로 순순히 들어가지 마세요Do Not Go Gentle into That Good Night」에 나오는 표현 ─ 옮긴이)이라고 불렀다. 비틀스가 노래한 대로 "암흑 속을 헤매고 있을 때에도 나를 비추는 한줄기 빛은 여 전히 있다"는 것을 스스로 깨우치기 위해 탐닉하는 것이다. 만약 사별을 겪고 슬퍼하는 이를 돌보고 있다면 비틀스의 노래 〈렛 잇 비Let it be〉의 충고를 마음에 새겨, 순리에 맡기라.

연대

누군가 세상을 떠나면 그를 사랑했던 사람들은 곧바로 타인들과 한 공간에 있고 싶은 욕구를 느낀다. 그래서 모인다. 그런데 이런 모임은 모임으로 끝나지 않는다. 사람들은 모임이 끝난 뒤에도 지속적으로 연결되어 있다고 느끼게 해줄, 자신이 누군지 알려주는 물건을 주고받는다. 티셔츠나 꽃, 리본이나 팔목 보호대, 광고지나 미사 카드 따위를 말이다.

타인과 관계를 맺고 싶은 이 뿌리 깊은 욕구 덕분에 사람들은 창조적이고 명민해진다. 그래서 연대를 표현하는 흥미로운 방법을 찾아내는데, 이제는 널리 알려진 기념 문신에서부터 기념 웹사이트에, 눈동냥 귀동냥으로 알게 된 훨씬 더 혁신적인 것까지 다양하다.

캘리포니아에 사는 한 가족이 이탈리아에서 휴가를 보내던 중 어설픈 강도 사건에 휘말려 일곱 살 난 아들 니콜라스가 총에 맞아 숨졌다. 충격과 슬픔에 휩싸인 가족은 위중한 이탈리아인 환자일곱 명에게 아들의 장기를 기증했는데, 그중에는 어린 십대들도 있었다. 이 사실이 알려진 뒤 니콜라스의 아버지는 "연대의 움직임은 사고 즉시 나타났는데, 지금까지 계속 이어지고 있다"고 전했다. 그러고는 독특한 미담 하나를 들려주었다.

> 몇 년 전부터 시칠리아에 있는 한 학교의 현관홀에는
> 벽시계가 두 개 걸려 있습니다. 하나는 이탈리아
> 시간을, 다른 하나는 캘리포니아 시간을 가리키지요.
> 학생들이 매일 연대감을 느끼도록 말입니다. 이탈리아
> 십대 아이들이 제 아들 녀석을 얼마나 친근하게
> 느끼는지 피콜로 니콜라스라는 애칭으로 부릅니다. '꼬마
> 니콜라스'라는 뜻이지요.

이런 의미 있는 지지 표명은 연대의 한 형태다. 즐거운 연대의 형태도 있는데, 역시 효과가 좋다. 미국인에게 잘 맞고 인기 있는 연대의 형태는 즐거움이다. 온라인에서 볼 수 있는 분홍 장갑 춤 Pink Glove Dance이라는 인기 비디오는 유방암 예방을 홍보하고 지원하기 위해 제작되었다. 한 병원에 근무하는 직원들이 모두 분홍색 외과 수술용 장갑을 끼고 제이 션의 노래 〈다운Down〉에 맞춰 병원 곳곳에서 춤을 추는 내용의 비디오다. "걱정하지 마. 너는 내 둘도 없는 그대. 넌 외롭지 않을 거야, 하늘이 무너진다 해도" 같은 가사가 나오는데 의사부터 청소부, 구내식당의 종업원, 환자까지

모든 사람이 참여했다. 누군가에게 미국인의 가장 좋은 점을 설명해야 한다면, 이 비디오로 시작하면 괜찮을 것이다. 사람들을 결속시켜주는 동시에 즐거움을 만끽하게 하는 연대의 표명은 지지 의사를 밝히는 미국인다운 방법이다. 뮤직비디오나 춤, 바비큐 파티나 티셔츠, 운동경기나 자동차 범퍼에 붙이는 재미있는 스티커 등 생각해낼 수 있는 것은 무궁무진하다.

연대를 꾀하는 성향의 저변에는 인간의 근원적인 진실이 있다. 인간은 타인에게서 안정감을 얻는다는 사실이다. 이는 위기의 순간뿐 아니라 인간의 삶 전반에 해당되는 진실이다. 다른 사람이 옆에 있는 것만으로도 충분히 위안을 받을 수 있다. 그가 어떤 사람인지는 중요하지 않다. 그저 어떤 사람이 옆에 있는 것만으로도 연대는 이루어진다. 기내에서 나란히 앉은 낯선 사람과 비행 내내 팔걸이를 서로 많이 차지하려고 다투다가도 난기류를 만나면 바로 그 사람을 꼭 붙들고 싶은 충동을 느끼지 않는가? 어떤 난기류 속에서든 손을 뻗어 잡을 다른 존재가 필요한 것이다. 그들이 도움을 줄 수 있는지 없는지는 중요하지 않다. 존재만으로도 충분하다. 예를 들어, 비 오는 밤 아무도 없는 집에서 공포 영화를 본다면 똑같은 영화를 같은 밤 일곱 살짜리 아이와 함께 볼 때보다 훨씬 더 소름이 끼칠 것이다. 아이는 분명 한니발 렉터에게서 당신을 구해주지는 못할 것이다. 하지만 그 작은 존재만으로도 안전하다는 느낌은 충분히 받을 수 있다.

연대에 대한 이 근원적인 욕구 덕분에 인간은 자신을 더 잘 인식하고 일상의 삶을 꾸려나간다. 우리는 특정한 정서적 관계에서 비롯되는 소속감과 그 안에서 느끼는 안도감으로 안전감을 얻는다. 마치 모든 사람이 주위에 일련의 동심원을 가지고 있는 것과 같은데, 각각의 원에는 안전감을 주는 일종의 성채가 딸려 있다. 이 연대의 원에는 5개의 기본적인 원이 있다. 첫째는 짝이나 배우자 또는 파트너다. 둘째는 가족인데, 당신이 꾸린 가족뿐 아니라 원래 가족도 해당된다. (둘은 한데 얽히기도 하지만 별개인 경우가 더 흔하다.) 다음은 친구로, 많은 이들에게 가족보다 훨씬 튼튼한 원이 되어준다. 넷째 원은 이웃, 직장, 학교처럼 거리상 가깝거나 목표가 같거나 서로 단결하게 하는 온갖 활동을 바탕으로 이루어진 공동체, 즉 집단이다. (우리는 고인이 생전에 축구 심판이었던 어느 장례식 이야기를 들었다. 교회가 축구 심판들로 가득 찼다. 알고 보니 사람들이 축구 심판 복장으로 장례식에 참석한 것이었다! 이게 바로 집단이다.) 끝으로 국가가 있다. 국가는 추상적 개념에 불과할 때도 있지만 사건이 터지면 힘을 발휘하기도 한다.

짝, 가족, 친구, 집단, 국가, 이 5개의 원 덕분에 우리는 우리가 된다. 비극이 일어나서 이 울타리 가운데 하나가 터지면 사람들은 안전을 찾아 다른 원으로 도망친다. 배우자가 세상을 떠나 짝이라는 원이 부서지면 남은 사람은 교회와 그 어느 때보다 더 단단한 유대를 맺기 시작해서 집단이라는 원을 강화한다. 고등학생이 친구의 죽음을 겪었다면 친구들과 더 많이 어울릴 것이라는 예상과는 달리 한동안은 가족이라는 좀 더 튼튼한 성채에 둘러싸인 채

집 주변에서 더 많은 시간을 보내고 싶어 한다. 십대들에게는 집단이라는 원이 튼튼하게 느껴지지 않는다. 친구의 어깨에 기대 울 수도 있지만 더 단단한 부모의 어깨가 필요하다.

슬픔에 빠진 사람들은 가까운 원을 떠나고 싶어 하지 않는다. 그들이 원을 떠나고 싶어 하는 때는 원이 더는 견고하지 않다고 감지할 때뿐이다. 비극의 시험을 받을 때는 원의 통상적 역동성보다 견고함이 더 중요하다.

일례로 부부가 자식의 죽음을 겪으면, 사람들은 흔히 두 사람의 결혼이 파국에 이르리라 생각한다. 이런 이야기를 얼마나 많이 하는지, 자식을 잃은 부부는 상대를 쳐다보며 "자, 여보. 시계가 똑딱똑딱 가고 있어. 헤어지는 수순을 밟는 게 좋겠어"라고 생각할 지경이다. 그렇지만 이 추측은 생각만큼 정확하지 않다고 밝혀졌다.

실제로 자식을 잃은 부부가 이혼할 가능성이 많다는 결정적인 증거는 없다. 이런 부모를 지원하는 지역 지지집단의 전국 네트워크인 〈다정한 친구들〉에 따르면 많은 부부가 공통의 슬픔을 겪는 동안 짝이라는 원이 더 단단해지는 것을 경험한다. 한 지지집단 구성원들의 경험에만 근거를 둔 결론이어서 편향적일지는 모르지만 새겨들을 만하다. 지지집단에 참여해서 이야기와 정을 나누고 서로를 친구로 받아들일 용의가 있는 부부들은 자식을 땅에 묻은 가슴 미어지는 고통을 이겨낼 좋은 기회를 얻는다.

이런 일로 끝날 결혼이라면 이미 파국의 단초가 될 만한 문제가 있었을 것이다. 슬픔은 관계를 비춰주는 확대경이 되어 그 속에 있는 문제를 확대해 보여주기도 한다. 죽음은 관계를 청산하기 위해 이용되는 일종의 면책특권이 될 수도 있다. 영화 〈어댑테이션〉에서 메릴 스트립은 불행한 결혼생활을 하는 저널리스트 수전 올린 역을 맡았다. 수전은 자신이 쓰고 있는 기사의 주인공인 원예가 존에게 쏙 빠져버린다. 두 사람이 나눈 어느 인터뷰에서 존은 부모를 자동차 사고로 여읜 아내가 어떻게 해서 자신을 떠났는지 수전에게 들려준다. "그런 일이 내게 일어났다면 아마 나 역시 남편을 떠났을 거예요" 하고 수전이 답한다. "왜죠?" 하고 존이 묻자 수전은 이렇게 대답한다. "떠날 수 있으니까요. 아무도 날 판단하지 않을 테니까요." 이런 식으로 관계를 청산하는 사람이 있는 건 사실이지만 슬픔 때문에 결혼이 깨지는 일은 흔치 않다는 것이 변함없는 진실이다. 슬픔은 이미 시작된 파국을 앞당겨줄 뿐이다.

슬픔을 겪는 동안 더 단단해지는 원이 있는가 하면 전혀 새로운 원이 나타나기도 한다. 〈인 더 베드룸〉에서 시시 스페이섹이 연기한 루스는 외아들을 잃고 난 뒤 남편과의 유대가 너무나 약해진 것에 괴로워한다. 루스는 결국 사제에게 이 고민을 털어놓는다. 그러자 사제는 아들을 잃은 다른 여성의 이야기를 들려준다. 그 여성은 꿈속에서 "지구를 둘러싸고 있는, 끝없이 이어지는 어머니들의 줄"을 보았는데, 그 줄에 자신도 서 있었다. 어느 순간 "줄이 나뉘었을 때" 그 여성은 그 이유를 깨달았다. "제 쪽에 서 있는 수백만 여성은 모두 자식을 잃은 어머니들이었습니다." 이야기를 다 들려준 사제가 이렇게 덧붙였다. "그 어머니는 꿈에서 큰 위안을 찾은 것 같더군요." 가족이라는 원은 깨어졌을지도 모르지만 자식을 잃은 어머니들이란 새로운 원이 위안이 된 것이다.

역사적으로 연대의 원을 복구하고자 하는 노력은 국가가 공격을 받을 때 가장 흔하게 나타난다. 이런 일이 일어나면 사람들은 그 위협을 너무 심각하게 받아들인 나머지 다른 모든 원을 더 중요하게 생각한다. 9·11 이후 몇 주 동안 맨해튼 최남단인 로어 맨해튼에 세워진 사진 벽들이 큰 감동을 준 이유는, 그 사진들이 삶에 존재하는 모든 연대의 원을 너무도 생생하게 집약해놓았기 때문이다. 열렬한 뉴욕 팬으로 로어 맨해튼에 사는 극작가 존 궤어는 "사진 하나하나에 등장하는 한 사람 한 사람이 다 사랑하는 이를 바라보고 있었다"고 전했다. 배우자나 자식, 친한 친구부터 직장의 크리스마스 파티에서 만난 사람이나 볼링 팀 동료까지, 사진들 속에는 이 모든 원이 담겨 있었다.

슬플 때는 집단의 안전에 대한 기본적인 욕구가 자기 집단을 과시하려는 욕구보다 더 중요하다는 사실을 인식하는 것이 중요하다. 연대를 과시하고자 하는 마음이 너무 결연한 나머지 진정 원하는 연대의 토대를 갉아먹는 경우도 많기 때문이다.

작은 대학의 영화학과 학생 둘이 주말을 보내고 학교로 돌아오는 길에 자동차 사고로 목숨을 잃었다. 이 사건이 동료 학생들에게 충격적인 경험이 되리라 판단한 학장은 학생들이 모여 함께 있을 수 있게 영화학과 건물을 48시간 동안 개방하고 그곳으로 음식을 계속 들여보내도록 조처했다. 하루 종일 학생들이 그곳으로 모여들었다. 그러자 한 학생이 대학 주변을 에워싸는 촛불 행진을 하자고 제안했다. 학생은 (뜻은 좋지만) 교정 연대라는 쇼를 열려는 의지가 얼마나 결연했던지 양초가 든 무거운 상자며 행사를 알리는 전단을 들고 사람들을 계속 불편하게 했다. 하지만 학생들은 그곳에 그대로 함께 있는 편이 훨씬 더 좋아서 땅거미가 지기 시작하자 건물 로비로 베개와 담요를 가져오기 시작했다. 그냥 앉아서 이야기를 나누는 학생들도 있었고 구석에 웅크리고 앉아 노트북으로 과제를 하는 학생들도 있었다. 교수와 직원들도 새벽녘까지 자리를 뜨지 않았다. 이야기를 나누고 음식을 먹으며 그냥 거기 있었다. 진실한 연대를 보여주는 훈훈한 광경이었다. 그럼에도 불구하고 행진 학생은 자신이 기획한 행사를 열려고 계속 사람들을 계속 설득했고 결국 제지를 받고서야 비로소 그 뜻을 이해했다. 사람들은 진정한 연대라는 따뜻하고 친밀한 분위기 속에서 계속 함께 있을 수 있었다.

이 학생의 잘못된 상황 판단을 통해 위로를 주는 연대는 어떤 것이어야 하는지 확인할 수 있다. 위로가 되는 연대는 사람들이 인식하는 것보다 훨씬 더 신체적 안전이나 편안함과 관련이 깊다.

연대는 이 학생이 성원을 얻고자 애썼던 유의 집단적 행동에서 발현될지도 모르지만 그 저변에는 보호받고 싶다는 아주 기본적인 욕구가 있다. 시인 에밀리 디킨슨은 편지에 "당신과 이야기를 나누노라면 은신처 안에 있는 기분이 들었지요"라는 서명을 한 적이 있다. 이게 바로 사람들 곁에 있을 때 드는 기분, 즉 안전하다는 느낌이다. 슬픔을 겪을 때는 안전감에 대한 욕구가 강해진다. 비극과 슬픔을 겪으면 아무런 방패막이도 없이 세상에 그대로 노출되어 있는 듯한 기분이 든다. 한때 변치 않을 것 같았던 원에서 추방당해 이제 아무런 보호막도 없이 낯선 환경에 놓이게 될 테니 말이다. 시인 E. E. 커밍스는 어느 시에 "내 사랑은 그대를 감싸며 건물을 하나 짓고 있네"라고 썼다. 이것이 바로 슬퍼하는 이들이 원하는 것이다. 보호와 안전, 은신처가 될 건물을 원하지 행진이 필요하지는 않은 것이다.

최근 《로스앤젤레스 타임스》는 외로움과 추위 사이의 관련성을 보여주는 토론토 대학의 연구 결과를 보도했다. '추위와 외로움은 동행한다'는 제목의 기사에는 실험에 대한 설명이 나온다. 한 무리의 피험자에게는 사회적으로 고립되었다고 느꼈을 때를 생각해보라고 요청하고, 다른 무리에게는 사회적으로 받아들여졌다고 느낀 때를 떠올려보라고 요청한다. 그런 다음 두 집단에게 모두 실험실의 실내 온도를 추정해보도록 한다. 고립의 기억을 떠올린 사람들이 말한 온도는 평균 21.6도였는데 반대 집단보다 3도 정도 낮았다.

또 다른 실험에서는 피험자들에게 공 던지기 놀이를 시키고 그중 일부에게는 공을 두 번만 주었다. 그런 다음 뜨거운 커피나 뜨거운 수프, 차가운 음료수 중 하나를 고르라고 했다. 게임 과정에서 거의 무시를 받은 사람들은 그렇지 않은 사람들보다 뜨거운 음료에 대한 선호도가 매우 높았다. 사람들은 슬프면 추위를 느낀다.

시인 캐런 스웬슨은, 아버지를 여의고 다음과 같이 썼다.

> 창문으로 바람이 들어오네
> 아버지의 말씀을 실어 나르던 침묵의 숨결처럼
> 마치 대지의 구멍이 아버지를 위해
> 사알짝 문을 열어놓은 듯하네
> 그리고 난
> 들판 같은 이 넓디넓은 방에서
> 외풍에 떨고 있네

슬프면 추위를 타게 된다는 것을 사람들은 본능적으로 알고 있다. 예를 들어 사람들이 비탄에 젖어 있는 이들에게 가져오는 음식은 모두 뜨겁고 걸쭉하며 몸에 좋은 음식으로, 물건으로 치자면 담요 같다. 수프와 스튜와 캐서롤(오븐 냄비 요리―옮긴이) 같은 음식들이 슬픔에 빠져 있는 사람에게 필요하다는 것을 직관적으로 알 수 있다. 아무도 "상심이 크시겠어요. 제가 프로슈토 햄과 멜론을 좀 가져왔어요" 하지는 않는다. 슬퍼하는 사람이 편안함을 느끼려면 견고한 무언가 안에 있어야 함을 아는 것이다. 비록 그 무언가가 음식이라도 말이다. 편안함comfort이란 말은 아늑하다나 쾌적하다와는 아무런 관계도 없다. fort(성채)에서처럼 '튼튼한'을 의미하는 fortis가 어원이다. 편안하다는 것은 성채 안에 있는 것처럼 안심이 된다는 뜻이다.

어떤 이들은 최악의 삶에 직면해서도 여전히 타고난 지혜를 활용해서 무엇이 진정한 위로인지 깨닫고 그 깨달음을 통해서 위안을 얻는다. 끔찍한 삶의 한복판에서조차 말이다. 삼형제 가운데 막내아들이 우발적인 약물 과다복용으로 숨진 어느 가족 얘기다. 막내아들은 죽기 전날 밤 집에 돌아오지 않았다. 걱정이 된 가족들은 막내를 찾아 여기저기 전화를 걸고 마을을 샅샅이 훑었다. 둘째 아들은 150킬로미터가량 떨어진 대학에 다녔는데 제정신이 아닌 어머니와 통화를 하고 있었다. 그때 곁에 있던 아버지는 마을을 수색하러 나간 맏아들에게서 걸려온 전화를 받았다.

그렇게 네 사람이 두 개의 전화선을 통해 연결되어 있었다. 갑자기 맏아들이 "잠깐만요, 그 애 차를 본 것 같아요" 하더니 달려가기 시작했다. 차창을 들여다보던 그는 앞좌석에서 행방불명된 동생을 찾았다. 얼굴이 파란 것이 숨진 게 틀림없었다. 두 전화선 양쪽에서 무슨 일이 있었는지는 상상에 맡긴다.

둘째 아들은 두 시간 동안 차를 몰아 집으로 돌아왔다. 나중에 집에 돌아온 이야기를 자세히 했는데, 집에 들어섰을 때 맨 처음 눈에 들어온 것이 벽난로의 불이었다고 했다. 감성 지능이 뛰어난 누군가가 (가족 중 한 사람? 친구? 이웃 사람?) 지펴놓은 불은 그가 문을 열고 들어올 때 탁탁 소리를 내며 따뜻하게 타고 있었다. 인간이 생각해낼 수 있는 가장 훌륭한 위안의 본보기였다.

그날 밤 늦게 사람들이 모두 떠나자 하루 전만 해도 다섯이었던 식구는 넷이 되었다. 두 아들 중 하나가 부모의 침실로 갔더니 부모는 침대에 누워 이야기를 나누고 있었다. 아들도 어머니 아버지의 대화에 끼어들었는데 실은 부모가 누워 있는 침대 위로 올라간 것이었다. 잠시 후 남은 아들도 그 방에 와서 다른 식구들과 함께 누웠다. 두 아들 다 평소에는 이런 행동을 하지 않았지만 "그때는 그냥 그래야 할 것 같았어요"라고 했다. 그렇게 네 사람은 몇 시간 동안 함께 누운 채 연대감을 느끼며 이야기를 나눴고, 울었다. 서로를 감싸주는 건물을 지으면서 말이다.

냉소

독설가로 유명한 작가 도로시 파커는 전화가 울리면 "또 뭐죠?" 하고 받았다. 예사로 할 인사말은 아니지만 병이나 죽음이나 슬픔으로 고통받은 적이 있는 이라면 아마 그 기분을 알 것이다. 여태 보이지 않던 주름을 발견한 것 같은 불쾌함을 하루하루 새롭게 맛볼 것이다. 사랑하는 이를 잃고 슬퍼하는 사람은 반가운 소식을 들었을 때조차 때로 그 이면에서 불쾌함을 느낀다.

최근 아버지를 잃은 여성이 꿈에도 그리던 대학 합격통지서를 열어보던 이야기를 들려주었다. 기쁨에 취하고 승리의 함성을 내질러야 마땅한 순간이었다. 하지만 6개월 전 식탁에서 입학지원서 작성을 돕던 아버지가 자신이 펜실베이니아 주립대학교에 합격한 사실을 절대 알 수 없다는 데 생각이 미치자 기쁨은 곧 넘쳐흐르는 슬픔 속으로 자취를 감추었다.

'도둑맞다'는 사람들이 사별의 슬픔을 표현할 때 많이 쓰는 말이다. 이들은 병원에서 고통스럽게 보낸 날들뿐만 아니라 좋은 날들을 누릴 기회까지 도둑맞았다고 느낀다. 그런데 이렇게 매일 강탈을 당하다 보면 분노를 느끼게 된다. 아주 지독한 분노를.

슬픔이 감추고 싶어 하는 비밀은 분노다. 비전문가들은 흔히 슬픔에 빠진 사람이 씻어내야 할 주요 감정이 비애라고 생각하지만 정신의학 전문가들은 분노를 더 많이 이야기한다.

엘리자베스 퀴블러-로스는 말기 환자와 그 가족을 연구한 선구자였다. 퀴블러-로스는 슬픔의 다섯 단계를 명명하고 체계화한 최초의 정신의학자인데 그 단계 중 하나가 바로 분노anger다. 퀴블러-로스가 환자들과 함께 있는 오래된 사진을 보면 환자들이 저마다 길이가 짧은 고무호스를 가지고 있다. 나이 든 환자든 젊은 환자든, 남자든 여자든, 모두 이 호스를 가지고 다닌다. 퀴블러-로스는 이 이상한 심리적 도구가 슬픔에 동반되는 분노와 관련이 있다고 설명한다.

> 우리는 고무호스를 사용하는데, 무엇보다 비싸지 않고
> 쉽게 구할 수 있으며 아무 가방에나 넣을 수 있고 또 어떤
> 곳에서든 사용할 수 있기 때문이다. 노여움과 분노로
> 누군가를 때리거나 치고 싶을 때에는 팔에 힘이 더
> 들어가게도 해준다. 고무호스를 구할 수 없는 경우에는
> 간단히 목욕수건을 접어서 쓰거나 필요할 경우 주먹을
> 사용할 수도 있다. 그렇지만 고무호스를 사용할 경우
> 최악의 상황이 벌어져봤자 손가락에 물집 몇 개 생기는 게

전부일 것이다. 환자나 환자의 가족이 엄청난 노여움이나 불공평을 느낄 때 고무호스로 분노의 대상이 되는 사람 대신 매트리스나 베개, 소파를 마구 때리면 된다는 것이 가장 큰 장점이다. 그러면 환자는 아무도 해치지 않으면서 분노를 객관화하고 드러내고 고함을 질러 쏟아낼 수 있다.

이렇게 고무호스를 사용하는 퀴블러-로스의 방법은 1970년대에나 쓰이던 극단적인 방법일지 모른다. 그런데 정신의학은 세월 따라 변할지 모르지만 슬픔은 그렇지 않다. 슬픔은 퀴블러-로스가 위의 글을 쓰던 30년 전이나 소포클레스가 살던 2,500년 전이나 다름없다. 소포클레스가 『안티고네*Antigone*』에서 "슬픔은 가장 침착한 인간에게 흔들림을 가르쳐준다"고 표현한 대로 슬픔은 여전히 감정의 산탄폭탄이다. 침착한 사람이 흔들릴 때는 분노를 표출할 안전한 방법을 찾는 것이 좋다. 누가 알겠는가. 퀴블러-로스가 이 험악한 오늘날까지 살아 있다면 그 고무호스가 홈쇼핑에서 날개 돋친 듯 팔릴지.

슬퍼하는 이들에게 고무호스를 대신할 가장 흔한 (안 보이게 간직했다가 난데없는 사건이 속을 뒤집어놓으면 언제든 꺼내 들 수 있는) 대용물은 평범하고 오래되어 친숙한 냉소다.

한 여성이 1년 반 전 아내와 사별한 남동생 이야기를 들려주었다. 차를 타고 연말연시에 필요한 물건을 쇼핑하러 가는 중이었는데 남동생이 "크리스마스에는 허튼짓거리들이 판을 친다니까"

하고 빈정댔다. 점잖은 가톨릭 신자인 동생이 그런 말을 하다니, 누나는 아연실색했다. 그녀는 마치 돌연 자신의 SUV 조수석에 본디오 빌라도가 나타나기라도 했다는 듯 이야기를 전했다.

하지만 냉소는 분노를 방출하는 한 방법이다. 마음을 후련하게 해주면서도 주변에 있는 사람들에게 비교적 무해하다. 또한 분노를 일반화하고 세련되게 다듬어 철학의 경지에 올려놓는다. 누군가를 직접적으로 공격하는 대신 분노를 손에 쥐고 크리스마스 같은 추상적인 목표를 겨냥할 수도 있다.

만약 남동생이 "내가 크리스마스에 원하는 게 뭔지 알아? 더 좋은 누나야" 같은 구체적인 말로 분노를 표현했다면 누나는 상처를 받았을 것이다. "내 집엔 그런 허튼짓거리들이 발을 들여놓지 못하게 할 거야!" 하고 크리스마스를 좀 더 명확하게 비난했다면 그건 자기 신앙에 대한 공격이 되었을 것이다. 그러나 냉소는 보편적이고 모호해서 해가 되지 않는다. '인생이 꼬인다'고 쓴 티셔츠를 입은 사람은 그렇게 별스러워 보이지 않는다.

냉소는 사람들이 운전 중에 느끼는 욕구불만 상태에서 벗어나기 위해 하는 거친 언행의 온건한 형태에 불과하다. 운전하는 사람들은 교통 규정과 도로 상황 따위에 대한 분노로 꽉 차 있어서 다른 차가 앞에 끼어들기라도 하면 자동차라는 익명의 공간에 가려져 보이지 않는 유령 운전자에게 자신의 모든 화를 투사한다. 만약 새치기 운전자를 인도에서 우연히 마주친다면 정중하게 "실례합니다" 하고 지나가지, "길 좀 보고 다녀, 이 친구야!" 하며 면박을 주지는 않을 것이다.

냉소적인 남동생을 둔 누나처럼 우리는 슬픔의 점잖은 면은 받아들이지만 언짢은 측면은 받아들이지 않는 경향이 있다. 만약 차 안에서 남동생이 "누나, 크리스마스가 가까워지면 아내가 보고 싶어서 정말 슬퍼져. 울어야 할 것 같아" 했다면 누나는 "어서 울어, 울어!" 하면서 차를 길가에 세우고 실컷 울게 했을 것이다. 그리고 자신이 남동생 곁에 있는 걸 다행으로 여겼을 것이다. 하지만 음울한 슬픔을 드러내면 사람들은 금기의 경보를 울린다.

우리는 냉소적인 사람보다는 힘이 되는 사람을, 침울한 사람보다는 마음이 따스해지는 사람을 좋아하고 『모리와 함께한 화요일 *Tuesdays with Morrie*』을 비롯해 마음을 따뜻하게 해주는 이야기들을 즐겨 읽는다. 제목이 『얼간이와 함께한 화요일』인 책은 베스트셀러가 될 수 없을 것이다. 하지만 언제나 기대고 울 어깨만 필요한 것은 아니다. 가끔은 기대고서 언짢은 말을 할 어깨도 필요하다. 그래야 속이 후련해지니까.

국가대표급 냉소가인 앨리스 루즈벨트 롱워스는 일찍이 "누군가에 대해 좋은 말을 할 게 아무것도 없다면, 그때는 와서 내 곁에 앉으세요"라는 불후의 명언을 남겼다. 롱워스 같은 냉소가가 부엌 찬장처럼 가까이 있다면, 그거야말로 대단한 복이다.

비통해하는 사람 가까이에 있는 이들은 냉소의 본질을 이해할 필요가 있다. 냉소가 꼭 적의에서 비롯되는 것은 아니다. 슬픔에 빠진 이들은 배신감을 느끼게 하는 긍정적인 것, 특히나 희망을 향해 부정적인 것들을 뿌려대는데, 우연히 거기서 마음의 위안을 얻는 것이다.

에밀리 디킨슨은 "희망은 영혼 위에 걸터앉는 한 마리 새"라고 했는데 이 말에 우디 앨런은 아래와 같이 응수했다.

> 에밀리 디킨슨의 생각은 얼토당토않다! 희망은 한 마리
> 새가 아니다. 한 마리 새는 내 조카라는 게 밝혀졌다. 나는
> 조카를 정신의학 전문가에게 데려가야 한다.

당신은 희망에 대한 우디 앨런의 견해에 마음이 끌릴지도 모르겠다. 슬픔은 늘 희망을 벗어나 있으니 말이다. 사별의 슬픔은 희망이 사라졌고, 기적은 일어나지 않았고, 사랑하는 이는 죽었다는 의미다. 그런데도 왜 냉소가의 견해를 받아들이지 않는가? 저널리스트이자 사회비평가인 H. L. 멘킨은 냉소가를 "꽃의 향기를 맡으며 관檜을 찾아 두리번거리는 사람"이라고 정의한다. 비탄에 잠긴 많은 이들이 마지막으로 꽃 냄새를 맡은 것은 관 언저리에서였던 것이다.

냉소는 희망의 반대다. 냉소는 스스로 빠졌던 거짓 희망이란 악령을 내쫓는 데 도움이 된다. 사랑하는 이를 잃고 나면 자연적인 회복이나 세상을 떠난 이와 함께 꿈꿨던 장밋빛 미래 같은 희망이 모두 착각이었다는 기분이 든다. 「슬픈 장례식」의 시행처럼 "사랑이 영원할 줄 알았는데, 그게 아니었네"라고 느낀다.

210

C. S. 루이스는 아내 조이가 서서히 죽어가자, 스스로 "우리가 품었던 모든 거짓 희망"이라고 부른 것에 매달렸다. 하지만 아무도 루이스가 『나니아 연대기*The Chronicles of Narnia*』를 지은 별난 풍유가나 종교 서적을 저술한 명철한 신학자가 아닌 냉소가가 되었다고 비난하지 않으리라. 루이스가 여기 이렇게, 가망 없는 희망의 목록을 냉소적으로 풀어놓았는데도 말이다.

> 희망은 간절한 생각만으로 샘솟는 것이 아니다. 희망은
> 오진誤診과 불분명한 엑스레이 사진과 기적같이 일어나는
> 일시적인 회복으로 부추겨지고, 심지어는 강요된다.
> 우리는 천천히 속아 넘어갔다. 하느님은 가장 자비로워
> 보일 때마다, 실은 다음 고문을 준비하고 있었다.

그렇다. 『순전한 기독교*Mere Christianity*』의 저자이자 종교적 신념에 대해 설득력 있는 훌륭한 주장을 편 사람이 자신이 믿는 신을 고문자라고 불렀다. 그러나 비슷한 처지에 있는 대부분의 사람들에게 그렇듯 루이스에게도 냉소는 하나의 단계일 뿐이다. 분노는 강렬한 감정이지만 보통은 끝이 있다. 일정 양의 좌절을 한번 터뜨려버리면 아마 기분이 나아질 것이다. 그러고 나면 대개의 사람들은 이내 평상시의 자아로 되돌아갈 것이다. 어쩌다 보니 냉소를 좀 즐기게 되었다 하더라도 지나치지만 않으면 된다. 냉소가 자신의 일부로 굳어지지 않도록만 주의하면 된다. 상황이 좋아지면 바

로 끊겠다는 희망을 가지고 위로하고 치유하기 위해서만 냉소를 즐겨라. 불자인 작가 스즈키 순류는 "약을 음식으로 오인해서는 안 된다"고 했다.

루이스 같은 천재가 한동안 냉소가로 변하는 것이 괜찮다면 우리 같은 평범한 인간들이 그러는 것도 괜찮다. 그러니 어쩌다 집에 혼자 있게 되면 실컷 냉소를 즐겨라. 가능한 한 가장 지독한 냉소를 뱉어보라. 그러다가 떠나보낸 사랑하는 이에 대한 말이 튀어나오면 어쩌나 두려워하지 마라. 부풀려진 불쾌한 감정을 밖으로 꺼내기 위해서 그러는 것이니 끙끙 참고 있는 것보다 낫다.

이렇게 냉소를 마음껏 내뱉기에 좋은 시간은 진공청소기를 돌릴 때다. 진공청소기 모터가 윙윙거리면 제 입에서 나온다고 믿기지 않는 말들을 스스로 듣지 못한다. 게다가 팔을 앞뒤로 비틀어 당기는 동작에는 격렬한 분노를 퍼 올려 주는 무언가가 있다. 당신은 분노를 방출해서 후련할 테고, 카펫은 깨끗해질 것이다.

일상

　육체적 상해를 입어 재활이 필요한 상황에서 회복 과정의 상당 부분이 당사자의 태도에 달려 있음은 누구나 아는 사실이다. 사람들은 긍정적으로 생각하고 목표를 높게 잡으라는 권유를 받는다. 미래의 목표뿐 아니라 그날그날 할 수 있는 것 역시 긍정적으로 보라는 가르침을 받는다. 이 말은 곧 작은 향상을 기뻐하라는 것이다. 높은 목표는 바로 작은 목표들이 축적된 것이며, 매번 조금씩 이루는 성취에 순간순간 집중하면 그 목표에 도달한다. 상처 입은 이를 위한 회복의 주문은 "인내하라" 혹은 "크게 생각하고 작은 향상을 기뻐하라"인데, 후자가 훨씬 낫다.

　슬픔에 빠진 이들에게는 육체적 손상을 입은 이들이 보이는 극적인 물적 증거가 없다. 깁스나 붕대, 넘어져 다친 운동선수의 몸에 생긴 징그러운 흉터도 없다. 그러나 그들의 행복을 담당하는 부위는 모두 심한 타격을 입어 스키광의 넓적다리만큼이나 상처 투성이다.

슬픔에서 헤어나오려고 애쓸 때는 걸음마 수준의 향상을 인정하지 못하거나, 아예 인식하지 못할지 모른다. 라디오에서 흘러나오는 음악에 맞춰 처음으로 콧노래를 흥얼거리는 게 대단찮아 보일지도 모른다. 하지만 그건 대단한 진전이다. 아무리 평범한 만족이라도, 그 첫 순간들은 놓쳐서는 안 된다. 그런 순간 덕분에 당신 안 어딘가에 괜찮다고 느낄 수 있는 능력이 영원히 사라져버리지 않고 그대로 남아 있음을 알 수 있기 때문이다. 인정한다. 이런 작은 성취는 육체적 손상처럼 타인의 관심을 끌지도 못하고 친구들이 서로 전화를 걸어, "들었어? 글쎄, 뮤레이가 다시 콧노래를 부르기 시작했대!"라고 할 리도 없다는 것을. 하지만 아무리 하찮아 보이더라도 처음 한 걸음을 무시해서는 안 된다. 심각한 상해를 입은 뒤 회복 중인 사람이 병원 복도를 따라 불안한 첫 걸음을 떼는 것을 대수롭지 않게 여기면 안 되듯 말이다. 우선 발가락을 꼼지락거릴 수 있어야 달릴 수도 있는 법이다. 라디오를 들으며 콧노래를 흥얼거리는 것도 발가락을 꼼지락거리는 것과 같다. 회복의 중요한 부분은 행복해지는 법을 다시 배우는 것인데, 이런 작은 예는 회복이 시작되었다는 첫 신호다.

이것은 우리가 간단히 일상이라고 부르는 것이 주는 위안이다. 슬픔으로 괴로워하고 있다면 당연하게 여기는 그날그날의 소소한 활동과 기분, 상호작용에서 크나큰 위안을 얻을 수 있다. 흔히 진정한 회복이 시작되는 순간은 평범한 일에 빠져 있는 자기 자신을 발견하는 때다. 다시 운동을 시작하고, 스케이트보더들의 멋진 모습을 지켜보느라 좀처럼 공원을 떠나지 못하고, 슬픔 이후 처음으로 재미있는 한담을 나누거나 팝콘을 먹으며 영화를 보는 것처럼 아스피린보다 치유력이 높은 무언가를 해보는 것, 이런 것이 다 그런 평범한 일들이다.

작가 대프니 머킨은 우울증으로 죽음의 문턱까지 넘나든 뒤, 일상이라는 위안을 처음 경험한 순간을 아래와 같이 묘사했다. 머킨이 친구의 바닷가 별장에서 소설 한 편을 다 읽었을 때를 묘사한 대목이다.

> 그 책은 나를 사로잡은 첫 번째 책(입원하기 전부터 그나마 읽을 수 있었던 것 중)이었다. 별장을 찾은 지 사흘째 되는 날 오후에 나는 책의 마지막 페이지를 넘겼다. 막 4시 반이 되려고 할 때였는데, 8월 중순 무렵의 그맘때는 여름이 끝나가는 기미가 느껴졌다. 나는 눈이 부시게 파란 하늘을 올려다보았다. 개 한 마리가 조금 전 수영을 끝내고 몸을 말리는 내 다리에 따뜻한 몸을 기댄 채 앉아 있었다. 그때 저 앞쪽에 있는 폭포의 곡선이 눈에 들어오기 시작했다. 새 책을 읽고, 새로 개봉한 영화를 보고, 새로 문을 연 식당엘 가게 될 것이다. 나는 다시 글을 쓰고 있는 내 모습을 마음속으로 그려보았다. 그런데 그게 영 터무니없는 생각 같지는 않았다.

매일 반복되는 일상으로 되돌아가는 것 역시 도움이 된다. 그 날그날의 평범한 의식들을 따르다 보면 마음이 정연해지고 안전하다는 느낌을 받는다. 이런 것들이 죽음과 슬픔 같은 알려지지 않은 것들을 좀 더 견딜 만하게 해주는 소소한 알려진 것들이기 때문이다. 사람들은 이런 작은 야단법석들이 얼마나 큰 위안을 주는지를 과소평가한다.

한 남자가 여덟 살 된 아들의 엄마이기도 한 아내를 오랜 암투병 끝에 떠나보낸 이야기를 들려주었다. 아들이 밤마다 하는 일은 항상 똑같았다. 아버지는 아들이 반드시 목욕을 하고, 동화책을 한 편 읽고, 노래를 하나 부르고, 잠자리에 들기 전 기도를 하게 했다. 이것이 아들이 매일 밤 규칙적으로 하는 일이었다. 남자는 말했다. "매일 밤 아이는 목욕을 하고 동화책을 읽고 노래를 부르고 기도를 했습니다. 우리는 언제나 그렇게 했지요." 자, 엄마가 세상을 떠난 그날, 아버지와 아들은 무엇을 했을까? 아이는 목욕을 하고 동화책을 읽고 노래를 부르고 기도를 했다. 오직 하나 평소와 달랐던 것은 그날 밤 아이가 아버지에게 방문을 열어놓고 거실에 불을 켜둘 것인지 물은 것이다.

비극이나 죽음과 맞닥뜨리면, 비록 예견된 죽음이라 하더라도 매일 치르는 이런 작은 의식들이 아주 쉽게 생략된다는 것을 알 수 있다. 현명한 이 아버지는 평소에 하던 일을 그대로 유지하는 것이 얼마나 큰 위로가 될 수 있는지 알았던 것이다.

감정이 격해졌을 때도 이따금 일상의 일이 끼어들면 긴장이 해소되기도 한다. 영화 〈인 더 베드룸〉에는 아들의 죽음을 두고 남편과 아내가 서로 억누르고 있던 비난을 퍼붓는 장면이 나온다. 두 사람이 평생 가장 험악한 말다툼을 하며 잊을 수도 없고 용서할 수도 없는 비난을 상대에게 퍼붓고 있을 때 문을 두드리는 소리가 들린다. 남편이 문을 열자 학비를 벌려고 사탕을 파는 어린 여학생이 서 있다. 남편은 여학생의 꾸밈없고 사랑스러운 모습과 때 묻지 않은 태도에 허를 찔린 듯 마음이 누그러진다. 그래서 잠깐 동안 망설이다가 값을 묻고는 동전을 찾느라 주머니 속을 더듬기 시작한다. 그는 커다란 사탕 대여섯 개를 들고 긴장이 감도는 집 안으로 돌아와 아내 앞 탁자에 내려놓는다. 아내 역시 마음이 누그러진다. 그때부터 두 사람은 좀 더 상냥하고 따뜻하게 이야기를 나눈다. 일상적인 사건이 말 그대로 문을 두드리면 지독한 싸움으로 고조된 갈등도 기세가 꺾인다.

일상적인 일들이 제 역할을 하면 슬픔 때문에 남다른 대우를 받는 데 지친 사람이 기운을 찾기도 한다. 아내를 잃은 어떤 남자의 이야기다. 남자는 아내가 세상을 떠난 몇 주 뒤 한동안 소식이 뜸했던 예전 동료한테서 전화를 받는다. 동료는 남자가 최근에 아내를 잃은 사실을 몰랐다. 그래서 두 남자는 일과 골프와 평범한 남자들이 좋아하는 이야기를 한참 동안 나누었다. 동료가 "가족들은 잘 있지?" 같은 상투적인 안부를 묻지 않았기 때문에 남자는 아내의 죽음을 알리지 못한 채 통화를 끝냈다. 그런데 이 전화 통화 덕분에 남자는 기분이 날아갈 것만 같았다! 끝없고 고단한 슬픔의 여행에서 사막의 오아시스와도 같은 평범함을 접하자 그 야말로 반가웠다. 물론 남자의 아내가 세상을 뜬 것을 알게 되면, 아마 그 동료는 둔감한 자신이 부끄러워 쥐구멍에라도 들어가고 싶어질 것이다. 평범하고 담백하며 흔하디흔한 통화가 얼마나 큰 구원이었는지 전혀 몰랐을 테니 말이다. 평범한 통화 덕분에 슬픔에 빠진 남자가 평범한 직장인으로 복귀한 것이다. 일 정체성이 슬픔의 정체성을 잠시 동안, 적어도 근무 시간 동안만이라도 눌러이길 수 있다면 치유로 가는 한 걸음을 뗀 것이다.

슬픔을 둘러싼 열기가 서서히 식으면, 일로 복귀할 시점과 방법에 대한 의문이 하나둘 고개를 든다. 어떤 이들은 일과 아주 강한 관계를 맺고 있다. 많은 이들에게 일은 사랑하는 사람 다음으로 중요한데, 간혹 사랑만큼 중요하게 여기는 사람도 있다. 일은 놀라운 치유력을 보여주기도 한다. 슬픔에 빠진 사람을 현실 세계로 돌려보내 일상적인 역할을 하게 하는 것이다. 일을 하면 정해진 일정을 따라야 하며 마감 시간을 지켜야 한다. 무기력하게 비생산적인 생활을 하는 슬퍼하는 사람이 아니라 다시 쓸모 있는 인간이 되었다는 느낌을 받을 수 있다. 어딜 가나 맹목적인 위로만 받다가 일에 복귀하면 믿음직한 사람으로 돌아왔다고 세상에 고할 수 있게 된다.

하지만 일은 슬픈 사람을 퇴보시킬 수도 있다. 정신의학자이자 『죽음의 수용소에서…*trotzdem Ja zum Leben sagen: Ein Psychologe erlebt das Konzen-*trationslager*』*를 쓴 홀로코스트 생존자 빅토르 프랑클은 일요 신경증이라는 말을 만들어냈는데, 일에 지나치게 열정을 바친 나머지 주말이면 우울해지는 증상을 일컫는 말이다. 전 세계 인구의 거의 절반이 가벼운 일요 신경증을 앓는다고 해도 지나치지 않을 정도로 흔한 증상이지만, 사랑하는 이를 잃고 슬퍼하는 이들에게는 심각한 문제가 될 수 있다. 슬퍼하는 사람은 강박적으로 일에 뛰어들고 다른 활동에는 거의 관심을 보이지 않는다. 다시 세상 속으로 섞여드는 수단으로 일을 하는 것이 아니라 세상과 담을 쌓고 아무 감정도 느끼지 않음으로써 치유라는 어려운 작업을 회피하는 수단으로 삼는 것이다. 이런 함정을 경계해야 한다.

그러나 대개의 사람들에게 일은 단순히 긍정적인 활동 이상의 의미가 있다. 일은 구원이며, 일상성이라는 위안의 여러 요소 중에서 특히 더 유익하다.

토니 쿠슈너의 희곡 『미국의 천사들*Angels in America*』에는 에이즈라는 고통과 낙인에 맞서 고투를 벌이는 남자가 나온다. 꿈에서 남자는 한 여자와 얼굴을 맞대고 대화를 나눈다. 어느 순간, 여자가 남자의 귀에 대고 이렇게 속삭인다. "당신의 일부가 저 아래 깊은 곳에 있어요. 당신의 가장 깊은 곳에요. 그곳엔 아무 병도 없어요. 난 알아요." 이것이 바로 사랑하는 이를 잃고 슬퍼하는 사람을 위해 일상이 하는 작용이다. 일상은 저 깊은 곳에 슬픔이 아닌 다른 것이 있다고 속삭여준다. 그 가장 깊은 곳에서 당신은 여전히 당신이다. 슬퍼하는, 보통 사람이다.

독서

나는 42년을 살아오면서 독서를 진정으로 즐겨본 적이 단
한 번도 없었다. 그래서 솔직히 말해 읽은 책이 다섯 권도
되지 않았다. 그런데 오드리가 죽은 뒤로 백 권 가까운
책을 읽었다. 읽어도, 읽어도 성이 차지 않을 것 같다.

여덟 살 된 딸을 잃은 제리 피터슨이 『슬픔의 작용 *Grief Works* 』에
서 쓴 이 말은 사별 후 슬퍼하는 이들 특유의 심경을 보여준다. 슬
픔에 빠진 사람은 흔히 독서에 심취한다. 갑자기 책이 읽고 싶어
지는데, 특히 슬픔과 관련된 글을 읽고 싶은 원초적일 정도로 엄
청난 열망을 품게 된다. 평소에는 대단한 독서가가 아닌 남편이 근
래 들어 독서에 열중하기 시작했다는 한 여성은 "이제 남편은 시
도 때도 없이 제 책 더미에서 책을 빼 가요" 했다. 오랫동안 사별
의 슬픔과 씨름한 사람의 집에 가보면 슬픔에 관한 책들이 쌓여
있는 것을 보기 마련이다.

슬픔에 젖은 처음 며칠, 몇 주 동안엔 뭔가를 읽는다는 일이 만만치 않게 느껴진다. 냉동 요리를 데우려고 전자레인지 사용설명서를 읽으려 해도 엄청난 집중력이 필요하고, 조간신문에 단골처럼 실리는 사건 사고나 가십을 읽을 때도 예전 같은 열의는 일지 않는다. 마음이 너무 약해져서 당분간은 폭력적이거나 가혹하거나 위험한 내용의 글이라면 무엇이든 피할지도 모른다. 황당한 가십성 기사도 마찬가지다. 명사가 연루된 사기사건이나 유흥가 출신의 정부에게 발목이 잡힌 정치가 얘기는 당신이 겪은 고통에 비하면 너무 시시해 보이기 때문이다. 그러나 슬픔에 관한 책이라면 슬픔을 겪은 지 수주나 수개월, 심지어 수년 뒤에도 강박적으로 읽고 싶을지 모른다.

사별을 경험한 이들이 슬픔에 관한 책을 점점 더 많이 읽으며 슬픔을 연구하는 것은 책 자체의 특징 외에 책이 주는 큰 위로 때문이기도 하다. 책은 말 그대로, 매달릴 만한 대상인 것이다. 책은 요구하지도 판단하지도 않으며, 보조를 맞출 줄 안다. 예의 그 끔찍한 새벽 4시 30분을 견디기 위해 불을 켜고 뭔가 읽어야 할 때를 대비해 책은 침대 곁, 탁자 위에서 기다리고 있다. 그런데 사람들이 책 읽기를 통해 얻고자 하는 것이 위안만은 아니다. 위안만 얻으려 한다면 마음에서 고통을 제거해줄, 현실도피적이고 경박한 오락물에 끌릴 것이다. 그런데 사실은 그 반대인 경우가 대부분이다. 사랑하는 사람을 잃고 슬퍼하는 이들은 자신의 고통을 똑바로 응시하고자 책을 읽는 경우가 많다. 그들은 책 읽기를 통해 곧장 고통의 심장으로 들어간다. 책과 기사, 인터넷 글과 종교 서적 등, 자신이 이해하지 못하는 영역을 메워주는 것이면 무엇이든 수집하기 시작하고 슬픔이라는 말이 붙은 모든 것에 끌린다. 그 모습은 마치 잃어버린 시간을 보상받으려고 애쓰는 것 같기도 하고 시험 때문에 배우지 않은 것을 벼락치기로 공부하는 것 같기도 하다.

그런데, 슬픔을 배우는 이 과정을 밟다 보면 마음에 담아두고 싶은 것들이 생길 수도 있다. 여러 과목을 수강하다 보니, 슬픔과 관련한 전문용어를 알 수도 있고, 일반 상식에 정통할 수도 있다. 그런데 이런 정보가 오해를 불러일으켜 사람들을 그릇된 방향으로 이끌 때도 있다. 희극배우 스티브 마틴이 철학을 두고 말한 것처럼 "여생을 엉망으로 만들 꼭 그만큼만 기억"할 수도 있는 것이다. 슬픔에 대한 오해가 인생을 망치지는 않겠지만, 피해야 할 함정들은 있다.

이런 오해 가운데 하나가 슬픔의 다섯 단계다. 어느 정도 알고 있거나 적어도 들어는 본 개념일 것이다. 은근히 눈에 잘 띄는 것이라서 슬픔에 관한 책을 찾다가 이와 관련한 자료를 접해보았을 수도 있다. 앞서 언급한 대로 소위 슬픔의 다섯 단계는 엘리자베스 퀴블러-로스가 말기 환자들을 연구하면서 만든 이론이다. 따라서 이 이론은 사별의 슬픔에 빠져 있는 사람들보다는 불치병과 전쟁을 치르는 사람들에게 더 유용하다.

그렇긴 하지만, 알고 있다고 해서 손해 볼 일은 없을 것이다. 죽어가는 이들이 어떤 특별한 순서에 따라 이 단계를 거치지 않

222

는다는 데는 심리학자들도 동의하지만, 한 단계에서 다음 단계로의 변화가 얼마나 뚜렷한지는 놀라울 정도다. 슬픔에 빠진 이들에게는 보통 이 단계들이 연속적으로가 아니라 동시에 나타난다. 누군가가 "분노 단계는 거쳤나요? 아니면 부인 단계? 아니면 타협 단계? 아니면 우울 단계? 아니면 수용 단계인가요?" 하고 묻는다면, 슬픔에 빠진 이들은 아마 "오늘 아침에 그거 다 겪었어요"라고 대답할 것이다.

슬픔은 늘 책에 나오는 것보다 복잡하다. 수많은 심리학 자료를 읽되, 그것을 자신만의 슬픔으로 조리해야 한다는 것을 알고 있어야 한다.

자신이 겪는 슬픔만 지나치게 특화해 다루는 책은 피하는 게 좋다. 막 아내를 잃은 위스콘신주 출신의 중년 장로교 신자라면 『아내를 잃은 위스콘신주 출신의 중년 장로교 신자』라는 제목의 책은 읽지 않는 게 좋다. 이상할지 모르지만 너무 친숙한 내용의 책은 도움이 되지 않는다. 책을 읽는 내내 "그건 그렇게 일어나지 않았는데"라거나 "난 그렇게 느끼지 않았는데"라거나 "내 아내는 그러지 않았는데" 하는 생각이 들 수도 있기 때문이다. 뇌는 틀린 게 없는지 감시하느라 도움이 될지도 모를 충고를 무시해버린다.

쓸모 있는 자료를 찾아내는 것이 가장 중요하다. 슬픔에 빠진 이는 대체로 자신에게 유용할 것 같은 기미만 보이면 아무것이나 받아들이려 하는데, 슬픔을 다룬 책에서만 위로를 받는 것은 아니

기 때문이다. 모든 읽을거리가 다 위로가 될 수 있으니 기이한 것
도 가리지 말고 마음을 열어두라. 우리는 12단계 프로그램을 소
개한 책 덕분에 어머니를 여읜 슬픔을 이겨냈다는 남성과 이야기
를 나눴다. 조앤 디디온은 슬픔을 다룬 에밀리 포스트의 글을 읽
고 위로를 받았다. 무엇이 잠재의식 속 환상을 건드릴지는 알 수
없다. 그러니 어느 것도 성급하게 아니라고 단정 짓지 마라.

　슬픔에 젖은 사람이 본능적으로 끌리는 읽을거리 중 하나는
시 다. 시는 슬픔 속에 웅어리진 뭔가를 완화해주는 것으로 보이
는데, 여기엔 뚜렷한 이유가 있다. 미국의 계관시인 빌리 콜린스
는 이에 관한 적절한 견해를 밝혔다.

　　흥미로운 건 위기가 닥쳤을 때 사람들이 진기한 것을
　　구경하러 가거나 "전부 나가서 영화를 봐야 해"라거나
　　"발레를 보면 나을 거야"라고 말하지 않는다는 것이다.
　　우리가 찾는 것은 항상 시다. 우리가 듣고 싶은 것은 우리
　　귀에 속삭이는 인간의 목소리인 것이다.

　귀에 대고 속삭이는 시인의 음성이 위로가 될 수 있는 까닭은
삶의 가장 고통스럽고 섬뜩한 순간에도 위엄을 유지할 수 있다고
말해주기 때문이다.

　당연한 말이지만 이것을 이해하는 가장 좋은 방법은 시를 한
편 읽어보는 것이리라. 골웨이 키넬의 시 「성 프란체스코와 암돼

224

지「St. Francis and the Sow」는 악취를 풍기며 진흙에 누워 있는 돼지에게 다가가는 늙은 성인 프란체스코를 그린다. 프란체스코는 코를 찌르는 악취에 아랑곳하지 않고 암돼지의 머리 위에 손을 얹는다. 더럽기 짝이 없는 동물도 만질 수 있음을 보여주는 것이다. 프란체스코가 손을 뗀 뒤 시는 이렇게 이어진다.

> ……
> 때로는 필요하리
> 인간 아닌 것에게 제 사랑스러움을 일깨워주는 것도
> 꽃의 이마에 손을 얹고
> 말로, 또 손길로
> 너 사랑스럽다
> 다시 들려주는 것도
> 스스로 축복하며 안으로부터 다시 피어날 때까지

시인은 다루기 어려운, 가령 슬픔의 치욕 같은 것들을 다룬다. 그리고 그럼으로써 그 사랑스러움을 일깨운다.

시는 가장 추한 감정들을 인정하는 동시에, 그 사이에 질서를 부여해 고귀하게 만든다. 시는 표현력이 무척 풍부하면서도 구성과 형식이 엄격하고 극도로 정제된 언어를 사용한다. 위대한 시는 최고의 형식에 담긴 최고의 감정인데, 슬퍼하는 이의 생각과 감정이 엉망으로 흐트러져 있을 때 형식은 하늘의 선물과도 같다. 시는 어지러운 의미의 덩어리를 체계화한다. 아래의 글은 얼마 전 남편을 잃은 어느 여성이 한 말을 그대로 옮겨놓은 것이다.

> 피터는…… 너무너무…… 하나하나가…… 내 온
> 삶이…… 우리는 많은 것을 함께했어요…… 난 언제나 그
> 사람과 함께였어요……

　시는 이렇게 다듬어지지 않은 더듬거림에 담긴 감정들을 조리 있게 연결해서 형태를 갖춘 무언가로 만들어낸다. W. H. 오든의 시행들은 이 여성이 남편을 잃기 수십 년 전에 쓰인 것이지만, 그 여성이 전달하려고 애쓰는 것을 정확히 표현하고 있다.

> 그는 나의 북쪽, 나의 남쪽, 나의 동쪽, 나의 서쪽이자
> 내 노동하는 평일이요, 휴식하는 일요일이었다네.
> 「슬픈 장례식」의 일부─옮긴이)

　더러운 것들을 만지고 감상에 젖은 감정들을 정리해도 슬픔이 누그러지지 않을 때라도, 언제든 매달릴 수 있는 감동 깊은 대상이 바로 시다. 시는 무기는 될 수 없을지 모르나 꽤 훌륭한 방패는 될 수 있다.

　마틴 루서 킹 목사가 피격당한 날 밤, 로버트 케네디는 대부분이 흑인인 인디애나주 청중에게 이 소식을 전하는 어려운 일을 맡

았다. 연단 위로 올라가는 그에게는 이미 여러 곳에서 폭동이 일어나고 있다는 소식과 시, 두 가지밖에 없었다. 케네디는 킹 목사가 살해되었다고 발표한 뒤 다음과 같은 아이스킬로스의 시구를 낭송했다.

> 우리의 잠 속에서, 망각할 수 없는 고통이
> 가슴 위로 방울방울 떨어지네
> 우리의 절망 속으로, 우리가 원하지 않아도
> 고귀한 신의 은총을 통해 지혜가 다가올 때까지

그날 밤 인디애나주에서는 폭동이 일어나지 않았다.

아이스킬로스의 이 시어들은 불과 두 달 뒤 로버트 케네디가 총격으로 사망했을 때, 날카로운 한 조각 아이러니로 케네디 자신의 무덤에 새겨졌으리라.

당신이 평소 시를 읽지 않는 사람이라면, 한번 읽어보라. 전문가가 될 필요는 없다. 그저 시어들을 읽고 무엇이 마음에 남는지를 보라. 시를 이해하지 못하면 어쩌나 걱정하지 말고 음악을 듣듯 그냥 시를 느껴보라. 아무도 비틀스의 노래를 들으며 "잠깐만, 힘든 날의 밤이 뭐지? 무슨 소린지 모르겠어!" 하지 않는다. 그냥 소리와 리듬을, 특히 시가 주는 느낌을 즐기면 된다.

정의

정의라는 말을 슬픔과 관련지어 들을 때 맨 처음 떠오르는 이미지는, 사랑하는 사람을 빼앗기고 책임져야 할 개인이나 체제에 맞서 정의를 요구하는 개혁 운동가다.

이런 종류의 정의는 슬픔에 빠진 많은 사람을 위로하는 데 그치지 않고 가장 긍정적인 변화를 이끌어내기도 했다. 가장 강력한 형태의 정의라는 위안은 범죄를 막고 법을 제정하고 사회 규약에 변화를 주고 교육하고 로비 활동을 벌였으며, 대중의 의식을 고양시키고 경보 시스템을 출범시키고 자선 행사를 조직했다. 심지어는 자치단체에 영향력을 행사해 교통신호등을 설치하게도 했다. 크든 작든 정의라는 위안은 여러모로 사회를 변화시켰다. 역사의 중요한 변화들은 사별의 슬픔에서 촉발되었다. 불의로 인해 누군가가 죽음에 이르면 사람들은 그것을 바로잡기 위해 목숨을 바쳤다. 전쟁에서부터 시민권을 얻기 위한 투쟁과 정치적 삶을 변화시키기 위해 벌인 캠페인에 이르기까지.

정의라는 개념은 도덕적 무게도 있지만 (우리가 확인한 다른 여덟 가지 위안 중에서 국기에 대한 맹세에 들어 있는 것은 하나도 없다) 더 폭넓고 현실적인 시각을 열어주기도 한다. 좀 더 작고 평범한 정의의 사례들이 슬픔에 빠진 사람들을 위로해주는 것이다.

정의는 저울이다. 그래서 무게를 재고 불균형이 생기면 그 사실을 알려준다. 저울이 좀 기울었으니 균형을 잡아주는 조치가 필요하다는 깨달음을 주는 것이다. 누군가 바꾸거나 고치거나 매만져 바로잡는 것으로 비극에 반응하면 이것이 바로 위안이 되는 것이다.

슬픔을 계기로 저울의 불균형을 균형으로 바꾼 유명한 예들이 있다. 주디와 데니스 셰퍼드는 자신이 동성애자임을 공공연히 밝힌 매슈 셰퍼드의 부모로, 와이오밍주 라라미에 산다. 아들인 매슈는 동성애를 혐오하는 그 지역 두 남학생의 손에 살해되었는데, 한 명은 이글스카우트(21개의 공훈 배지를 받은 보이스카우트 단원 — 옮긴이)였다. 셰퍼드 부부는 아들을 죽인 증오범죄에 대해 경각심을 일으키기 위해 오랜 투쟁을 벌였으며 그 결과 2009년 10월 28일, 버락 오바마 대통령은 매슈 셰퍼드 증오범죄 보호법을 승인하게 된다. 이 법은 1969년 제정된 연방 증오범죄법을 확대 적용해 성적 지향이 동기가 되어 저질러지는 범죄까지 포함했다. 매슈 셰퍼드가 죽은 지 11년 뒤에야 승인된 이 법은 효력이 그의 고향 주변으로 한정되었다.

데니스 셰퍼드는 아들이 살해된 몇 달 뒤 다음과 같이 말했다.

아들이 죽고 난 뒤 그 애가 당한 구타와 입원 치료 과정, 장례식은 세계의 관심을 증오에 집중시켰습니다. 선은 악으로부터 나오지요. 사람들은 이런 상황을 더 이상 두고 보면 안 된다고 했습니다. 아들을 볼 수 없어 슬프지만, 전 그 아이가 제 아들이었다는 게 자랑스럽습니다.

매슈 셰퍼드 증오범죄 보호법은 증오범죄 입법의 이정표지만, 이보다 덜 알려진 정의의 예들도 늘 일어난다. 평범한 사람들이 이루어내는 작은 움직임들이 저울의 균형을 맞추는 것이다. 애덤 부부 같은 사람들이 좋은 사례인데, 두 사람은 아래의 글을 스물셋에 유잉종양으로 눈을 감은 아들에게 바쳤다.

네가 실수를 거듭하면서도 어떻게든 항상 원하던 일을 해내는 것을 보면 정말 놀라웠다. 너는 암 때문에 겪는 끔찍한 고통과 수모를 위엄 있고 용기 있게 대면했다. 죽음이 코앞에 들이닥쳤는데도 너는 우리에게 농담을 했지. 우리가 네 바람대로 학점이 가장 낮은, 가장 재능 있는 학부생에게 주는 알렉스 애덤상을 프린스턴 대학교에 제정한 걸 알면 기쁘겠지. 살아 있었다면 네가 가장 먼저 그 상을 받았을 텐데 말이다.

알렉스와 그의 가족은 정의의 저울이 학점은 낮지만 재능이 있는 학생들 쪽으로 좀 더 기울어지도록 확실하게 조치한 것이다!

우리는 슬픔을 남을 돕고 고쳐주고 옹호하는 것으로 승화시켜 평범한 정의를 이룬 사람들의 이야기를 수십 가지나 들었다. 어느 40세 남자는 누나를 유방암으로 잃고 난 뒤, 암 예방 홍보를 위해 5킬로미터 경주에 참가 등록을 했다. 상당히 비만한 이 남자가 누나를 기리는 경주에 나가려고 투실투실한 허리의 군살을 빼기 위해 시가를 끊고 패스트푸드를 멀리 하는 것을 지켜보는 일은 감동적이었다. 무거운 몸으로 결승선을 통과하는 그를 지켜보노라니 머릿속에서 영화〈불의 전차〉주제곡이 쿵쾅쿵쾅 울려왔다.

슬픔을 겪는 동안 배운 것들로 인해 자신의 행동을 바꾸는 사람들이 종종 있다. 고칠 필요가 있는 사소한 성격적 결함이나 재평가해야 할 삶의 우선순위 같은 영혼의 할 일 목록을 만들지 않고는 병이나 슬픔이라는 호된 시련에서 헤어나기 힘들다.

진 오켈리는 불치병 진단을 받은 대기업 최고경영자였다. 눈을 감기 전 마지막 몇 달 동안 그는 작별인사를 하고 싶은 2,000여 명의 명단을 작성했다. 그리고 작별인사로 그들과 함께 긴 산책을 했다. 오켈리는 명단에 있는 몇몇을 짚으며 "이 사람들과 그처럼 유유히 함께 걸은 것은 마지막일 뿐 아니라 처음이기도 했다"고 애석해했다.

진 오켈리처럼 산책 같은 인생의 큰 기쁨들을 발견해서 사랑하는 이들과 함께 나누기에는 우리의 저울이 대부분 너무 바쁜 쪽으로 기울어 있다. 임종 때 가족들을 바라보며 "우리가 벽난로 앞에서 너무 시간을 많이 보냈어"라고 하거나 "해 질 녘에 우리가 칵테일을 너무 즐겼어"라며 후회하는 사람은 아무도 없다.

하버드 의대 교수인 조지 베일런트는 30년 동안 성인의 발달 심리를 연구했다. 70년 전부터 자신의 남은 생을 관찰하는 데 동의한 피험자 724명의 삶을 추적하는 연구였다. 이 연구 기록은 심리학적 자료의 보고實庫로, 여기에는 수천에 달하는 면접 기록과 다방면에 걸친 평가, 의료 기록과 교육 기록이 들어 있다.

이 연구는 안나 프로이트(프로이트의 막내딸로 멜라니 클라인과 함께 아동 정신분석의 기초를 다진 인물이다 ─ 옮긴이)가 체계화한 방어기제에 초점을 두었는데, 방어기제란 정신적 외상과 불행에 대한 인간의 무의식적 반응이다. 베일런트의 말을 빌리면 "삶은 순탄치 않다. 끔찍한 일은 누구에게나 일어난다." 일생을 이 연구에 바친 베일런트 자신도 자살한 아버지를 둔 아들이었다.

《애틀랜틱》에 실린 기사에 따르면 베일런트 연구의 핵심은 "피험자들이 맞닥뜨리는 불행의 크기가 중요한 것이 아니라 곤경에 대처하는 정확한 방법과 그 결과가 중요하다"는 것이다. 베일런트는 풍부한 자료를 활용하여, 피험자들이 살아가면서 보여준 정신적 전략과 개인적 판단을 추적하고, 그 결과를 평가할 수 있었다.

베일런트의 연구 결과가 슬픔에 빠진 이들에게 특히 도움이 되는 이유는 그가 발견한 방어기제의 위계 때문이다. 그는 피험자들의 삶이 증명해 보인 효과에 따라 방어기제의 등급을 매긴다. 《애틀랜틱》에 실린 표현대로 "방어기제는 우리를 구원하거나 파멸시킬 수 있다." 슬픔에 맞서 자기 자신을 방어하려고 애쓰는 사람에게는 더욱 그렇다.

최악의 방어기제는 베일런트가 미성숙하다고 분류하는 "무의식적인 행동화와 수동적인 공격성, 건강 염려증과 백일몽" 같은 것들이다. 이런 방어기제는 베일런트가 신경증적 방어 수단이라고 부르는 것과 크게 다르지 않다. 신경증적 방어 수단에는 감정의 억압이나 감정으로부터의 해리가 포함된다.

건강한 방어기제 가운데 가장 효과적인 것은 승화인데, 정신적 외상을 긍정적 행동으로 변화시키는 것과 관련이 있다. 연구에 따르면 미숙하거나 신경증적인 방어기제를 활용하는 사람에 견주어 승화를 방어기제로 활용하는 사람의 삶이 훨씬 더 호전되었다. 비통해하는 사람이 정의를 추구하려 할 때 그 노력을 뒷받침하는 이타주의에 끌리는 이들에게 베일런트의 연구는 고무적인 것이다.

슬픔에 잠긴 사람은 자신의 슬픔 때문에 불의가 생기는 것을 절대 용납하지 못한다. 그들은 저울의 다른 쪽에 체중을 싣기 위해서라면, 즉 정의를 실현하기 위해서라면 얼마든지 움직인다. 법을 제정하거나 경주를 하거나 행동을 고치거나 직업을 바꿀 수도 있다. 우리가 만난 사람들 중에 수전과 피터 로웬스타인 부부만큼 정의라는 위안을 통해 스스로를 치유한 이들은 없었다.

겪은 일을 생각하면 두 사람이 갈 길은 아주 험난했다. 테러라는 계획적인 폭력에 의해 (어느 부모에게나 악몽인) 아들을 빼앗겼으니 말이다.

젊고 활력 넘치며 성격까지 좋은 자식을 두고 죽음 같은 것을 떠올리는 부모는 없을 테지만 스물한 살 알렉산더 로웬스타인의 경우엔 특히 더 그랬다. 알렉산더는 바다를 좋아하고 스키 선수나 서퍼, 수영 선수처럼 몸이 튼튼했으며 활력이 넘치는 금발의 젊은 이였다. 추락사고가 일어나기 몇 달 전, 알렉산더는 런던에서 공부를 하며 아주 즐거운 시간을 보내고 있었다.

알렉산더가 탑승한 미국행 비행기가 피습당하기 두 주 전, 수전은 바다를 건너 아들을 찾아가 단둘만의 휴가를 보냈다. 알렉산더는 이 여행에서 심리학 공부를 더 해서 "언젠가는 아이들을 위해 일하기"로 마음을 정했다고 수전에게 말했다. 수전은 **훌륭한** 신사가 된 아들이 난생처음으로 돈을 쓴 것 역시 이 여행에서였다고 했다. 엄마와 아들이 함께한 여행에서 찍은 사진들은, 알렉산더의 카메라에 담긴 채 비행기 잔해에 섞여 돌아왔다.

테러리스트의 증오가 폭발하여 이 모든 것을 잃었다는 사실만으로도 부당하기 짝이 없는데, 로웬스타인 부부가 참아내야 할 부당한 일이 또 있었다. 열악한 장비로 비행기 사고의 희생자를 무례하게 인도한 정부 당국과 희생자 가족들의 마음을 헤아리기보다 외교 의례와 사업상의 이익을 더 중시한 항공사의 행태였다.

스코틀랜드 당국의 인도에 따라 알렉산더의 시신은 비행기에 실려 미국으로 왔다. 아들의 유해를 넘겨받으려고 케네디 공항으로 간 로웬스타인 부부는 활주로 근처의 외진 곳으로 안내를 받아 갔다. 그곳은 원래 가축을 부리는 곳이었다. 오래된 낙서가 그려진 지저분한 흰색 트럭이 로웬스타인 부부가 기다리며 서 있는 짐 싣는 곳에 멈춰 섰다. 트럭 뒷문이 열리자 그 안에 알렉산더의 관이 다른 나무상자들과 화물 사이에 놓여 있었다. 수하물 담당자들이 지게차로 트럭에서 관을 꺼내더니 로웬스타인 부부 앞에 털썩 내려놓았다. 관 위에는 오염물—열지 마시오라고 쓴 테이프가 열십자 모양으로 둘러져 있었다. "그렇게 제 아들이 돌아왔어요." 수전이 말했다. "쓰레기처럼 말이에요." 공항까지 동행했던 국무부 하급 직원이 북받쳐 울음을 터뜨리는 바람에 로웬스타인 부부는 그 여성 공무원까지 돌봐야 했다.

이때는 1988년이었고, 로웬스타인 부부는 테러로 사랑하는 사람을 잃은 험난한 미개지의 개척자였다. 그 후로 같은 비극을 경험한 많은 사람이 두 사람의 뒤를 밟았다.

팬암 103기를 폭파해 알렉산더 로웬스타인과 다른 269명을 숨지게 한 남자는 2009년 8월 20일 스코틀랜드의 한 감옥에서 석방되었다. 불치병에 걸린 수감자에게 동정 석방을 허락하는 스코틀랜드 법률에 따라 전립선 암 말기에 든 범인, 모하메드 알 메그라히가 석방된 것이다. 하지만 그의 석방이 석유와 관련해서 리비아와 영국이 주고받은 거래의 일부분이었다는 추측이 난무했다. 불의는 불의 위에 쌓이게 마련이다. 선한 이들은 사람들이 예상하는 것보다 더 많은 고통을 견디면서도 증오에 굴복하지 않는다.

뉴스 채널은 일제히 폭파범 메그라히가 고국인 리비아로 귀환하는 모습을 방송했고, 팬암 103기 희생자 가족들은 그 광경을 지켜봐야만 했다. 리비아는 테러범의 귀향을 따뜻하게 맞아주었으며 그를 영웅처럼 환영했다. 전도된 시적 불의(영국의 극작가 토머스 라이머가 결국 덕은 보상을 받고 악은 벌을 받는 개념으로 고안한 문학적 장치인 시적 정의를 변용한 표현—옮긴이)라 불릴 만한 상황이 벌어진 것이다. 희생자 가족들에게 각인된 팬암 103기를 추락시킨 테러범의 마지막 이미지는 그가 비행기에서 내려 사랑하는 이들의 품에 안기는 모습(희생자 가족들이 1988년 12월 21일에 박탈당한 바로 그것)이었다. 이런 상황에서 어떻게 수전 로웬스타인은 당연히 느껴야 할 증오를 조각을 통해 예술과 의미와 정의로 승화시킬 수 있었을까?

수전은 스코틀랜드에 있는 시신 보관소에서 검시관이 찍은 알렉산더의 사진을 가지고 있는데, 1년에 한 번 정도 그 사진을 억지로 꺼내서 본다. 왜 그렇게 하느냐고 물으면 수전은 이렇게 말한다. "제 아들은 아름다웠어요. 하지만 시신 보관소에 누워 있던 사진 속의 아들은 흉측했죠. 증오 때문에 제 아들이 그렇게 됐어요. 증오는 모든 것을 보기 흉하게 만들지요." 그래서 수전은 매일 작업실로 가서 아름다운 것을 만드는 일에 몰두했다.

전쟁터에 정의를 지키는 영웅이 있듯이 평범한 곳에도 영웅들이 있다. 가족들은 많은 고통을 받았지만 눈을 멀게 하는 증오에 굴복하지 않고 나름의 독특한 방식으로 정의를 위해 싸웠다.

매슈 셰퍼드 사건을 둘러싸고 여론이 떠들썩했지만 정작 무엇 때문에 셰퍼드 부부가 도덕적 우위에 서고 국가와 세계의 존경을 받게 되었는지는 쉽게 망각한다. 그것은 바로 자비로움으로 정의를 단련하겠다는 그들의 결단이었다.

셰퍼드 부부는 매슈를 살해한 두 남자의 선고가 있던 날 결단을 행동으로 옮겼다. 와이오밍주에서는 사형 집행에 거부감이 덜했고, 범죄의 잔인성과 전국적인 관심을 보더라도 사형 판결은 거의 확실했다. 셰퍼드 부부도 분명 원함 직한 판결이었다. 아래 글은 살해범 중 하나인 스물한 살의 앨런 매키니에 대한 선고에 앞서 데니스 셰퍼드가 법정에서 읽은 것이다. 이를 듣고 법정 안에 있던 사람들은 어리둥절해했고, 앨런 매키니는 결국 가석방 없는 종신형을 선고받았다.

매슈의 엄마 주디는 사형에 반대하는 것으로 알려졌고, 매슈도 사형을 반대했다고 보도되었습니다. 하지만 모두 사실과 다릅니다. 매슈는 사형으로 벌해야 마땅한 범죄와 사건이 있다고 믿었고, 나 역시 사형의 필요성을 인정합니다. 난 다른 어떤 것보다 매키니 씨, 당신이 죽는 것을 보고 싶습니다. 하지만 지금은 치유의 과정을 시작할 때입니다. 털끝만큼의 자비도 보여주지 않았던 사람에게 자비를 보이는 것, 이것이 치유의 시작입니다. 나는 당신에게 생명을 주려고 합니다. 그게 아무리 힘들더라도 말입니다. 바로, 매슈 때문입니다.

사랑하는 사람을 잃고 엄청난 충격에 빠진 많은 사람이 슬기롭지 못한 방법으로 정의를 추구한다. 정의란 것은 얼마나 강렬한지, 형언하기 힘들 정도로 참혹하게 사랑하는 사람을 잃은 이의 마음까지 움직일 수 있다. 오로지 정의만이 이런 일을 할 수 있는 경우가 대부분이다. 그러나 강렬한 모든 것은 동시에 위험할 수도 있다. 이것은 잘못된 방향으로 정의에 투신하는 개혁가들에게 흔히 있는 일이다.

증오에 휩싸여 있는 이에게, 증오는 분명 정의처럼 느껴질 것이다. 사별의 슬픔을 겪는 이들 중에는 증오와의 싸움에 너무 열중한 나머지 결국 주위 사람들에게 상처를 주고 마는 사람들이 있다. 사랑하는 사람의 죽음에 복수하기 위한 소모적 싸움에 지나치게 마음을 쏟으면, 결국 곁에 남은 이들에게 소홀하게 된다. 부부는 갈라서고, 가족은 흩어진다.

로웬스타인 부부가 매년 팬암 103기 추락 기념일인 12월 21일을 둘째 아들과 며느리, 세 손자 손녀와 함께 보내는 것도 바로 이런 이유 때문일 것이다. 그들은 항상 재미있고, 희망을 주며, 위안이 되는 것을 한다. 올해 기념일에는 브로드웨이 뮤지컬 〈저지 보이즈Jersy Boys〉를 관람했다.

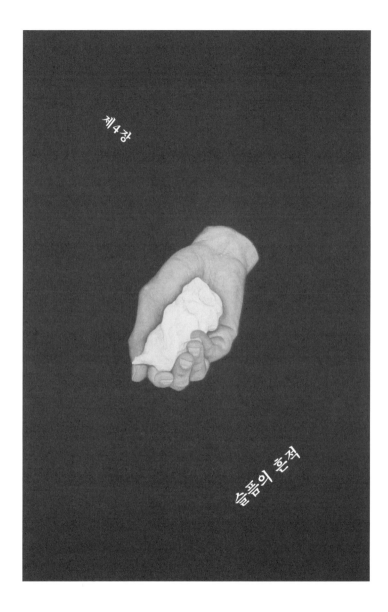

제4장

슬픔의 흔적

자기 이야기

사람은 누구나 자기 이야기가 있다. 자신에게 자신이 누구인지, 자신을 누구라고 생각하는지 말해주는 이야기 말이다. 때때로 이 이야기는 도전을 받기도 하는데, 그럴 때면 우리는 인간 정신이 지닌 가장 훌륭한 수단인 합리화를 동원해 자신을 변호한다. 자신이 만든 이야기를 너무나 믿고 싶기 때문이다. "사람을 속인다고? 아니, 난 그저 수완 좋은 사업가일 뿐이라고." "수동공격성을 보인다고? 내가? 그저 가족들이랑 친구들이랑 동료들이랑 애완동물들이 나와 사이가 좋지 않은 것뿐이야." 자기 이야기의 메커니즘은 최상의 상태에 있을 때는 내면에 숨어 있는 교활한 변호사보다 훨씬 큰 역할을 한다. 그 메커니즘 덕분에 우리는 믿음도 갖고 목적의식도 갖고, 매일 일어나서 일에 뛰어든다. 조앤 디디온의 글에서처럼 "우리는 살기 위해 자신에게 이야기를 들려준다."

이 마지막 장은 다음과 같은 진지한 생각으로 시작하려 한다.

슬픔은 자기 이야기를 바꾸고, 자신이 누구인지에 대한 기존의 생각을 변화시키는데, 흔히 그 변화는 도발적이고 혁신적이다.

한 가지 사례를 들어보자. 한쪽 배우자가 죽으면 남은 배우자에게 삶은 슬프게도 느껴지지만 이상하게도, 예전보다 더 자유롭게 느껴지기도 한다. 앞서 간 배우자는 저녁을 먹고 나서 아이스크림콘을 사 먹으려고 긴 산보를 나서는 것 같은 철없는 행동은 결코 하지 않았을 것이다. 하지만 뒤에 남은 사람은 어느 저녁 그런 행동을 하고, 그런 기분을 즐길지도 모른다. 이제 그는 이 새로운 감정이 자신에 관해 무엇을 말하는 것인지 궁금한 마음이 들 것이다.

이런 사례도 있다. 죽어가는 이를 보살폈던 사람은 사랑하는 이가 세상을 떠난 사실이 슬프기도 하지만, 병자를 돌보던 자신이 마치 해고를 당해 직업을 잃은 것 같은 기분도 든다. 병자를 돌보는 이가 어머니였다면 외동자식의 최고경영자 역할을 했거나, 간식과 빨래, 예절은 물론 꿈을 관리해주는 임원 역할을 했는지도 모른다. 친구가 병자를 돌보았다면 어설픈 상근 자문위원 노릇을 했을지도 모른다. 병자가 죽고 난 다음 날 아침, 이들은 어디로 일을 하러 가야 할까? 이제 무슨 일을 하며 지내야 할지 망연할 것이다.

열다섯 살 소년이 가장 친한 친구의 죽음을 경험한 사례를 보자. 소년은 항상 조금 울렁거리는 기분으로 돌아다니게 되었다. 어쩔 수 없이 관에 누워 있던 친구의 모습이 떠오르기 때문이다. 이따금 소년은 인터넷에서 친구가 앓던 희귀 병과 관련한 글을 찾아

읽는다. 어제는 엉덩이뼈에 덩어리 같은 게 잡혔는데 그 뒤로 계속 불안해하며 식은땀을 흘리다가, 바운드되는 농구공을 잡으려다 접의자에 엉덩이뼈를 세게 부딪친 일을 겨우 기억해냈다. 소년은 앞으로 평생 겁에 질린 채 살게 되는 건 아닌지 걱정스럽다.

12년을 함께 산 아내가 어느 날 돌연 눈을 감은 대학교수의 사례다. 남편은 파트너(두 사람은 서로를 그렇게 불렀다)가 없으니 얼마나 위축되는지 놀랍기만 하다. 그뿐 아니라 자신이 이제껏 배운 (혹은 가르친) 모든 것이 지금 아무런 도움이 되지 않는다는 사실을 깨닫는다. 어느 날 밤 그는 돌리 파튼이 부른 〈언제까지나 당신을 사랑할 거예요I Will Always Love You〉를 컴퓨터로 내려받는다. 그리고 그 노래가 오비디우스의 『변신 이야기』보다 더 위대한 예술작품이라는 결론을 내린다. 그는 자신의 연구 인생이 무위로 끝나는 건 아닌지 걱정스럽다.

이런 경우도 있다. 살림의 여왕 마사 스튜어트를 마 케틀(양계장을 무대로 한 코믹 영화 〈달걀과 나〉에 나오는 왈가닥 엄마—옮긴이)로 만들어버릴 정도로 완벽한 어머니를 둔 딸이나 서부영화의 영웅 존 웨인을 프랑스 배우로 보이게 할 정도로 무서운 아버지를 둔 아들. 두 사람 모두 부모를 정말 사랑하지만 부모가 세상을 뜨면 내면에서 긍정적인 변화가 일어나는 느낌을 떨칠 수 없다. 심리치료사 진 세이퍼가 이런 감정을 다룬 책을 썼는데, 부제처럼 '부모를 잃으면 성인의 삶이 어떻게 긍정적으로 바뀌는지' 탐구한 책이다. 책의 제목은 『죽음의 선물Death Benefits』인데, 표지에 새장 밖으로 날아가는 새

그림이 있다. (양친이 돌아가셨다면 이 책이 읽고 싶어질 것이다. 양친이 아직 살아 계시다면 부모님이 다음번에 방문하실 때 테이블 위에 놓아두고 어떤 일이 벌어지는지 지켜보고 싶을지도 모른다.) 이 아들과 딸은 부모에게 느끼는 감정의 정체가 무엇인지 내내 궁금하다.

이 사례들에 등장하는 모든 사람은 같은 문제와 씨름하고 있다. 그들은 세상을 떠난 사람과 맺고 있는 관계가 단순히 한 가지가 아니라는 사실을 깨달아가는 중인 것이다. 모든 관계에는 서로 다른 생각이 일정한 비율을 차지하고 있다. 어머니의 9할은 막내 자식을 끔찍이 예뻐하지만 남은 1할은 둘째까지만 낳았더라면 지금쯤 은퇴해 남편과 함께 호숫가 집에서 살 수도 있었으리라 생각한다. 여자 형제가 근사한 직장에 취직하면 남자 형제 내면을 이루는 5분의 4는 더없이 기뻐해주지만 나머지 5분의 1은 가족들이 자신에게 분발하라는 압력을 더 많이 넣으리라 생각한다. 새 연인을 만나 뜨겁게 사랑하는 친구를 보면 지켜보는 이의 속마음의 3분의 2는 흐뭇해하지만 3분의 1은 소개 사이트에 들어가 시간을 보내다 지쳐 사랑의 신이 친구 대신 자기에게 미소 지어주었다면 얼마나 좋았을까 아쉬워한다. 한 사람을 이루는 4분의 3은 도움이 필요한 불행한 사람들이 있음을 알기 때문에 무료급식 시설에서 자원 활동을 한다. 하지만 남은 4분의 1은 그 사실을 사람들에게 말할 수 있는 게 좋아서 그 일을 한다.

대부분의 사람은 자신을 이런 사람 또는 저런 사람이라고 단정적으로 말해주는 자기 이야기를 선호한다. 1~2점이 부족한 강고한 진실은 매력적이지 않다. 하지만 슬픔을 겪는 동안 밝혀지는 매력적이지 않은 진실은 강고하기만 한 게 아니라, 새롭다. 강고한 진실은 억누르기가 몹시 힘들지만 강고하면서도 새로운 진실은 좋든 싫든 반드시 속박을 풀고 자신을 드러내기 시작한다.

슬픔 덕분에 누릴 수 있는 심리적 특전은 슬픔이 애매모호함을 이해하게 해주고 삶의 진실이 절대 하나가 아니라 적어도 둘, 보통은 그 이상임을 일깨운다는 점이다. 슬픔은 자기 이야기만 변화시키는 게 아니라 삶 자체에 대한 이야기도 변화시킨다.

중요한 사람을 잃고 나면 삶은 절대 다시는 명백해지지 않는다. 다시는 삶이 그냥 한 가지가 될 수 없다. 그런 일이 자신에게 일어날 수 있음을 알고 난 뒤에는, 지금껏 알던 삶이 갑자기 멈출 수 있다는 것을 알게 된 뒤에는 말이다. 「슬픈 장례식」이 다시 울려 퍼진다.

난 우리 사랑이 영원할 줄 알았는데, 그게 아니었다네.

일단 큰 슬픔을 불러일으키는 위기를 겪고 나면 인생의 달력에 경계선이 그어진다. 전과 후라는 새김 눈이 생긴다.

BC before the crisis : 위기 이전

AD after the death of someone you love : 사랑하는 이의 죽음 이후

이렇게 말이다. 경계선이 되는 어떤 날이 삶을 나누고, 당신은 해마다 그날이 다가오는 것을 알아차릴 것이다. 사진을 바라볼 때마다 어느새 이런 생각을 하고 있을 것이다. "저게 그이의 병을 알기 전의 나였지", "이건 그이가 마지막으로 입원하기 몇 달 전 야구 경기를 보러 가서 찍은 거야", "저건 사고가 난 여름이 지나고 맞은 첫 추수감사절에 찍은 거지"라고 말이다. 친구가 애인과 '2006년!'이라고 쓴 커다란 안경을 똑같이 끼고 새해 전야 파티에 참석한 사진을 보여주면 당신은 관심이 없더라도 "멋진 사진이네" 하겠지만, 속으로는 "내 생애 최악의 해였지"라고 생각할 것이다.

애매모호함은 슬퍼하는 이들이 새롭게 받아들여야 할 일상이다. 이를 받아들이는 법을 익히지 못하면 슬픔을 처리하는 것이 훨씬 더 힘들어진다. 최선을 다해 이 사실을 받아들이는 이들은 슬픔을 자기 이야기와 애매모호함을 통합하는 기회로 삼는다.

동기 부여를 설파하는 강사가 자기계발 ("당신은 위대해질 수 있습니다!") 세미나에서 핵심적으로 강조하는 "모든 위기는 변장을 한 기회입니다!"같이 말이다. 사랑하는 이를 잃고 슬퍼하는 사람이 이 말을 들으면 "변장 한번 잘했군" 하고 냉소할지도 모른다. 위기를 다루는 세미나의 강사가 되어서 하루에 1만 달러를 받는다면 위기가 기회가 될지 모르겠지만, 슬픔의 진창에 빠져 허우적거리는 이가 새로운 자기 이야기를 만들어내는 일은 오직 예이츠 같은 시인만이 묘사할 수 있을 만큼 고통스럽다.

246

내 사다리가 사라졌으니

모든 사다리가 시작되는 곳에,

더러운 넝마장 같은 가슴에 누울 수밖에

슬픔은 저 더러운 넝마장 같은 가슴이다. 슬픔을 겪은 뒤 자신
과 통합해야 할 가장 더러운 두 가지는 죄책감과 자기연민인데,
자기 이야기에 영향을 줄 수 있는 애매모호함을 내포하고 있기 때
문이다.

어머니 수전 손택을 생전 마지막 몇 해 동안 보살핀 데이비드
리프는 죄책감을 유족의 기본 태도라고 부른다. 죄책감은 "내가 일
을 제대로 한 걸까? 더 잘할 수 있지 않았을까?"처럼 대답할 수 없
는 질문이 너무 많기 때문에 생긴다. 이런 자기 불신과 자기 응시
는 사랑하는 이를 직접 보살펴야 하는 사람들에게만 나타나는 게
아니다. 적어도 무의식적으로는 고인을 사랑한 모든 이에게로 확
대된다. 터무니없이 들릴지 모르지만, 사랑하는 이가 죽으면 사람
들은 자존감에 엄청난 타격을 받는다. 죽음은 그 사람을 살릴 만
한 힘이 자신에게 없었음을 의미하기 때문이다.

리프는 "결국 우리에게 남은 것은 사랑밖에 없었는데, 그 사랑
으로는 충분하지 않았다"고 말한다. 그리고 어머니 손택이 그 사
랑으로는 부족하다는 사실을 알고 있었다고 털어놓았다.

그럼에도 불구하고 숨길 수 없는 진실은 그 사랑이

그토록 필사적으로 살고자 싸우는 어머니에게 아무런 위안이 되지 못했다는 것이다. 결국 어머니를 사랑한 이들은 살아 있는 사람이 죽어가는 이에게 아무 쓸모가 없듯, 어머니에게 아무 도움도 되지 못했다. 어머니의 소망이란 것이 죽음을 조금 늦추는 것뿐이었는데도, 우리는 어머니가 진정으로 원한 것을 이루어줄 수 없었다.

죽어가는 사람은 곁에 있는 이들의 사랑을 고맙게 여기지만 그것만으로는 부족하다는 것도 알고 있다. 당신도 그들이 아는 것을 느꼈을 것이다. 사랑하는 이가 갑작스럽게 세상을 뜬 후 돌이켜 보면 고인이 어떤 식으로든, 어느 시점에서든 당신이 자신을 구할 수 없다는 사실을 알고 있었다는 느낌이 든다. 그 사람을 얼마나 사랑했든, 그 사랑은 고인이 살해된 길로 들어서지 못하게 막거나, 고인을 의사에게 더 빨리 데려가지 못했다. 당시에는 잘못된 것이 하나도 없었다 하더라도, 무의식 수준에서 일어나는 감정이라 하더라도, 이 죄책감은 자의식에 타격을 줄 수 있다.

물론 죄책감이 유발하는 이런 자기 불신을 누구나 겪는 것은 아니다. 이런 감정을 느끼지 않는 사람도 많은데, 이들은 고비를 넘기면 아무 문제 없이 새 삶을 시작한다. 우리가 만난 한 특이한 여성은 25년을 함께 산 남편이 세상을 뜬 지 불과 몇 달 만에 미니스커트를 입고 술집으로 향했다. 그 모습에 장성한 자식들이 당혹스러워하자 그 여성은 이렇게 말했다. "얘들아, 난 죽음이 우리를 갈라놓을 때까지 너희 아버지를 사랑하겠다고 맹세했다. 그런데 죽음이 우리를 갈라놓았잖니. 그러니 난 이제 데이트하러 나갈란다!" 자식들은 슬픔에 빠진 많은 사람처럼, 어떻게 생각을 정리해야 할지 혼란스러웠다. 자식들에게 어머니의 역할은 아버지의 아내 하나뿐이었다. 그래서 어머니의 인생에 제2막이 있을 수 있다는 사실을 미처 생각하지 못했던 것이다.

이처럼 죄책감은 불합리하기도 하다. 이 현학적인 표현을 쉬운 말로 바꾸면 죄책감이 슬픔에 빠진 사람을 온갖 방식으로 고문할 수 있다는 의미다. 슬픔에 빠진 사람은 잘 살아내지 못하는 것에 죄책감을 느낀다. 하지만 마침내 삶에 제대로 적응하면 떠나보낸 사람 없이도 괜찮은 것 때문에 다시 죄책감을 느낀다. 게다가 당신이 죄책감과 씨름할 때 사랑하는 이들은 언제라도 당신이 자신을 더 한심하게 느끼도록 할 수 있다.

사별의 슬픔에 빠진 사람의 자기 이야기에서 두 번째로 심각한 문제는 자기연민이다. 조앤 디디온은 남편이 죽고 난 불과 며칠 뒤 이 문제를 다뤘다. 디디온은 컴퓨터를 켜고 쓸쓸한 네 문장을 썼다.

삶은 빠르게 변한다.
삶은 한순간에 달라진다.
지금까지 알던 삶이 저녁 식탁에서 돌변하기도 한다.
자기연민이라는 문제.

디디온의 책은 이렇게 시작된다. 솔직한 네 문장이 한 덩어리를 이루어 본문의 다른 부분과 떨어진 채로. 우리가 이 네 문장을 주목하는 이유는 대부분의 서평과 기사가 이 부분을 인용해서가 아니라, 인용하는 사람들이 마지막 문장을 빼놓기 때문이다. 자기연민은 아주 달갑잖은 화제이기 때문에 사람들은 우연을 가장한 고의로 자기연민을 언급하지 않는다. 하지만 디디온은 『상실』에서 이 문제를 짚고 넘어간다.

흔히들 대충 보아 넘기는 마지막 줄에서 디디온이 문제라고 한 것에 주목하자. 마치 자기연민이 하나의 선택처럼 보인다. 실제로 슬픔에 빠진 사람은 자신에게 자기연민을 얼마나 허용할지 선택한다. 자기 이야기를 자기연민 쪽으로 끌고 가기 위해, 자신을 비극적인 드라마나 대하소설의 주인공으로 생각하기 위해, 또 자신에게 일어난 나쁜 일을 삶 자체가 보낸 메시지로 여기기 위해 상실을 인정하는 것은 쉽다. 슬픔은 일생 겪은 이야기 속으로 스며들 수도, 그 삶의 형편없음에 대한 초비유uber-allegory이자 유치원 시절부터 현재까지 경험한 모든 실망에 대한 뛰어난 은유가 될 수도 있다.

《뉴요커》에 실린 어느 만화에 병원에 입원한 남자가 나온다. 그는 몸에 온갖 의료 기기를 연결해주는 관과 전선을 주렁주렁 매단 채 불편하게 침대에 떠받쳐져 누워 있다. 극심한 고통으로 몸이 움츠러든 남자의 침대 발치에 아내가 외투를 입고 지갑을 든 채 서서는 그 끔찍한 광경을 지켜보며 말한다. "내게 이런 일이 생기다니, 기가 막혀.”

　슬픔을 독차지하고 슬픔에 도취되는 사람들이 있다. 그들은 슬픔이 자신의 전부라고, 더 심하게는 자신이 슬픔의 전부라고 생각한다. 톨스토이의『안나 카레니나』에 등장하는 한 인물은 “제 슬픔을 잘 아시나요?”라는 말로 자신을 소개한다. 사람들은 슬픔에 지나치게 빠져 지내는 이들의 이름 앞에 ‘가엾은’을 붙여 부르기도 한다. “가엾은 앤을 파티에 초대하자”거나 “가엾은 조는 밸런타인데이에 뭘 할까? 죽고 싶다고 하겠지”처럼 말이다.

　단단히 마음먹지 않으면 이런 상황에 조금씩 빠져들지도 모른다. 이런 현상은 온종일 일어나는 나쁜 일을 이미 꽤 높이 쌓아올린 고뇌 더미 위에 덧쌓는 시기에 나타난다. 이는 슬퍼하는 사람들이 쉽게 빠져드는 일이다. 탁자에 정강이뼈를 부딪치고는 “대단해! 과부가 된 것도 모자라 정강이뼈까지 다쳤어!” 하고 외친다. 차가 오도 가도 못하게 되면 “나도 죽여보시지!” 하고, 컴퓨터가 갑자기 작동을 멈추면 “하드 드라이브가 암에 걸렸군!” 하고 생각한다. 빨래를 하다 실수로 스웨터를 망가뜨리기라도 하면 세탁실 바닥에 주저앉아 피에타상의 슬픔에 겨운 마리아처럼 스웨터를 껴안는다.

　좋지 않은 일이 생기면 “왜 나지?” 하고 묻기 마련이다. 그런데 좋은 일이 생기면 좀처럼 이런 질문을 하지 않는다. 좋은 일은 당연한 것으로 받아들이기 때문이다. 찰스 더닝은 미국 최고의 성격배우 중 한 사람이다. 그는 무대에 선 지 40년이 지나서야 마침내 테네시 윌리엄스의 희곡 『뜨거운 양철 지붕 위의 고양이*Cat on a Hot Tin Roof*』 재공연에서 펼친 연기로 토니상을 수상했다. 그는 수상 소감에서 이렇게 말했다. "전 이 상을 받아 마땅한 사람이 아닙니다." 그런 뒤 잠시 멈추었다가 말을 이었다. "지난해 암에 걸렸는데, 전 암에 걸려 마땅한 사람도 아니었습니다." 이런 사람이야말로 애매모호함과 화해했다고 하겠다. 더닝 같은 뛰어나고 현명한 비극 배우는 아마도 애매모호함과 화해하면 삶이 더 풍부하고 다채로운 이야기가 되리라는 사실을 알고 있었으리라.

사별을 겪고 비탄에 젖은 모든 이들은 틀림없이 "당신이 없는 난 누구지?" 하는 의문이 들 것이다. 그리고 그 질문에 답을 하면서 자기 이야기는 되살아난다. 슬픔은 자기 자신에게 들려주는 이야기다. 자신이 사랑한 사람의 죽음에 대한 이야기이며, 자신이 사랑한 사람의 인생에 대한 이야기다. 또 그 사람과 함께한 자기 자신의 인생에 대한 이야기인 동시에 그 사람 없이 살아야 하는 자기 삶에 대한 이야기다. 슬픔은 자기가 자신에게 들려주는 이야기다. 그러나 공저자가 있다. 사랑한 사람의 죽음으로 인해 해방된 감정들이 계속 제 목소리를 내려고 할 테니 말이다. 이 사실에 익숙해져라.

남자

스물한 살 젊은이의 누나가 자동차 사고로 목숨을 잃었다. 그는 외삼촌과 한 도시에 살고 있었는데, 부모님이 사는 곳과는 자동차로 세 시간 거리였다. 이 비극적인 소식이 전해졌을 때 외삼촌이 그를 부모님 집까지 태워다 주기로 했다. 차를 운전하는 세 시간 내내 외삼촌은 거의 한마디도 하지 않았다. 눈물 한 방울 보이지 않았고, 아무런 감정도 내비치지 않았으며, 말 한마디 꺼내지 않았다. 그저 팽팽한 침묵을 지킬 뿐이었다. 젊은이는 그때가 자신의 삶에서 가장 불편한 몇 시간이었을 것이라고 했다.

젊은이에게 따뜻함이 필요한 상황에서 나이를 더 먹은 외삼촌이 어쩌면 그렇게 매정할 수 있는지 의아해진다. 이 외삼촌은 막 누이를 잃은 조카에게 위로의 말을 할 수 없었으며 따뜻한 정을 표현할 수도, 심지어는 이야기를 나눌 수조차 없었다.

그러나 드러나지 않은 더 중요한 이야기가 있다. 나중에 밝혀진 바에 따르면 이 외삼촌은 가족을 위해 보통 사람들이 할 수 있는 것보다 더 많은 일을 했다. 한 예로, 그는 조카딸의 시신을 확인했다. 부모인 누나와 매부가 직접 딸의 시신을 확인하게 하고 싶지 않았던 것이다. 시신을 본 그는 누나 내외가 절대 딸의 모습을 보게 해서는 안 되겠다고 생각했다. 그래서 장례식장 측과 협의해 따로 방을 마련해서 관 뚜껑을 덮은 채 망자와 시간을 보낼 수 있게 조치를 취했다. 뿐만 아니라 알려야 할 사람들에게 모두 전화를 하고, 매부가 해야 할 행정적 일들을 도맡아 처리했다. 매부는 충격이 너무 커서 아무것도 할 수가 없었기 때문이다.

놀라운 사실은 이 외삼촌이 조카를 데리러 가기 전에 이미 이런 일을 거의 다 처리했다는 것이다. 그는 이 끔찍한 사고가 일어나자마자 세 시간 동안 차를 몰고 와서 누나와 매부 곁에 있어주었다. 그러고는 시신을 확인하고 주의가 필요한 사무적인 문제를 처리했다. 그런 다음 조카를 데려오기 위해 차를 몰아 자기가 사는 도시로 되돌아갔던 것이다.

이 이야기는 남성 행동의 두 가지 양상을 구체적으로 보여준다. 우선, 남자들은 흔히 감정을 말보다는 행동으로 표현한다. 둘째, 그럼으로써 억울한 비난을 받는다.

남자들은 식탁에 마주 앉아 따뜻한 말로 위로를 하는 등의 일은 잘할 수도 없거니와 할 뜻도 별로 없다. 남자들은 흔히 느낀 것을 말뿐 아니라 침묵으로도 표현한다. 로버트 블라이는 「문장을 완성하는 것이 힘겨운 남자들도 있다Some Men Find It Hard to Finish Sentences」라는 제목의 시에서 남자들이 어떻게 모든 것을 마음에 담아두는지를 묘사했다. 그는 시 전체를 완성되지 않은 문장으로 써서 이를 보여준다. 시의 마지막 문장이 이렇다.

간직할 많은……

"많은" 무엇? 사랑하는 이들은 끝마치지 않은 이 문장을 감정의 결핍으로 보고 좌절할지도 모르는데, 남자들은 과연 무엇 때문에 침묵하는 걸까?

무정한 침묵과 조심스러운 결단처럼 보이는 남자들의 태도는 무엇인가를 해야 하고 고쳐야 하고 도와야 하고 보호해야 하고 안전하게 지켜야 할 경우를 대비하여 버티는 것이다. 인생에는 어려운 일을 해야 할 때도 많고, 어려움을 잘 이겨내는 강인한 사람이 옆에 있으면 도움이 되는 때도 많다. 타이어를 갈아 끼워야 할 때 "에이, 날 도와줄 슬픔 전문 상담가가 옆에 있었으면!" 하고 바라지는 않는다.

오늘날 남성은 힘보다 감성이 풍부해야 한다는 문화적 압박을 많이 받는다. 남성적 본능을 표현하는 것을 부끄러워하는 시대에 살고 있는 것이다. 휴식 시간에 친구와 싸우는 남자 유치원생은 교사와 상담가, 부모는 물론이고 어쩌면 약사까지 참여한 인민재판에 끌려나올지도 모른다. 그 결과 아이는 어떤 형태의 공격성도 비정상적이라고 믿게 될 것이다. 그로부터 12년 뒤, 아들을 예일 대학에 보내려고 애쓰는 부모는 왜 아들이 자신들의 바람대로 적극적인 태도를 보이지도 않고 대학진학적성시험에 지원해서 경쟁자를 때려눕힐 기회도 마다하는지 의아해할 것이다.

오늘날은 남성이 야한 농담을 하면 성범죄로, 목소리를 높이면 공격으로, 여자친구가 열변을 토하는데 딴 생각을 하면 용서 못할 잘못으로 여기는 시대다. 남자들은 모든 광고주와 대중매체 관계자들에게 이제 남자들은 너무 자신감을 잃어서 45킬로그램 이하의 체중에 마릴린 먼로의 음색, 수술로 도톰해진 입술에 머리는 텅 빈 돈 많은 여성만이 유일한 이상형이라고 똑똑히 보여주는 것으로 복수를 한다.

문화적인 성 역할이 끊임없이 변하고는 있지만 슬픔에 처한 남자는 좀 더 본질적인 것을 행하지 않을 뿐 아니라, 정치적으로 올바르지도 않다! 최근에는 사회적, 이론적 압박 때문에 선천적인 성 차이를 주장하는 것이 금기가 되었다. "남성은 보호에 능하고 여성은 보살핌에 능하다" 같은 말을 하면 과거 회귀적이며 시대에 뒤처졌다며 대다수 사회학 교수에게 배척을 당할 것이다.

그런데 슬픔은 과거 회귀적이며 시대의 흐름을 따라 변하지도 않는다. 사람들은 슬픔에 빠지면 과거로 돌아가 선사시대 인류처럼 더 본능적이고 직관적으로 반응한다. 비극이 들이닥치면 이 원시적인 본능들이 표면으로 떠오르기 시작한다. 남자는 보호하고 여자는 보살피기 시작한다.

남자가 무정하다는 의미는 아니다. 말을 하지 않는다고 해서 느끼지도 않는 것은 아니라는 의미다. 영화 〈인 더 베드룸〉의 배경은 햇볕에 그을고 말씨가 투박한 억센 남자들이 사는 북동부의 한 어촌이다. 아들을 잃은 아버지가 늘 하던 포커 게임으로 돌아와서 아들이 살해된 이후 처음으로 포커를 치는 장면이 나온다. 그런데 모두들 거북해하며 입을 다물고 있다. 친구들은 무슨 말을 해야 할지도 모르고, 뭔가 말을 해야 하는 순간에도 아무 할 말이 없다. 마침내 참다못한 남자가 불쑥 내뱉는다. "뭐라고들 좀 해, 제발! 눈치 좀 그만 보란 말이야!" 잠시 침묵이 흐른 뒤 남자들은 동네 시인쯤 되는 나이 지긋한 남자 쪽을 쳐다본다. 그러자 괴짜 영감은 카드 패를 그대로 쥔 채 롱펠로의 시 「잃어버린 내 청춘My Lost Youth」의 일부를 읊조린다.

> 말할 수 없는 것들이 있네
> 사그라질 수 없는 꿈들이 있네
> 굳은 마음을 약하게 만들고
> 두 뺨을 창백하게 하며
> 눈앞을 흐리게 하는 신념들이 있네
> 그럴 때면 저 불길한 노랫말이
> 냉기처럼 나를 덮쳐오네
> 소년의 마음은 바람처럼 자유로우나
> 젊은이는 언제나 한 가지만 생각하느니

노인이 시를 다 읊자 남자가 차분하게 입을 열었다. "자, 게임을 시작함세." 그때서야 사람들은 포커를 친다. 대부분의 남자는 이렇게 행동한다. 그리고 일상으로 돌아가기 위해 가능한 한 빨리 그 순간을 잊으려 애쓴다. 어촌의 나이 든 남자들만 그런 게 아니다. 형을 잃은 어느 대학생은 죽은 형의 이름 첫 글자를 팔에 새기기로 마음먹었다. 남들 눈에 띄는 걸 싫어하는 성격이라 문신을 팔목 안쪽에 작게 새겼다. 평소에는 손목시계로 가릴 수 있게 말이다. 어느 날 밤 친구들과 무리 지어 술집에 갔는데, 맥주잔을 들어 올릴 때 한 친구가 문신을 알아보고는 뭔지 물었다. 그는 그 뒤에 무슨 일이 있었는지 이야기해주었다.

전 친구들에게 그 문신이 어떤 의미인지 말해줬어요. 잠깐
동안 모두들 입을 다물고 어색해했어요. 그때 누군가가 제
형에게 건배를 해야 한다고 했죠. 그러자 친구들이 형과
제게 덕담을 해준 뒤 건배를 했어요. 그게 다예요. 우린
그냥 다시 술을 마시고 게임을 구경했어요. 아무도 다시는
문신 얘기를 꺼내지 않았죠.

슬픔에 관한 한 남자는 남자다. 이는 시대의 문화적 압박에 영향을 받지 않는 사실이다. 죽음이 뚜벅뚜벅 집 안으로 걸어 들어오면 오래된 무언가가 사람들 내면에서 저절로 솟아나는데, 이 현상을 가리키는 말이 있다. 조상들로부터 대대로 전해 내려오는 감정을 의미하는 잠복유전이다. 슬픔은 강렬하게, 또 경고 없이 찾아오기

때문에 우리가 실감하는 잠복유전만으로는 설명이 안 될 때가 있다. 그런데도 사람들은 남성의 과묵함을 감정의 결핍으로 오해한다.

말로든 몸짓으로든, 아니면 솔직하게 드러내든 감정과 애정을 표현하는 것을 화폐처럼 여겨라.

감정 표현의 가치는 사람마다 다르다. "당신 멋진 경기를 펼치던데요"라는 말은 미술품 감정가 리처드 사이먼즈가 할 때와 빈스 롬바르디(미식축구 팀 그린베이 패커스에 슈퍼볼 우승을 다섯 차례나 안긴 전설적인 감독—옮긴이)가 할 때 그 가치가 다르다. 표현이란 화폐를 부풀리는 사람들, 이를테면 모든 통화와 편지와 이메일을 '사랑해'로 끝맺는 사람들이 있다. 이런 습관이 잘못은 아니지만, 이런 사람들이 보이는 인플레이션을 대할 때는 속으로 환율 변환을 해야 한다.

많은 남성에게 감정 표현은 값비싼 것이므로 더욱 가치 있게 여겨야 한다. 노르망디 상륙작전 당시의 전사자들이 묻힌 한 공동묘지 사진을 보면 묘석 위에 "동생 피트가. 형을 기억하고 있어"라고 적힌 카드가 하나 보인다. 꽃도, 풍선도, 사진도, 미사여구도 없다. 오로지 "형을 기억하고 있어"라는 말뿐이다. 하지만 이 말은 감정 환율로 따져볼 때 전사한 아들의 무덤을 찾아온 팔순의 노인이 한 말만큼 무거운 가치를 지닌다.

사랑한다는 말을 절대 하지 못하는 성격의 아버지가 슬픔을 겪는 동안 용기를 내어 이 말을 한다면 그건 분명 의미가 아주 클 것이다. 서른일곱 된 남자가 오랜 투병 끝에 눈을 감은 아버지를 임종했다. 운명하기 하루 전 아버지는 "살면서 크게 후회되는 게 한

가지 있단다"라고 했다. 아들이 그게 무엇이냐고 묻자 아버지는 "네가 고등학교 3학년 때 치른 야구 경기 결승전에서 졌을 때 너를 꼭 안아줬어야 했는데 그러지를 못했구나"라고 답했다. 제삼자에게는 이 말이 대단찮아 보일지 모르지만, 아들에게는 100만 달러만큼 값진 것이었다.

애정이 깃든 몸짓과 말 외에 남자에게 문제가 되는 또 다른 중대한 것은 울음이다. 남자들은 대부분 울음을 나약함으로 이해한다. 사람들이 울음을 어떻게 표현하는지 생각하면 이해가 간다. "주저앉고 말았어", "허물어졌어", "어떻게 해야 할지 모르겠어", "왈칵 울음이 터졌어" 같은 표현들을 말이다. 주저앉고, 허물어지고, 어쩔 줄 몰라 하고, 울음이 터지는 것은 대개 남자들이 불편해하는 특성들이다. 남자들은 남들 앞에서 우는 것을 난감하게 여긴다. 또 드러내놓고 우는 것은 남자답지 않다고 생각한다.

어떤 남자도 억지 감정을 짜내서는 안 되지만 감정을 억누를 필요를 느껴서도 안 된다. 눈물조차도 말이다. 1991년 걸프전 당시, 연합군을 지휘한 노먼 슈워츠코프 사령관은 울 줄 모르는 남자라면 누구도 신뢰하지 않겠다고 했다. 감정이 화폐라면 인색하게 굴 필요가 없다. 울고 싶지 않다면 울지 마라. 하지만 정말 울고 싶다면 억지로 참지 마라. 가끔은 남자가 우는 것을 보는 게 사랑하는 이에게 좋은 영향이, 나아가 도움이 되기도 한다. 라파엘 이글레시아스의 자전적 소설 『행복한 결혼*A Happy Marriage*』은 불치병에 걸린 아내를 둔 남편 처지에서 쓴 글이다. 어느 장면에서 처가 식구들이 아내와 함께 있으려고 모이는데, 하나같이 울지 않으려 애를 쓴다.

> 그들은 눈물을 흘리지 않으려고 무척 애를 쓰고 있었는데,
> 아마 눈물을 보이면 마거릿이 더 상심할 거라고 생각해
> 그랬을 것이다. 눈물을 보였다면 오히려 마거릿이
> 사랑받고 있다고 느꼈을 텐데 말이다.

일부러 눈물을 참는다고 사랑하는 이가 당신을 강하다고 생각하지는 않는다. 오히려 그 사람은 사랑받고 있지 않다고 느낄지도 모른다. 이를 잘 보여주는 이야기가 하나 있다. 1966년 뉴저지주 교외의 이웃 마을에 사는 두 남자가 뉴욕시에서 일하며 매일 아침 버스 정거장까지 카풀을 했다. 두 사람 다 사무직이 되려고 열심히 노력하는 육체 노동자였다.

어느 날 일을 마치고 귀가하던 두 사람이 버스에서 내리니 한 사람의 여동생이 정거장에서 기다리고 있었다. 여동생은 오빠의 다섯 살 난 아들이 집에 있는 수영장에서 익사했다는 비보를 전했다.

그날 밤 카풀 친구는 사고 장면을 떨쳐버릴 수가 없었다. 친구가 집에서 아내와 함께 뒤뜰에 있는 수영장을 망연히 바라보는 모습이 뇌리를 떠나지 않았다. 친구 집으로 전화를 해보니 친구 부부는 수영장을 보는 것이 너무 괴로워서 친척 집에 머물고 있었다.

카풀 친구는 다음 날 아침 동이 트기 무섭게 전화를 걸기 시작

했다. 오전 8시 무렵 이웃 남자들이 다 모여서 목수와 전기 기사, 엘리베이터 수리공과 기계공으로 이루어진 한 부대를 꾸렸다. 이들은 손재주가 좋고, 점잖고, 주말이면 코가 삐뚤어지게 술을 마실 전형적인 1966년의 뉴저지주 남자들이었다. 이들은 연장통을 들고 철물점과 조경용 종묘상에 들른 다음 아이를 잃은 남자의 집으로 차를 몰고 갔다.

남자의 집에 도착한 이들은 오전에는 수영장을 해체해 물을 뺀 뒤 고물 수집상으로 끌고 가 처분해버렸다. 그리고 오후에는 수영장 자리에 잔디를 깔고 잘게 깨뜨려 부순 돌을 내려놓은 뒤 종묘상에서 산 꽃을 심고 포석을 깔아 길을 내었다. 아무도 익사 사고에 대해 말하지 않았다. 어떤 연장을 쓰는 게 가장 좋은지, 어떻게 해야 잔디를 판판하게 까는지만 이야기했다. 다음 날 아이를 잃은 부부가 집에 돌아와 보니 수영장은 사라져버리고 대신 그 자리에 정원이 들어서 있었다.

40년이 지나 직장이 바뀌고 이사를 하다 보니 두 남자는 더는 카풀을 하지 않게 되었고 얼굴을 보는 일도 아주 가끔뿐이었다. 직장 친목회에서 얼굴을 보거나 이따금 크리스마스카드를 보냈지만 연락을 자주 하지는 않았다.

그 사이에 아들을 잃은 부부는 다시 아들을 낳았다. 이 아들은 준수한 청년으로 자라서 결혼을 하고 아이를 낳았으며 곧 태어날 둘째도 있었다. 그는 뉴저지에서 소방관으로 일했는데, 9·11 당시 부상을 입지는 않았지만 테러 현장인 그라운드제로에서 떨쳐버릴 수 없는 끔찍한 광경을 목격했다. 차츰 우울증에 빠져든 그는 비통하게도, 스스로 목숨을 끊었다.

비보를 들은 부모가 맨 처음 전화를 건 사람은, 뜻밖에도 예전의 카풀 친구였다. 부부의 내면에 있는 무언가가 그들을 수영장과 얽힌 첫 번째 비극으로 끌어당기자, 이들은 당시에 곁을 지켜주었던 카풀 남자에게 손을 뻗은 것이다. 수영장을 치워준 남자들이 대부분 세상을 떠나긴 했지만 옛 카풀 친구가 전화를 하기에 딱 맞는 사람이었던 것이다.

가끔은 가까운 곳에 남자가 있다는 게 다행스러울 때가 있다.

여자

어머니날이다. 엄마가 위층에서 잠자는 사이 남편과 어린 두 아이가 아래층 부엌에서 아침을 준비 중이다. (아래층에서 벌어지는 야단법석 때문에 엄마는 사실 잠을 잘 수 없지만) 때가 되자 침실 문이 활짝 열린다. 아빠와 아이들이 떠들썩하게 팡파르를 울려대고 엄마가 "오", "아" 환성을 지르면 엄마 앞에 쟁반이 하나 놓인다. 쟁반 위에는 군데군데 덜 구워진 커다란 와플 반죽 덩어리와 타서 숯덩이가 된 베이컨 두 조각, 베두인족이나 좋아할 법한 맛없는 커피 한 잔과 식탁 위에 장식해놓은 값비싼 비단 꽃꽂이 화병에서 빼온 듯한 꽃 한 송이가 놓여 있다. 엄마는 여왕처럼 떠받들어주어서 고맙다고 인사를 한 뒤, 노련한 배우가 되어 보란 듯이 앞에 놓인 기름진 아침 식사를 맛본다. 아빠와 아이들은 의기양양하게 손바닥을 부딪치더니 범퍼카 경주를 하러 나간다. 10분 뒤 엄마는 아래층에서 난장판이 된 부엌을 치우고 있다. 참 복도 많은 여자라니까!

264

이런 상황을 이야기한 이유는 이 장면이 사별의 슬픔을 겪을 때 여성들에게 어떤 일이 일어나는지 보여주는 훌륭한 비유이기 때문이다. 사람들은 선의에서 마음을 써주지만, 결국 뒤처리를 하는 사람은 여자다.

할머니에서부터 아이가 딸린 엄마와 여고생에 이르기까지, 여성은 가족을 결속시켜주는 핵심 인물이다. 핵가족이든 단순한 친구 모임이든 여성은 대체로 짐 꾸러미를 묶는 끈 역할을 한다. 집단의 구성원들은 여성이 모든 것을 하나로 묶어주는 한 자신은 안전하리라는 사실을 알고 있다. 여성들이 그러지 않으리라고는 상상도 할 수 없다. 아서 밀러부터 테네시 윌리엄스, 샘 셰퍼드까지 미국의 위대한 극작가들은 제 역할을 못하는 아버지에게 초점을 맞춘 가족극을 썼다. 유진 오닐만이 제 역할을 전혀 못 하는 어머니를 그린다. 오닐의 희곡『밤으로의 긴 여로*Long Day's Journey into Night*』는 가장 위대하고 가장 가슴 저미는 작품이다. 하지만 이 작품이 전적으로 자전적(극 중의 배경 설명과 오닐이 실제로 살았던 코네티컷주 뉴런던에 있는 집을 비교해보라)이라는 사실을 생각하면 섬뜩하게 느껴진다.

『밤으로의 긴 여로』는 미국 희곡에서 독특한 슬픔의 지위를 차지한다. 다른 위대한 미국 희곡 가운데 절망을 이만큼 빼어나게 그려낸 작품은 달리 없다. 아서 밀러가 쓴『세일즈맨의 죽음*Death of a Salesman*』의 결말에서 가장 린다는 죽은 남편의 무덤가에 그대로 서서 자기 자신을 비롯한 모든 것을 감싸려 한다.『뜨거운 양철 지붕 위의 고양이』의 막이 내리면 우리는 빅대디가 죽어 사라진 뒤 오래도록 빅마마가 농장에 남아 주인 노릇을 하게 되리라는 것을 안다. 하지만 『밤으로의 긴 여로』의 막이 내려질 때 어머니 메리가 모르핀에 흠뻑 취해 웨딩드레스를 쥐고 서 있는(비참하고 기괴하게 슬픈 이미지다) 동안 남편과 두 아들은 절망에 빠져 이러지도 저러지도 못 하고 기다린다.

미국인은 문화적으로 아버지를 잃으면 경의를 표하고 애통해하지만, 어머니를 잃으면 파멸에 이른다. 여성은 이 사실을 직관적으로 감지하는 것 같다. 그래서 비극이 들이닥치고 슬픔이 흘러넘치면 어떤 희생을 치르든 행동에 나서서 곤경을 헤쳐나간다. 오븐 손잡이에서 와플 반죽을 떼어내는 엄마처럼, 역사 이래 여자는 남자의 뒤치다꺼리를 해왔다. 다시 말해 죽은 이들을 묻었다.

미국의 국경일인 어머니날은 본래 '평화를 위한 어머니날'이라 불렸는데 노예폐지론자이자 여성참정권론자이며 시인인 줄리아 워드 하우의 착상에서 비롯되었다. (하우는 남북전쟁 때 북군의 애국가였던 〈공화국 찬가Battle Hymn of the Republic〉의 노랫말을 쓰기도 했다.) 하우가 1870년에 쓴 시 「어머니날 선언Mother's Day Proclamatio」은 어머니날에 대한 비공식적인 발기문으로 여겨진다. 하우는 남북전쟁이 발발한 직후에 모든 여성에게 하나로 뭉쳐 평화의 힘이 되자고 요청하기 위해 이 시를 썼다.

어머니날이 소위 발전이란 것을 하고 상업화해서 이제는 웬만큼 좋은 식당은 예약하기가 하늘의 별 따기인 날이 되었지만, 그

266

근원은 전쟁의 와중에 아이들이 죽는 것을 막고자 어머니들이 내지른 비통한 울부짖음이었다. 하우의 선언이 통렬하게 명시하듯 말이다.

> 우리 아이들을 품에서 **빼앗겨** 박애와 연민과 인내를 잊게
>   하지 않으리.
> 우리가 자식들에게 가르칠 수 있었던 모든 것은 그 세
>   가지뿐이었으니.

하우가 어떤 어머니였는지 보여주는 작은 실례가 있다. 하우는 선언을 다른 시처럼 불빛 한 점 없는 어둠 속에서 썼는데, 어린 자녀들을 깨우지 않으려고 스스로 터득한 기술이었다.

이런 것이 바로 여성은 하지만 남성은 좀처럼 할 수 없는 일이다. 여성은 이런 일을 잘 해낸다. 아이들을 깨우지 않기 위해 어둠 속에서 시를 쓰는 것처럼 언뜻 불가능해 보이는 일을 잘 해낼 수 있는 것이다. 여성은 아주 천부적인 소질이 있어서 누군가 세상을 뜨면 모두들 여성들이 잘 해내리라고 생각한다. 여성들이 느끼고, 돌보고, 자세히 살피며, 분탄을 줍고, 가족의 평형을 위협하는 모든 동요를 잠재우는 일을 능숙히 해내리라고 기대하는 것이다. 하지만 여성이 커다란 개인적 희생을 치러서까지 기대에 부응해도 이를 기려 칭찬을 받거나 성인으로 추앙받지는 못한다. 사람들은 "그 여자는 원래 그런 일을 잘해"라고 치부해버린다. 하지만 기

대를 충족시키지 못하면, 여성 자신도 사랑하는 이들을 실망시켰다는 책임을 느낄 테고 사람들은 뿔뿔이 흩어지며 그 여성을 비난할 것이다. 태만하다는 비난이 으레 그 여성 뒤를 따라다닐 것이다. 이런 현상을 빗댄 고약스러운 영국의 옛 속담이 있다.

여자는 자리를 잘못 잡았다.

여성은 슬플 때, 사람들이 자신에게 건 기대에 부응하든 그러지 못하든 결코 남성과 동등한 대우를 받지 못한다. 슬픔에도 유리천장이 있다. 여성은 슬픔을 겪는 동안 넘치는 사랑과 격려와 동지애를 처음 접한다. 하지만 그 다음에는 어머니날의 아침 식사 같은 일들이 벌어진다. 다른 이들은 모두 아주 빠르게 일상으로 되돌아간다. 사람들은 여성이 예전처럼 가족과 부모의 가족, 형제자매와 친구와 동료를 결속해주리라 기대한다.

슬픔에 젖은 남성이 통상적인 성 역할을 넘어선 행동을 하면 우상으로 떠받들릴 텐데, 여성은 좀처럼 경험하지 못하는 일이다. 남편과 사별한 지 얼마 안 되는 여자가 열두 살 아들의 농구 경기마다 모습을 보이면, 모두들 당연하다는 듯 무심하게 여긴다. 하지만 막 홀아비가 된 남자가 아이들에게 먹일 샌드위치를 만들면 케이블 방송 프로듀서들이 〈사랑은 도시락이다〉 같은 프로그램에 출연해달라고 단숨에 달려올 것이다.

비극이 벌어지면 남자들은 사소한 행동만으로도 표창을 받지만 여자들은 옆으로 밀려나 있다가 정말 험하고 지저분한 일을 맡아 처리하게 된다. 이 말은 여성들이 모골이 송연한 상황을 마주하게 될 수도 있다는 의미다.

그러나 여성은 모골이 송연한 것까지 받아들여 상황을 잘 처리할 수 있다. 또한 질병과 비극과 죽음으로 참혹하게 일그러진 육체와 대면하는 놀라운 능력이 있어서 남자들처럼 주검을 외면하지 않는다. 여성은 아무리 기괴한 것과 마주해도 감정의 요구를 우선시한다. 즉, 여성은 보살핌이 필요한 사람들을 위해 물리적으로도 감정적으로도 그 자리에 있어주는 것이다. 상황이 아무리 불결하고 어지럽더라도 말이다.

이런 특성은 여성의 육체 중심주의와도 관련이 있다. 남성은 대체로 육체에 대해 결벽증이 있다. 그래서 수년 동안 병원에 발을 들여놓지 않고도 산다. 남성에게 자신의 몸은 운동을 하고 드레스셔츠를 채우는 것이며, 자식들의 몸이란 기저귀를 몇 년만 채우면 마술과도 같이 다 자라는 것일 뿐이다. 반면 여성은 자신의 몸과 자식들의 몸을 훨씬 더 깊이 이해한다.

가장 끔찍한 상황에서도 현장에 남아 있으려는 여성의 본능은 성인이 되면 더 발달하지만 어렸을 때부터 줄곧 지녀온 특성이기도 하다. 우리는 십대 후반의 여성들이 비극적 사건에 반응하는 태도에서 이런 본능이 행동으로 나타나는 것을 목격했다. 이 또래 여성들은 나서지 않고 내성적이며, 관심의 대상이 되는 것을 부담스러워한다. 하지만 슬픔과 마주하게 되면 아주 다른 사람이 된다. 그들 안에 있는 무언가가 상황을 감당한다. 팔이 두 배로 길어져 모든 사람을 끌어안는 듯 보인다. 그런데 이 젊은 여성들은 머리와 머리가 맞닿게 포옹하지 않는다. 대신 사람들이 제 존재를 느끼고 보호받는다고 느끼도록 자신의 품으로 그들의 머리를 감싸 안는다.

이상하게도 젊은 남성은 그와 정반대의 태도를 보였다. 그 나이의 젊은 남자들은 세계를 품에 안은 듯 자신에 넘치는 것이 보통이다. 하지만 슬픔이 닥치면 그 같은 허세는 급격히 수그러든다. 소심해져서는 눈은 내려뜨고 팔짱을 낀다.

여성은 나이가 들어가면서 비상한 용기와 짝을 이룬, 현장에 있고자 하는 본능이 커진다. 덕분에 돌보아야 할 사람이 있는 한 아무리 소름 끼치는 상황에서도 자리를 지킨다. 이 본능이 얼마나 혹독한 상황을 감당하는지 믿을 수 없을 정도다.

『사람은 어떻게 죽음을 맞이하는가』에서 셔윈 눌랜드는 아홉 살 여자아이 케이티의 죽음을 묘사한다. 케이티는 전혀 모르는 사람의 칼에 찔려 죽었다. 중년의 편집증적 정신분열증 환자가 백주 대낮에 거리 축제에서 뜻하지 않게도 케이티를 낚아챘던 것이다. 모든 광경을 목격한 케이티의 어머니는 살인자가 제지를 당한 후에 생명이 떠나간 딸의 몸을 부여잡았을 때의 상황을 이렇게 이야기했다.

그 앤 저와 제 너머를 바라보고 있었죠. ……그 눈에는 아무런 고통의 표정도 없었어요. 대신 놀란 표정이 있었죠. ……전에 화가에게 케이티의 초상화를 그리게 한 적이 있는데, 놀란 눈빛이 그때와 똑같았어요. 케이티의 두 눈은 활짝 열려 있었지만 공포에 차 있지는 않았어요. 그건 흡사 천진함처럼 보였죠, 천진한 해방처럼요. 유혈의 한복판에서 엄마인 저는, 실은 딸아이의 눈을 들여다보며 위로를 받았답니다. 의식은 없었지만, 왠지 그 애가 제가 옆에 있다는 걸, 엄마가 죽어가는 제 곁을 지키고 있다는 걸 아는 것 같았어요. 전 그 애를 세상에 데려왔고, 그 애가 세상을 떠날 때 옆에 있었습니다. 공포와 전율에도 불구하고 전 딸아이 곁에 있었습니다.

여성은 이와 같은 일이 벌어졌을 때 그 상황을 감당해낼 수 있을 뿐 아니라 내면에 간직한 대대로 물려받은 본능을 세차게 드러낸다. 이는 사랑하는 이에게 무언가 끔찍한 일이 일어날 수밖에 없다면, 내가 곁에 있겠다, 기꺼이 곁에 있겠다는 의지다.

사랑하는 사람의 죽음을 곁에서 지켜보지 못한 여성은 그렇지 않은 여성보다 슬픔으로 인해 훨씬 더 힘든 시간을 보낸다. 곁에 있지 못한 여성은 자신의 부재에 죄책감을 느낀다. 그래서 슬픔을 통과하는 방법으로 흔히 죽음의 순간으로 돌아가는 길을 찾는다. 상상 속에서라도 말이다. 이는 일찍이 남자들은 시도해본 적이 없는 방법이다.

수전 로웬스타인이 팬암 103기 추락사고로 사랑하는 사람을 잃은 이들을 모델로 작업한 조각상 〈어두운 비가〉의 경우에도 남성은 아무도 모델을 해보겠다고 나서지 않았다. 그러나 76명의 여성은 현장에 있고자 하는 강렬한 본능으로 1988년 12월 21일에 일어난 사건의 충격과 그로 인해 겪은 감정을 고통스럽게 재현했다. 예술작품으로 기억되는 것을 보기 위해서였다.

2007년, 〈어두운 비가〉에 청동을 입히고 워싱턴 D. C.로 옮겨 모든 테러 희생자에게 바치는 기념물로 삼자는 제안이 내무부에 접수되었다. 결정을 내릴 조사위원회는 남성들(샌님 같은 정부 관료들)로만 구성되었다. 결국 제안은 부결되었는데, 조사위원회에 따르면 "테러 희생자를 위한 기념물을 세우자는 제안은 훌륭하지만" "좀 더 온화한" 기념물을 찾는다는 이유에서였다.

남자들이 여성의 이런 본능과 본능적 충동, "왠지 그 애가 제가 옆에 있다는 걸, 엄마가 죽어가는 제 곁을 지키고 있다는 걸 아는 것 같았어요"라고 말할 수 있는 데서 느끼는 위안을 이해하려 들지 않는다는 건 놀라운 일이 아니다. 남자들은 이 같은 비극적 사건을 회고하고자 하는 내면의 요구도 이해할 수 없었을 것이다. 남자들은 돌아가고 싶어 하지 않는다.

그러나 회고를 통해서만 슬픔에서 벗어날 수 있는 사람도 있다. 프랜 슈머가 쓴 《뉴욕 타임스》의 기사에서 컬럼비아 대학교 캐서린 시어 박사는 슬퍼하는 사람들이 고통의 올가미에 빠질 수 있다고 설명한다. 시어 박사는 이 올가미를 "복잡한 슬픔"이라고

272

부르는데, 비공식적인 정의이긴 하지만 너무나 강렬해서 다른 욕망을 제거해버리는 사랑하는 이에 대한 그리움도 증상 중 하나다. 삶이 아무런 의미가 없으니 기쁨은 출입금지다.

> 복잡한 슬픔과 싸우기 위해 시어 박사는 16주 과정의 치료를 개발했다. 이 치료의 핵심은 외상 후 스트레스 장애를 다루는 인지행동 치료를 적용한 것이다. 환자는 죽음을 상세하게 생각해내라는 요구를 받고, 치료자는 환자의 회고를 테이프에 녹음한다. 환자는 매일 집에서 이 녹음테이프를 다시 들어야 한다. 이 치료 단계의 목표는 슬픔이 테이프처럼 집어 들거나 치워버릴 수 있는 것임을 보여주는 것이다.

2005년, 시어 박사는 "이 치료법이 우울증이나 사별의 슬픔을 치료하기 위해 사용되는 기존 대인관계 치료법보다 두 배 더 효과 있다"는 증거를 《미국의학협회지》에 발표했다. 시어 박사의 치료법은 사별을 겪고 슬퍼하는 여성들이 처음부터 깨닫고 있던 것, 즉 회고가 도움이 된다는 사실을 확인해준다.

조앤 디디온은 『상실』을 희곡으로 각색하는 과정에서 서른아홉 살 딸, 퀸타나의 죽음을 회고했다. 같은 제목의 회고록은 퀸타나가 죽기 1년 전에 탈고한 상태여서 딸의 죽음에 대한 언급이 없다. 출판사에서 원고를 수정해서 퀸타나의 죽음을 포함시키고 싶은지 물어왔을 때 디디온은 이를 정중히 거절했다.

출간 당시 연극 제작자 스콧 루딘이 이 책을 버네사 레드그레이브 주연의 일인극으로 만들면 어떻겠냐고 제안했다. 마음만 먹으면 책을 적당히 손봐서 희곡으로 각색하는 것은 어렵지 않았을 터였다. 그러나 책을 쓸 때까지만 해도 디디온은 마음의 준비가 되지 않아 퀸타나의 죽음을 회고하지 못했었다. 하지만 연극으로는 해보기로 했다. 연극의 절반 정도가 책의 내용을 손보지 않고 그대로 옮겨놓은 것이라면, 남은 절반은 딸의 죽음을 고통스럽게 곱씹는 내용이다. 데이비드 헤어 감독의 말에 따르면 레드그레이브가 처음 대본을 큰 소리로 읽었을 때 디디온은 엄청난 충격에 빠졌다.

공연은 숨이 멎을 만큼 감동적이었다. 홀로 무대에 서서 청중을 똑바로 쳐다보며 이야기하던 레드그레이브는 그날 저녁을 장악했다. 레드그레이브는 관객 전체와 일대일로 대화할 수 있는 배우였다. 덕분에 관객은 현장의 주인공이 된 듯한 흥분을 느끼며 연극을 관람할 수 있었다.

연극 〈상실〉은 2007년 8월 25일 종연했다. 이후 레드그레이브는 2009년 4월 27일 단 하루 자선 공연을 열어 그 수익금을 줄리아 워드 하우 자선기금으로 유니세프에 기부하려 했다. 줄리아 워드 하우가 살아 있었다면 선언문을 지어주었을지도 모를 일이다.

그러나 이 자선 공연은 취소되었다. 연극이 무대에 오르기 불과 몇 주 전에 레드그레이브의 딸인 배우 나타샤 리처드슨이 캐나

다에서 스키를 타다가 머리에 심각한 부상을 입었기 때문이다. 사흘 뒤, 뉴욕 레녹스 힐 병원으로 옮겨진 리처드슨은 생명유지 장치를 제거하자 숨을 거두었다. 15년을 함께 산 남편(배우 리암 니슨)과 어린 두 아들을 남겨둔 채. 레드그레이브는 죽어가는 딸에게 자장가를 불러주었다.

레드그레이브는 딸이 죽은 지 몇 달 뒤 딸을 잃은 어머니라는 이유로 어떤 특별대우나 차별도 받고 싶지 않다는 뜻을 분명히 밝혔다. "내가 우리 가족의 가장이라는 말은 전부 순 헛소립니다. 저도 딱 사위나 손자들만큼 가슴이 무너진 상태니까요." 이처럼 슬픔 속에서 자신보다는 타인을 더 걱정하는 태도는 여성, 특히 어머니들의 뚜렷한 특징이다.

4월로 예정되어 있던 자선 공연은 8월 이후로 일정이 다시 잡혔다. 버네사 레드그레이브는 2009년 10월 26일 다시 무대에 올라 조앤 디디온이 딸의 죽음을 회상하며 쓴 대사를 읊조렸다.

네게 물어봐야 할 게 있구나.
내가 네게 거짓말을 했니?
내가 평생 네게 거짓말을 한 거니?
내가 걱정 마, 엄마가 있잖아, 했을 때
그 말이 거짓이었니? 아니면, 넌 그 말을 믿었니?

종교

슬픔을 겪고 신앙에 대한 태도가 달라지는 이들이 많다. 슬픔 때문에 누군가는 믿음을 잃고 누군가는 믿음을 얻는가 하면, 누군가는 신앙에 더더욱 매달리고 누군가는 소원해진다.

한 가족 구성원들이 서로 다른 종교를 믿는 경우도 있다. 가톨릭 신자인 할아버지가 특정 종파에 속하지 않는 무종파 교회에 다니는 손자에게 "너 아직도 그 가짜 교회에 다니냐?" 하고 묻는다. 특정 종교의 신도에서부터 종교 바깥에서 개인적 영성을 추구하는 이와 애초부터 종교에 아무런 관심이 없는 이까지 그 면면도 다양하다.

신앙심이 깊은 사람들 사이에서도 신앙에 대한 헌신과 집중의 정도에 차이가 있다. 한편에는 독실한 신도들이 있다. 종교를 글자 그대로 신봉하는 완고한 교인들로, "진주로 된 천국의 문은 실제로 있어요, 그러니 그 문에는 진주가 있지요. 더는 왈가왈부 마세요!"라고 하는 사람들이다. 다른 한편에는 종교의식에 항상 참여하지는 않더라도 종교가 인생과 문화, 가정생활에서 중요한 부분을 차지하는 사람들이 있다. 이런 사람들은 풋볼 시즌에는 가장 짧은 예배나 미사에 참석하고 세례를 받을 때나 결혼을 할 때, 장례식 때만 교회에 간다. 어느 가톨릭 사제는 이들을 세례식, 결혼식, 장례식 신자들이라고 불렀다.

토속신앙을 믿는 사람들 사이에서조차 폭넓은 차이가 발견된다. 어떤 이들은 다양한 종교의식과 서적, 여러 종교사상을 접한 것에 고양되어 자신이 영적이라고 한다. 폭포에서 결혼을 하는 유의 사람들이 이런 부류다. 반대쪽 끝에는 모든 종교를 맹렬히 반대하는 사람들이 있다. 이런 사람들은 마을 우체국 잔디밭에 말구유와 아기 예수를 꾸며놓으면 항의를 할지 모른다.

신앙에 대해 한 번도 흔들린 적이 없다고 생각했던 사람들은 내면에서 새로운 감정, 부정할 수 없는 감정이 생기면 갈팡질팡하기 시작한다. 이런 경험이 가장 강렬하게 나타나는 경우는 종교적 신념이 강한 사람이 크나큰 슬픔에 겨워 믿음을 잃을 때다. 아내를 잃은 직후 C. S. 루이스의 저작들은 신앙에 대한 회의로 가득하다.

> 그런데, 신은 어디에 있지? 이런 의문이 가장 마음을
> 어지럽힌다. ……가장 절박할 때, 다른 모든 도움이
> 공허할 때 신에게 찾아가면 무엇이 기다리는가. 면전에서
> 문을 쾅 닫아버리고는 안에서 이중으로 빗장을 지른다.

그다음은, 침묵. 차라리 돌아서라. 기다리면 기다릴수록
침묵은 더 강고해질 테니. 창문으로 빛 한줄기 흘러나오지
않는다. 빈집일지도 모른다. 누가 살긴 살았을까?

믿음을 잃으면 이런 느낌이 든다. 부모에게 배신을 당한 것처
럼, 쫓겨나서 홀로 떠도는 것처럼 상처가 쓰리다. 신앙심이 두터운
사람에게 믿음을 잃는 것은 전부를 잃는 것처럼 느껴지기도 한다.

홀로코스트 경험을 바탕으로 쓴 소설 『나이트 *La Nuit*』에서 엘
리 위젤Elie Wiesel(1928~, 루마니아 태생의 미국 작가로 1986년 노벨평화상을 수상했
다―옮긴이)은 강제수용소 포로들이 어떻게 실낱같은 믿음에 의지
해 처절한 죽음의 공포에 무릎 꿇지 않는지를 밝힌다. 그러나 그
실낱같은 믿음에 매달리는 것조차 쉽지 않다.

위젤은 항상 입술을 떠는 허리 굽은 늙은 노인 랍비를 묘사하는
데, 그는 아무리 애를 써도 신앙에 매달릴 수가 없다.

그는 항상 기도를 했다. 숙소에서도, 작업장에서도, 줄을
지어 서서도 기도했다. 기억을 더듬어가며 탈무드를
처음부터 끝까지 암송했고, 자기 자신과 논쟁을 벌였고,
스스로 묻고 스스로 답했다. 그러던 어느 날, 그가 이렇게
말했다. "끝이야. 신은 이제 우리와 함께하지 않아.
……알고 있네. 아무도 이런 말을 할 권리가 없다는 걸.
알고 있어. ……하지만 내가 뭘 할 수 있겠나? 난 현인도

278

아니고, 선민도 아니고, 성자도 아닐세. 그저 살과 피로 된 평범한 피조물일 뿐이네. 나도 눈이 있어 여기서 저들이 저지르는 만행을 보네. 신의 은총이 어디 있나? 신이 어디 있어? 내가 어떻게 믿을 수 있겠나? 누군들 믿을 수 있겠나, 이 자비로운 신을?"

위젤은 아키바 드러머라는 또 다른 남자 이야기도 쓰는데, 신앙을 잃어버린 그는 살아갈 이유를 느끼지 못한다.

그는 자신의 신앙에 첫 균열이 생기는 것을 느끼자 살기 위해 몸부림칠 이유를 잃었고, 자기도 모르게 죽음의 세계에 발을 들여놓기에 이르렀다. ······그가 우리에게 부탁하는 것이라고는 "사흘 뒤면 나는 더 이상 여기 없을 걸세. ······나를 위해 카디시(유대교에서 근친상을 당한 사람이 11개월 동안 매일 예배에서 드리는 기도 ─ 옮긴이)를 해주게"가 전부였다. 우리는 그러마고 약속했다.

믿음을 완전히 잃어버리는 이들이 분명 있지만 신앙에 매달리는 이들, 때로는 믿음이 더 깊어지고 더 진실해져서 절망을 빠져 나오는 이들이 훨씬 더 많다. 한때 종교를 나들이옷을 차려입고 자선바자회에 참석하고 친구들과 어울리는 등 즐거운 것으로만 생각했던 이들은 슬픔으로 인해 어둠의 나락으로 떨어졌을 때 신앙이 계속 자신의 곁에 있어준다는 것을 깨닫는다. 시인 제인 케니언은 인상적인 단시에서 이런 경험을 표현했다. 시인은 이 시를 말기 암 치료를 받던 중에 썼다.

> 뒤틀린 우주의 신은, 그 인정머리 없는
> 신은, 우리를 돕지 않으리
> 대신 어머니 옷자락 끝에 피를 뿌린
> 그 아들이 도우리

많은 사람들이 비슷한 경험을 들려주었다. 종교가 인간의 고통에는 아랑곳없는 추상 개념(케니언의 표현대로 "뒤틀린 우주의 신")이라고 느껴질 때, 사람들의 믿음은 생생한 고통이라는 번잡한 현실과 더 가까워져서 더 진실해지고 더 잘 느껴진다. 예수의 십자가 처형을 다룬 복음서에 나오는 예수의 말에서 크나큰 위안을 얻었다는 여성이 있었다. 바로 예수가 죽기 전에 한 "주여, 주여, 왜 저를 버리셨나이까?"였다. 예수가 고통 속에서 신에게 버림받았다고 느꼈다면, 고통스럽도록 슬플 때 신에게 버림받았다고 느끼는 자신을 용서할 수 있겠다는 것이 요지였다. 그 여성은 비극에 이끌려 삶의 밑바닥까지 내려왔지만, 성경 구절이 자신과 함께 그 어두운 곳까지 내려왔음을 깨닫자 믿음이 튼실해져서 절망으로부터 헤어 나온 것이다.

종교에 관한 고전적인 문헌들은 인간의 보편적인 감정을 아름다운 언어에 담아 길이길이 남겼다. 앞서 여성이 인용한 "왜 저를 버리셨나이까?"는 그리스도가 등장하기 수세기 전부터 있던 말로 구약성서 시편 22장에 나온다. 그리스도 사후 수많은 세월이 흐르는 동안 세계 도처의 사람들이 이 말을 입에 올렸을 것이다. 고통의 도가니에 빠진 헤아릴 수 없이 많은 평범한 사람이 편한 대로 바꿔 말했겠지만 말이다. "왜 저를 버리셨나이까?"

신앙생활에서 가장 큰 힘이 되는 것은 기도문이다. 기도문은 위기의 순간에 특히 더 진가를 발휘한다. 슬픔 때문에 마음이 어지러울 때나 어떤 위기 상황에서든, 사람들은 익숙하게 배열된 낱말들을 곧장 떠올린다. 주요 종교의 공인된 기도 문구는 흔히 감동적이고 정연하다. 그래서 동네 축구단이 식당에서 머리를 숙이고, 코치가 즉석에서 "주여 오늘 여기 함께 모이게 해주시고, 페퍼로니를 얹은 이 피자를 축복해주셔서 감사합니다" 하고 기도를 하면 아주 우스꽝스럽게 들린다.

힘든 상황에 처하게 되면 사람들은 대개 외우고 있는 기도문에 의지해 위안을 얻는다. 기도는 비참한 상황에 처한 인간이 가장 마지막으로 의지할 수 있는 것이다. 아키바 드러머는 혹독한 고문과 같은 강제수용소 생활 때문에 결국 신앙을 잃어버렸으면서도 여전히 사람들에게 자신을 위해 기도해달라고 부탁한다. 그리고 친구들에게서 카디시를 해주겠다는 약속을 받아낸다. 약속을 지킬 상황이 아닌 데다 결국 그 약속을 잊게 될지라도 친구들은 아키바에게 카디시를 해주겠다고 약속했다. 신앙심이 깊은 사람에게 기도는 변치 않는 최후의 보루이자 마지막까지 남는 버팀목이다. 그래서 "아무런 희망이 없다"는 표현이 "Hasn't got a prayer"인 것이다.

주위에 슬퍼하는 이가 있다면 사람들은 어떤 신성한 방법으로 연민을 표시해야 한다고 느낀다. 당신이 신앙심 깊은 사람이라면 이때가 바로 기도가 큰 도움이 되는 때다. 사람들은 늘 "당신을 위해 기도할게요"라고 말한다. 손자 손녀를 둔 한 여성은 냉장고 문에 기도해줄 사람들 명단을 붙여놓았다. 손자가 "왜 어떤 이름에는 가위 표시를 하셨어요? 나아지지 않아서요?" 하고 묻자 할머니는 "아니, 그 사람들은 죽었단다" 하고 대답했다.

신앙심이 깊지 않은 사람도 동정심을 신성하게 표현하고자 하는 욕구가 똑같이 있다. 하지만 그들에겐 암기하고 있다가 편리하게 끌어다 쓸 수 있는 기도 문구가 없다. 그래서 기도해주기를 대신할 수 있는 것들을 생각해내야 한다. 억압받는 사람들에 대한 사랑의 실천을 삶의 목표로 삼았던 프랑스 사상가 시몬 베유는 "절대적으로 순수한 관심이 기도"라고 생각했다. 기도가 잊지 않고 사랑하는 사람을 생각하고자 매일 밤 촛불을 밝히는 것처럼 단순하다는 것이다. 어느 여성은 아들을 잃은 동료의 이름을 종잇조각에 적어서 책상에 붙여두고 종일토록 슬픔에 젖은 동료에게 순수한 관심을 보이는 것을 잊지 않았다.

이런 변형된 기도는 여러 가지가 있다. 프란츠 카프카는 "쓰는 것이 기도하는 것"이라고 했다. 성 베네딕트는 "라보라레 에스트

오라레Laborare est orare"라고 했는데, 번역하면 "일하는 것이 기도하는 것"이라는 뜻이다. 여러모로 볼 때, 무언가를 기도라 부르고 의사소통의 형태라 생각하면 그것이 기도가 되는 것이다. 요리하는 것이 기도인 사람도 있다. 신화학자 조지프 캠벨은 기도를 하느냐는 질문을 받고 이렇게 대답했다. "아닙니다. 대신 매일 밤 수영을 하고 자리에 앉아서 아내와 술을 한잔 합니다."

슬플 때는 믿음이 깊지 않은 사람들도 장례식이나 철야, 추도식처럼 기도하는 상황에 처하게 된다. 그들에게는 기도 문구가 오래된 표현과 생경한 용어투성이일 것이다. 하지만 돌아서 나오지 말고 귀 기울여, 소수만이 알아듣는 비전秘傳의 언어 너머에 있는 의미와 시를 음미해보라. 종교의식의 일부가 아니라 글이라고 생각하고 보면 공들여 다듬은 문학작품이라고 해도 손색없는 기도 문구도 많다. 슬픔에 젖은 시인과 정신의학자와 해부학자가 슬픔이란 경험을 설명하고자 공동연구를 한다고 해서 시편 22장에 나오는 아래 시행보다 더 나은 결과를 얻을 수 있을지는 의문이다.

나 물같이 쏟아져버렸고
뼈마디가 모두 어그러졌습니다.
내 가슴 굳어져 밀랍이 되더니
내 속에서 녹아 없어져버렸습니다.
내 힘이 말라 질그릇 조각 같고
내 혀가 입천장에 붙었습니다.

주께서 나를 흙 속에서 죽도록 내버려두셨기 때문입니다.

이 같은 운문이 오랜 세월 우리 곁에 머무는 이유가 있다. 종교
예식과 명백한 관계가 있다는 것은 차치하고라도 리듬과 시적 이
미지와 은유 덕분에 흡사 음악처럼 읽히는데, 음악처럼 사람을 감
동에 젖게 하는 힘은 달리 없기 때문이다. 음악은 다른 예술 형식
과 달리 인간 잠재의식의 문을 열 수 있을 만큼 심오하다. 음악이
들려오면 사람들은 무심결에 콧노래를 흥얼거리거나 발장단을
맞추고, 가끔은 자기도 모르게 감동한다. 우리 인간은 본능적으로
음악에 감응한다.

음악은 사람들이 지니고 있는 것 중에서 종교적 경험과 가장
유사하다. 그런데 음악은 값싼 대용물이 아니다. 내내 눈을 감고
소파에 누워 좋아하는 음반에 귀 기울이는 것보다 더 나은 관념
적인 쾌락은 좀처럼 찾기 힘들다. 공인받은 인문주의자이자 제도
종교를 공공연히 비판하는 작가 커트 보니것은 자신의 묘비명을
"신의 존재를 확신하기 위해 그에게 필요했던 증거는 음악뿐이었
다"로 써달라고 부탁했다. 모든 주요 종교가 음악을 활용하는 점
을 주목해보면 흥미롭다. 음악은 여러 종교를 연결해주는 유일한
공통점이다. 음악과 종교의 기원을 두고 이런 질문도 가능할 것이
다. 어떤 게 먼저 생겼을까? 신 아니면 음악?

대부분의 사람은 음악을 영적 표현의 한 형식으로 생각한다.
음악의 역사를 일별해보면 뼛속 깊은 무신론자이거나 사상이 자

유로운 작곡가들조차 죽은 이의 영혼을 위로하는 진혼곡을 썼다. 또 누군가에게 반하면 맨 먼저 하는 일이 좋아하는 곡들을 골라 녹음해서 주는 것이라는 사실은 젊은이라면 누구든지 공감할 것이다.

사별의 슬픔에 빠져 있다면, 이런 아이디어를 모아 현대 과학 기술과 진혼곡을 결합해보는 것도 괜찮으리라. 애도하는 사람의 다양한 면을 표현하는 데 적합한 음악을 전송받은 다음, 선별하고 배열해서 당신만의 즉석 진혼곡을 작곡해보는 것이다. 슬픔의 단계 중에서도 특히나 힘든 단계에서 꼼짝 못 하고 있다면 이런 노력들이 특히 더 도움이 되리라. 진혼곡이란 말은 어쨌든 휴식을 의미하니 말이다.

폴 매카트니는 거의 8년 동안 진혼곡을 작곡해볼 생각으로 이런저런 곡들을 완성했지만 무대에 올릴 만한 게 없었다. 1998년, 29년을 함께 산 아내 린다가 유방암으로 세상을 떠나자 매카트니는 아내를 추모하며 진혼곡을 완성했다. 영국 옥스퍼드 셀도니언 극장에서 2001년 11월 초연된 이 진혼곡의 제목은 〈에체 코라 메움Ecce Cora Meum〉이다. '내 가슴을 보라'는 뜻이다.

존경

———

세상을 떠난 사랑하는 이를 존경하는 방식은 그 의미가 아주 깊다. 고인을 존경할 때 가장 중요한 것은 진정성이다.

미국 문학에서 사자에 대한 존경을 가장 감동적으로 그린 작품 중 하나가 존 스타인벡의 『분노의 포도』다. 조드 가족이 캘리포니아로 가는 도중에 할아버지가 숨을 거둔다. 장례를 치르려면 40달러가 드는데, 남은 가족들이 서부로 가려면 그만한 돈을 떼어 쓸 수가 없는 형편이다. 결국 그들은 가족의 미래를 위해 빈민처럼 할아버지를 직접 길가에 묻기로 한다.

아버지가 침착하게 입을 열었다. "할아버지는
증조할아버지를 당신 손으로 묻으셨다. 위엄을 갖춰서
말이다. 그리고 손수 삽으로 흙을 떠 무덤을 보기 좋게
꾸미셨다. 그때는 아비가 아들의 손에 묻히고 또 아들은
아비를 제 손으로 묻을 권리가 있었다. 비록 법을

거스르는 일이긴 하다만 나는 내 아버지를 장사 지낼
권리가 있다.”

법이든 풍습이든 그 밖의 어떤 것에 저촉되더라도 아버지 조드는 제 아비를 진정으로, 스스로 옳다고 생각하는 방법으로 존경할 것이다. 조드 가족은 할아버지를 묻을 때 이름과 사망 경위를 적은 메모를 함께 묻는다. 아버지는 “할아버지는 그렇게 외롭지는 않으실 게다. 그냥 외롭게 땅에 묻힌 노인이 아니라, 당신의 이름이랑 함께 묻힌 걸 아실 테니 말이다”라고 말한다. 다음은 조드 가족이 남긴 편지이다.

여기 이 분은 윌리엄 조드인데, 뇌졸중으로 눈을 감은
아주 늙고 늙은 남자입니다. 가족이 장례를 치를 돈이
없어 직접 묻었습니다. 누가 죽인 게 아닙니다. 그냥
뇌졸중이 와서 돌아가셨습니다.

솔직하게 쓴 이 짧은 편지는 의도하지 않았지만 존경을 바치는 시처럼 읽힌다. 이 편지를 보고 누군가는 셰익스피어의 유명한 시구를 읊을 수도 있겠다.

대리석도, 금을 입힌 왕자의 비석도 이 감동적인 시보다
더 오래 살아남지는 못하리.

사랑하는 이를 존경하는 데 금을 입힌 비석은 필요 없다. 아무리 하찮은 언행이라도, 존경의 표현임을 의식하고 행한다면 의미 있는 것이 된다. 열 살 난 남자아이가 할아버지를 잃었다. 아이는 난생처음 장례식장에 들어가 시신을 볼 생각에 두려운 나머지 공황에 빠졌다. 장례식 전날 아침 건장한 삼촌 하나가 조카에게 뭔가 문제가 있음을 알아보았다. 결국 소년은 무엇 때문에 그렇게 불안한지 털어놓았다. 대개의 어른들은 이런 상황에서 생색을 내며 "내가 번쩍 들어 올려줄 테니 할아버지를 보려무나" 하고 목청을 높인 다음, 무슨 통과의례라는 듯 소년을 관으로 끌고 갈 것이다.

그렇지만 이 삼촌은 감정을 잘 읽는 사람이었다. 그는 조카에게 장례식장 맨 뒤에 있는 문 옆에 서 있으면 어떻겠냐고 제안했다. "그냥 멀리 떨어져서 잠깐 보는 거야. 할 수 있으면. 여기 계속 있고 싶지 않으면 지금 당장 나가도 돼. 내가 나중에 찾으러 갈 테니까." 이 삼촌은 현명하게도 어린 조카가 모든 것을 스스로 결정하고, 소심하지만 나름의 방식으로 존경심을 보이도록 배려한 것이다. 소년은 삼촌의 제안을 따라 멀리 떨어진 채로 가장 중요한 것을 흘끗 보았고, 꽤 오래 거기 머물며 경의를 표하는 태도로 조심스럽게 행동했다. 이렇게 소년은 어려운 모험을 향해 중요한 첫걸음을 떼었다. 그것으로 충분했다. 시신을 봐야 한다는 두려운 생각에서 놓여난 소년은 좀 더 자유롭게 장례식 전에 치르는 경야의 이모저모를 받아들였다. 할아버지 친구들이 할아버지가 얼마나 멋진 분이었는지 줄줄이 이야기하는 것을 들었고, 할아버지의 어릴 적 여자친구들도 만나보았다. 모든 것이 다 끝났을 때 삼촌이 소년에게 말했다. "네가 잘 해내는 걸 보니 믿음직하더구나."

존경의 의미는 저마다 생각하기 나름이다. 세상을 떠난 사랑하는 사람의 시신에 존경을 보이는 방식을 보면 고인의 육신을 아직도 그 사람이라고 느끼는 이들과 그렇지 않은 이들이 있다. 시신을 신성하게 여긴 나머지 유해와 어떤 상호작용을 하고 싶은 욕구를 느끼는 이들도 있다. 그들에게 이런 상호작용은 의미가 크다. 만약 이 자연스러운 욕구를 충족시킬 기회를 뺏긴다면 내면적으로, 또 타인들과의 관계에서 갈등을 겪을지도 모른다.

어떤 이들에게는 시신이 적절한 위엄을 갖춰 대해야 할 생물체에 불과하다. 이들에게는 고인의 유해가 고인이 생전에 사용했던 생명 없는 소유물, 이를테면 자동차보다 고인의 본질에 더 가깝다는 말이 무의미하다. 이런 사람들은 세상을 뜬 사랑하는 이가 벌써 멀리 가버렸다는 전제하에 장례식과 철야와 매장에 참석한다.

어느 쪽이든, 사랑하는 사람의 시신을 함부로 다루는 것을 막아야 한다는 뜻은 존중해야 한다. 누군가 할아버지를 박제 전문가에게 보내고 싶어 한다면 ("어쨌든 아버지는 사냥을 좋아하셨잖아!") 결단코 말려야 한다. 하지만 대개는 이성적이고 정당하다고 인정되는 방법을 택해 고인에게 존경을 표한다.

사랑하는 이를 잃고 슬퍼하고 있다면 이래라 저래라 하는 압력에 저항해야 한다. 시신을 대하는 문제를 두고 느끼는 감정은 본능적인 것이지 견해에 따라 좌우되는 것은 아니다. 예를 들면 아내를 끔찍이 사랑한 C. S. 루이스는 아내가 세상을 뜨자 아내 없는 빈집을 왔다 갔다 했고, 사랑과 상실에 관한 위대한 책을 썼다. 하지만 루이스는 아내의 육신에는 관심을 보이지 않았다. 그는 묘지와 관련된 모든 생각을 몹시 싫어했다.

> 오래전 어느 여름 아침, 건장하고 쾌활한 노동자가
> 괭이와 물뿌리개를 들고 교회 묘지로 들어와서는 문을
> 닫고 친구들에게 "또 보세, 난 어머니를 찾아뵈려네"
> 하고 외쳤을 때 다소 충격을 받았던 게 기억난다. 그
> 남자의 말은 어머니 무덤의 잡초를 뽑고 물을 뿌리고
> 매만지겠다는 뜻이었다. 내가 그 남자 때문에 충격을 받은
> 이유는 묘지와 관련 있는 이런 모든 감정이 과거에도
> 싫었고 지금도 싫을 뿐만 아니라 생각조차 하기 싫기
> 때문이다. ……폭 90센티미터, 길이 180센티미터의
> 화단이 어머니가 되다니. 그 남자에게는 화단이 어머니를
> 상징하는 것이었고, 어머니와 자신을 연결해주는
> 고리였다. 어머니의 무덤인 화단을 돌보는 것이 어머니를
> 방문하는 것이었다.

슬픔에 빠졌을 때조차 개구쟁이 같았던 루이스는 이 남자의

어머니를 좀 더 생생하고 상세하게 묘사하지 않고는 배기지 못한다. 계속 못마땅해서 툴툴거리며 그 화단이 "꼭 살아생전의 어머니처럼 고집 세고 완강하며 다루기 힘들 때도 있다"고 쓴다.

루이스는 시신은 시신일 뿐이라는 신념을 성실하게 실천했다. 널리 알려진 두 사람의 아름다운 러브 스토리와 『헤아려본 슬픔』에 담긴 절절한 추억에도 불구하고, 루이스는 아내 조이와 함께 묻히지 않았다. 루이스는 조이를 화장해서 그 유해를 옥스퍼드에 있는 한 공공농원에 뿌리고는 자신은 옥스퍼드에 있는 성 트리니티 교회 묘지에 묻혀 있다. 그의 묘비명 "인간은 모름지기 이승에서의 여행을 견뎌내야 한다"는 모친의 부엌에 걸려 있던 달력에서 따온 말이라고 한다. 루이스의 묘석은 분명 자신의 어머니에게 올리는 존경의 목례일 것이다.

사랑하는 이의 유해와 교감하고자 하는 마음이 아내의 시신을 대하는 루이스의 태도만큼이나 확고한 이들도 있다. 펜실베이니아주 베로나에 사는 닐 산토레요의 아들은 이라크에 파병된 전차 지휘관이었는데, 도로에 설치된 폭탄이 터져 목숨을 잃었다. 산토레요 부부는 아들의 유해가 돌아왔을 때 군 인사과로부터 아들이 폭발 사고로 사망했기 때문에 시신을 볼 수 없는 상태라는 통지를 받았다. 하지만 근무 중에 사망한 군인의 가족은 그 유해를 볼 수 있는 법적 권리가 있었다. 닐 산토레요는 이 권리를 확인하자마자 다음과 같은 요청을 했다. "난 군 당국에 아들의 손을 잡아볼 수 있게 관을 조금만 열어달라고 요청했습니다."

오늘날에는 C. S. 루이스와 견해가 같은 사람들이 많아서 이 아버지의 행동을 극단적인 것, 심하게 말해 혐오스러운 것으로 느낄지도 모른다. 하지만 여전히 많은 사람이 시신과 어떤 형태로든 영적 교감을 나누고자 하는 강한 갈망을 보인다. 비록 아들이 하늘에서 툰더가스 농장 위로 떨어져 갈기갈기 찢겼지만, 수전 로웬스타인은 시신이 미국으로 돌아왔을 때 마지막으로 아들의 몸을 어루만져보지 않은 것을 후회한다. "그 애가 갈기갈기 찢겼으면 어때요. 내 아들인걸요." 수전의 말은 산토레요 가족의 말과 똑같았다.

> 정부는 관 속에 든 군인을 보는 걸 원치 않습니다.
> 하지만 이 애는 내 아들입니다. 내 아들은 이제 더는
> 군인이 아닙니다. 여러분은 아이 엄마와 내가 아들에게
> 작별인사를 하게 해주어야 합니다.

소설가 제이디 스미스는 아버지를 잃고서 사람들이 흔히 이야기하는 것보다 훨씬 더 평범하게 슬퍼했다.

> 간호사 한 사람이 내게 시신을 볼 기회를 한 번 주었는데
> 거절했다. 실수였다. 이 실수로 인해 살아 있던 한 남자가
> 불가해하게도 한 줌의 재로 변한 고약한 장난 같은 상황이
> 뇌리를 떠나지 않았다. 그런데 모두들 그게 장난은커녕

지극히 당연한 일이라는 듯 행동했다. 시신을 봤더라도 난 분명 아무런 동요도 느끼지 않았을 것이다. 시체 안치대 위에 놓여 있던 것은 이미 내 아버지가 아님을 알았을 테니 말이다. 사람들도 그렇게 말했다. 이렇듯 나는 아버지의 죽음을 직시하지도, 시신을 보지도 못한 채 유골만 받았다. 그리고 작가들이 으레 그러듯 이런 사실들을 엮어 이야기 하나를 지어내려 했지만 어쩌다 보니 정체 상태에 빠져들었을 뿐이다.

화장火葬이 점차 대중화하면서 스미스가 묘사한 경험은 누구에게든 또 언제든 일어날 수 있는 일이 되었다. 사랑하는 이의 유골을 건네받은 이들은 자신이 사랑한 사람이 이렇게 한 줌 재로 줄어든 걸 보면서 이상한 기분을 느끼지 않을 수 없다. 셰익스피어의 『줄리어스 시저』에서 위대한 줄리어스 시저의 유골을 받아든 안토니오처럼 말이다.

아버지의 시신을 보지 않은 것은 본인 말대로, 실수였다. 그래서 스미스는 누군가는 충격적이라고 생각할지도 모를 방법으로 이 실수를 만회했다. 유골을 집으로 가져온 스미스는 유골함을 열고는 뼛가루를 손가락으로 찍어 입에 넣었다. 분명 극단적이지만 간직하고, 소유하고, 이야기를 나누고, 감정이 이끄는 대로 사랑하고자 하는 본능이 모든 존경의 핵심임을 단적으로 보여주는 예이기도 하다.

물론 당혹스러운 경우도 있다. 롤링스톤스의 기타리스트 키스 리처드의 아버지가 사망했을 때, 굴곡 많은 삶을 산 이 록스타가 색다른 의식을 벌이리라는 것은 불을 보듯 뻔했다. (최근 어느 텔레비전 보도에서 62세의 아버지를 잃은 어느 여성이 아버지가 마지막으로 한 말을 전했는데 "키스 리처드가 나보다 오래 살다니 믿을 수가 없구나"였다.) 키스 리처드 생각에 사랑하는 아버지의 뼛가루를 가지고 하기에 꼭 맞는 일은 코카인과 함께 코로 흡입하는 것이었다. "코카인이 있었으면 팝이 전위적이 됐을 텐데." 코카인에 바치는 키스 리처드의 헌사다.

정도를 벗어난 경우를 제외하면 대부분의 사람이 원하는 것은 과격하지 않다. 하지만 과격하지 않은 경우도 견해가 다른 사람들에게는 과격하게 보일 수 있다. 사랑하는 이의 시신과 어떻게든 접촉하려는 이들을 이해해야 할 필요도 있지만 시신에 전혀 손대고 싶지 않은 이들 역시 이해해야 한다. 시신과 교감하고 싶어 하는 사람들이 으레 엽기적이라고 비난받는 것과 똑같이 시신과 되도록 떨어져 있고 싶어 하는 사람들은 흔히 고인을 방치한다는 오해를 받는다.

이런 문제뿐 아니라 사랑하는 이를 존경하는 문제와 관련된 모든 것에서 사람들은 견해를 달리할 권리가 있다. 시몬 드 보부아르는 어머니의 죽음을 되돌아보며 쓴 회고록에서 존경의 다양한 형태를 받아들이는 문제를 언급한다.

삶과 죽음을 통합하려 애쓰고 합리적이지 않은 무언가에 직면해 합리적으로 행동하려 애쓰는 것은 헛된 일이다. 각자 자신의 들끓는 감정 속에서 버틸 수 있어야 하는 것은 물론이고 또 버텨내야 한다. 나는 사람들이 마지막 순간에 수많은 소망을 품는 것도, 아무 소망을 품지 않는 것도 이해할 수 있다. 누군가는 사랑하는 이의 유골을 사랑스럽게 꼭 껴안기도 하고 누군가는 사랑하는 사람의 시신을 평범한 무덤에 버려두기도 한다. 여동생이 어머니를 아름답게 꾸며드리고 싶어 했든 어머니의 결혼반지를 가지고 싶어 했든, 동생의 반응을 나 자신의 반응처럼 기꺼이 받아들였어야 했다.

분명 이것은 슬픔을 이해한 작가의 말이다.

세상을 뜬 사람이 자신을 기억할 특별한 방법을 남기고 가는 경우도 있다. 흔하디흔한 것 중 하나가 보석이다. 아주 많은 이들이 우리와 이야기를 나누는 동안 손을 들어 세상을 뜬 이의 물건이었던 보석을 자랑스럽게 보여주었다. 인간의 유구한 역사 내내 불변의 상징이었던 보석은 많은 이들에게 거의 초자연적인 효력을 지닌다. 반지나 목걸이, 팔찌에서 보듯 보석은 대개 원형인데, 이는 영원의 상징이다. 또한 보석은 몸에 계속 지닐 수 있는 것이기에 원래 주인이었던 고인과 물질적 교감을 나눌 수도 있다.

사랑하는 사람이 남긴 보석이 사소한 문제를 일으킬 때도 있다. 이를테면 크기가 맞지 않거나 모양이 어울리지 않을 수 있다. 월가에서 일하는 남성이라면 애리조나 출신의 외삼촌이 남긴 터키석 반지에 감동을 받을 수는 있지만 그 반지를 끼고 임원회의에 참석하지는 않을 것이다. 사람들은 그런 보석을 좀 더 쓸모 있는 형태로 바꿀 방법을 찾아낸다. 너무 작은 반지는 체인에 꿰어 펜던트로 목에 걸면 된다. 어머니가 남긴 팔찌에서 작은 다이아몬드를 빼내어 라이터 표면을 장식한 이도 있었다.

우리는 가장 훌륭한 존경의 모범을 셰익스피어의 인생에서 찾았다. 페스트가 맹위를 떨치던 시대에 태어난 셰익스피어는 탄생의 순간부터 슬픔에 흠뻑 젖어 있었다. 그가 태어난 해, 고향인 스트랫퍼드에서 영세를 받은 유아 63명 가운데 60명이 사망했다. 그렇게 우울하게 시작된 인생이라 그런지 셰익스피어는 평생 슬픔과 친숙하게 지냈다. 그는 서른일곱 전에 아버지와 아들을 둘 다 잃었다.

셰익스피어는 유언장에서 동료들에게 그들이 맺었던 관계를 기념할 반지를 사라고 돈을 따로 떼어두었다. 그리고 햄릿 역을 처음 맡은 리처드 버비지를 비롯한 절친한 친구들에게는 우정을 기념할 반지를 사라고 반지 하나당 26실링 8펜스를 남겼다.

이처럼 세상을 뜬 누군가를 기념할 보석을 사라고 돈을 남기고 또 받는 일은 훌륭하고 품위 있는 행동으로 보인다. 로데오 거리(최고급 의류, 보석 가게들이 입점해 있는 미국 베벌리힐스의 쇼핑 거리—옮긴이)에서 살 수 있는 돈이든 폴란드의 공예품 시장에서 싸구려 보석을 살

돈이든 금액은 중요하지 않다. 생전에 맺고 있던 관계에 대한 하나밖에 없는 이야기를 사랑의 영원한 상징으로 변화시킨다는 데 의미가 있는 것이다. 그리고 이것이 바로 존경의 본질이다.

의미

나는 당신과 등을 꼭 붙이고 살던 사람입니다.

이 말은 뉴욕의 한 신문 부고 면에서 발췌한 추도문으로, 누군가의 2주기에 사랑하는 사람이 쓴 것이다. 너무 애통해서 은유의 힘을 빌리지 않고는 입에 올리기 힘든 사별의 슬픔을 묘사한 것 중 우리가 찾은 최고의 은유다. 사별의 슬픔에 잠겨 있는 사람의 마음은 파탄한 상태다. 누군가의 병과 죽음으로 인해 야금야금 갉아먹혔거나 비극으로 인해 갈기갈기 찢어졌을 것이다. 그러나 마음이 파탄 났다고 해서 죽는 것은 아니다. 사랑한 사람은 죽었지만, 당신은 살아 있다.

어떤 사별의 슬픔이든 그 궤적은 고인이 남긴 한 무더기의 물건을 정리하는 데서 시작해서, 사랑하는 이가 자신에게 어떤 의미였는지를 확인하는 것으로 끝이 난다. 눈감은 아내를 두고 한 어느 남자의 다음 말은 슬픔을 종결하는 좋은 방법 하나를 제시해준다.

이 세상에 남은 게 아무것도 없는 남자라도, 비록
잠깐일지언정 사랑하는 이를 가만히 생각하면 여전히
더없는 행복을 맛보게 된다는 것은 알고 있을 것이다.

이 말에 슬픔과 씨름하는 누군가는 이렇게 냉소하고 싶어질
것이다. "아, 알았어. 여기 가만히 앉아서 내 연인을 생각해보지.
눈물 나게 고맙네, 친구." 더없는 행복을 맛볼 수 있었던 이 남자는
아내와 부모를 아우슈비츠에서 잃은 정신의학자 빅토르 프랑클
이다. 당신이 어떤 지옥을 경험할지 모르지만 아마도 프랑클이 겪
은 지옥보다는 덜 끔찍할 것이다. 그는 사랑하는 이를 가만히 생각
하는 것에 대한 이 깨달음을 만년이 아니라 강제수용소에 있을 때
얻었다. 사실 프랑클이 위의 글에 이어 쓴 내용은 아래와 같다.

내 앞에서 한 남자가 발을 헛디뎌 넘어지자 뒤따라오던
사람들이 그 남자 위로 와르르 쓰러졌다. 호송병이 냅다
달려들어 넘어진 사람들 전부에게 채찍을 휘둘렀다.
사랑하는 사람을 떠올리는 것은 거기서 중단되었다.

프랑클은 스스로 의미치료logotherapy라고 부른 정신분석의 한
형태를 계속 발전시켰다. 이 치료에서 환자는 끔찍한 상황에서 의
미를 찾아내는 방법을 배운다. 모든 것이 와해됐을 때도 파편들을
모아 자신을 떠받칠 의미를 만들거나 최소한 죽지 않게는 할 수

있다는 이론이다.

이 방법은 두 가지 이유에서 슬픔에 빠진 이들에게 도움이 된다. 첫째, 의미는 진실과 관련이 있다. 헛된 기대를 품게 하지 않고 무작정 행복한 결말 속으로 자취를 감추지 않는다. 의미는 과거에 무엇을 소유했고 지금은 무엇을 소유하고 있는지 주의 깊게 살펴서 상황을 있는 그대로 인식하라고 요구할 뿐이다.

둘째, 인간의 뇌는 의미를 찾도록 미리 구조화되어 있다. 놓아주기나 종결, 수용 같은 슬픔의 개념들은 이 구조와 반대로 움직이기 때문에 제 기능을 발휘하지 못한다. 슬픔의 개념들은 고결하지만 정상적이지 않기 때문에 지속이 불가능한 심리적 왜곡들이다. 그러나 의미를 찾는 것은 아주 자연스러운 인간의 욕구다. 그리고 우리 인간이 쓸 수 있는 좀 더 유용한 도구 가운데 하나다. 슬픔과 죽음을 제외하면 인간은 대체로 의미를 활용해 자잘한 삶의 조각들을 모은다. 아이가 청소년 야구단에서 홈런을 친들 뭐하겠나? 그 아이가 프로 팀에서 뛰는 일은 절대 없을 텐데. 부모가 결혼 50주년을 맞는 게 무슨 대수란 말인가? 50은 숫자일 뿐이며, 두 사람은 이제 원앙 부부도 아닌데. 또 할아버지가 준 지포 라이터에 누가 신경을 쓰겠나? 2달러는 족히 되는 라이터겠지만 담배를 안 피우니 말이다.

그럼에도 이런 것들이 중요한 오직 한 가지 이유는 의미다. 우리가 사물과 사람들에게서 의미를 보고자 하기 때문에 사물과 사람들이 우리에게 와 꽃이 되는 것이다.

사랑하는 이가 세상을 뜨면 남은 이에게는 의미만 남게 된다. 그 의미를 어떤 형태로 인식하든, 빌리 콜린스가 "제자리를 걷는 공기의 모양"(시 「부고Obituaries」에 나오는 표현—옮긴이)이라고 부른 것 같은 의미를 구체화해야 한다.

문제는, 슬픔에 빠져 있을 때는 의미가 소망을 정면으로 강타한다는 것이다. 사람들은 떠나간 사람이 남긴 의미가 제 역할을 못하면 그 사람이 돌아오기를 소망한다. 그 남자를 만나고 싶고 그 여자를 만나고 싶은 것이다! 이런 갈망 때문에 (세상을 떠나서 고귀해진) 사랑하는 사람이 죽어 옆에 없다는 사실을 억지로라도 받아들이기 어려워진다. 진정으로 원하는 것이 그 사람에게 영화 구경을 시켜주고 초밥을 먹으러 나가는 것일 때는 말이다. 철학은 한 끼 식사만 못하고 환상은 절대 현실과 같을 수 없다. 사후에도 자신이 만든 영화 속에서 계속 살아 있으리라는 말을 듣고 우디 앨런은 이렇게 대꾸했다. "난 내 아파트에서 계속 사는 게 더 좋습니다."

우리가 이 책에서 거듭거듭 인용하는 두 작가는 의미를 찾아 표현하는 능력으로 직업과 명성을 얻은 이들이다. 하지만 그런 그들조차 이 점에서는 보통 사람과 다르지 않다. 다른 모든 사람처럼 작가 역시 의미와 소망 사이에서 갈등하는 것이다.

많은 사람이 『상실』을 읽고 놀라워했다. 조앤 디디온은 직설적인 문체와 확고부동한 상식으로 유명했다. 그런 디디온이 마술적 사고에 압도될 수 있다니, 이해할 수 없는 일이었다. 마술적 사고는 일시적이고 비과학적인 생각의 흐름을 설명하는 용어로, 미신이라고도 부를 만한 것이다. 슬픔에 빠진 사람이 자신의 비논리적인 사고를 충분히 깨닫고 있을지 모르지만, 그렇다고 해서 마술적 사고가 일어나는 것 자체를 막지는 못한다. 디디온이 아직 치료할 수 있는 것이 남았는데 못 보고 넘어가지 않았나 해서 죽은 남편의 의료 기록을 하나하나 살펴보는 것, 동부와 서부의 시차를 감안해서 남편의 죽음이 로스앤젤레스에서도 일어난 건 아닐까 궁금해하는 것, 이런 것이 바로 디디온과는 너무도 거리가 먼 마술적인 사고다. 소설가 모나 심슨은 디디온을 가리켜 "마술적 사고의 영향을 가장 덜 받을 것 같은 작가"라고 했다. 인터뷰 전문가 찰리 로스가 디디온 같은 열정적인 저널리스트가 마술적 사고에 빠진 걸 보고 무척 놀랐다고 하자 디디온은 이렇게 답했다. "마술적 사고라는 게 있으니까요. 어차피 우리는 모두 인간이잖아요." 디디온은 남편이 돌아오기를 바랐던 것이다.

앞서 언급한 대로 처음 『헤아려본 슬픔』을 썼을 때 C. S. 루이스는 필명을 썼다. 그리고 이 책은 루이스의 아내가 죽은 다음 해에 출간되었다. 루이스가 여전히 마음을 못 잡고 있다고 생각한 친구들이 루이스에게 N. W. 클러크가 썼다고 하는 이 새 책을 읽어보라고 권하기 시작했다! 슬픔을 거짓 없이 표현한 책이었기에, 가까운 사람들은 아내가 살아 돌아왔으면 하는 소망을 쉽게 떨치지 못하는 루이스가 위안을 얻을 수 있으리라 생각한 것이다.

『사람은 어떻게 죽음을 맞이하는가』를 쓴 셔윈 눌랜드는 생물

인 인간이 소멸할 수밖에 없다는 사실을 인정하는 의사다. 그럼에
도 그는 남동생 하비가 병에 걸려 죽게 되었을 때에야 비로소 (남
동생을 살리고자 하는) 소망을 어렵게 단념했다. 눌랜드는 하비가
대장암 치료를 받는 동안 가장 중요한 조언자였다. 그는 임상 시
험 중인 약물의 독성에 대해 알고 있었으면서도 의사로서의 직관
을 거스르고 동생이 기적을 바라는 치료를 계속 받도록 격려했다.
눌랜드는 "나는 불치병 치료로 경력을 쌓은 외과의사로서의 판단
보다 형으로서의 직관에 더 많이 의존했다"고 인정한다. 그는 동
생을 살리고 싶은 소망이 너무도 강했기 때문에 포기할 수 없었던
것이다. 눌랜드는 다음과 같은 결론을 내린다.

> 하비는 지켜지지도 않을 희망의 약속에 비싼 대가를
> 치렀다. 나는 동생에게 불가능한 것을 시도해볼 기회를
> 주었다. 크나큰 고통이 따르리라는 것을 알고 있었는데도
> 말이다. 친동생의 일이다 보니 수십 년의 경험에서 배운
> 교훈을 잊거나, 적어도 포기했던 것이다.

"마술적 사고라는 게 있으니까요. 어차피 우리는 모두 인간이
잖아요." 사람들이 마음의 균형을 잃거나 소망이 의미보다 강할 때
(디디온이 마술적 사고를 멈출 수 없을 때나 루이스가 자신이 쓴 책
에서 교훈을 얻지 못할 때, 눌랜드가 동생을 포기할 수 없을 때나
당신이 사랑하는 이를 잃은 슬픔 때문에 미쳐버릴 것 같을 때) 그렇

게 행동하는 것은 사랑 때문이다. 슬픔은 이상한 방법으로 우리를 사랑밖에 모르는 바보로 만든다. 인간은 소망과 의미 사이의 중간 지대 어딘가에 붙박여 있다. 루이스는 우주적 희극과도 같은 이 역설을 포착해서 조물주의 일관성 없음을 골똘히 생각한다.

> 신은 영혼이기도 한 유기체, 지독한 모순어법인 영적인
> 동물을 만들고, 가엾은 영장류, 온몸이 신경 말단으로
> 뒤덮인 짐승, 채워지길 소망하는 위를 가진 피조물, 짝을
> 지어 번식하는 동물을 붙잡고 말한다. "자, 서둘거라. 신이
> 되는 거다."

슬픔에 잠겨 있을 때 인간의 신 본성과 동물 본성은 힘겹게 균형을 유지한다. 외동아들인 아홉 살 남자아이가 몇 년 동안 암과 싸운 엄마를 잃었다. 엄마가 집 근처의 병원에서 눈을 감았기 때문에 소년과 아버지는 매일같이 오가는 길에 병원을 지나다녔다. 그럴 때마다 소년이 반응을 보였다. 몸을 움츠리거나 얼굴을 찌푸리거나 건물을 보고 우울한 소리를 했다. 이런 일이 한동안 계속되자 결국 아버지는 뭔가 조치를 취해야겠다고 생각했다.

그런 일이 다시 벌어졌을 때 아버지는 병원 주차장에 차를 댔다. 아들을 차에서 내리게 한 다음 손을 잡고 병원 정문으로 갔다. 그러고는 병원 정문을 마주 보며 말했다. "아빠 인생에서 가장 운 나쁜 날을 저 병원에서 보냈다. 엄마가 눈을 감은 곳이기 때문이

지. 하지만 아빠 인생에서 가장 기쁜 날 역시 저 병원에서 맞았다. 네가 저 건물에서 태어났으니 말이다." 그런 다음 부자는 병원의 산부인과 병동으로 가서 신생아들을 쳐다보며 시간을 보냈다.

사별로 비통해하는 사람들에게 의미가 해주는 일이 바로 아버지가 아들에게 해준 일과 같다. 아버지가 아들의 손을 잡고 운 나쁜 곳으로 데리고 들어가서 죽음과 탄생이 모두 병원의 일부임을 보여준 것과 똑같이, 의미는 비통해하는 사람들의 손을 잡고 그들을 운 나쁜 곳으로 데리고 들어간다. (보통은 싫다고 저항한다.) 그런 다음 이 세상에서 인간은 슬픔뿐 아니라 기쁨도 맛본다는 것을, 그 둘이 서로 연결되어 있음을 보여준다. C. S. 루이스는 평생 독신으로 지내다가 아주 느지막이 어린 아들 둘을 둔 미국 여성 조이 데이비드슨을 만나 결혼했다. 루이스는 조이를 만나기 훨씬 전에 『예기치 못한 기쁨 *Surprised by Joy*』(완고한 무신론자에서 성공회 신자로 회심하게 된 경위를 밝힌 자서전적 수필—옮긴이)이라는 제목의 영성에 관한 책을 썼다. 그래서 현실의 조이Joy가 그의 인생으로 걸어 들어왔을 때 친구들은 "조이 때문에 깜짝 놀랐다니까, 정말" 하는 농담을 계속 해댔다. 데이비드슨의 성미가 괄괄하고 일체의 상식이 학자인 루이스의 지성과 호각을 이룬다는 사실을 보면 마치 하늘이 그 모든 계획을 세운 것만 같기도 했다.

그런데 그 무렵 조이에게 암이 찾아왔다. 말기였고, 두 사람 모두 그 사실을 알았다. 행복이 절정에 달했던 만큼 조이가 세상을 떠나면 루이스가 깊은 슬픔의 나락으로 곤두박질치리란 것도 둘다 알고 있었다.

영화 〈새도우랜드〉가 이 모든 이야기를 그렸는데, 열연을 펼친 앤서니 홉킨스와 데브러 윙어 두 배우 모두 이 작품으로 스타가 되었다. 영화를 보면 조이가 최후의 순간을 맞이하기 전 잠깐 동안 활력을 되찾고 명랑해지는 장면이 있다. 승자가 경기장을 한바퀴 도는 것 같은 이런 현상을 우리는 수없이 목격한다. 이는 마치 삶이 죽음을 앞둔 사람들에게 베푸는 친절 같다.

조이에게 이 시간이 찾아왔을 때 두 사람은 여행을 떠난다. 평화로운 여행이지만 조이는 훗날을 이야기하지 않을 수 없다. 다가올 일을 두려워하면서도 "이젠 고통이 행복의 일부가 됐어요. 잃는 게 있으면 얻는 것도 있네요"라고 한다.

잃는 게 있으면 얻는 것도 있다. 슬픔과 기쁨은 모두 병원과 인간관계와 삶의 일부로, 서로에 대한 보상인 것이다. 슬픔은 떠난 사람을 사랑했기에 치러야 할 계산서다. 사별의 슬픔으로 입는 상처는 두 사람이 나눈 사랑의 기쁨만큼 깊다. 에밀리 디킨슨의 말을 빌리면 애통해하는 모든 이들의 운명은 "사랑과 대비되는, 더 큰 고통을 깨닫는 것이다."

고통을 깨달으면 그 사람을 사랑한 것이 과연 잘한 일이었는지 궁금해진다. 덜 사랑했으면 고통이 덜했을까? 아내 앤 밴크로프트를 잃고 난 뒤 멜 브룩스는 한 친구에게 이렇게 말했다. "첫 아내와 결혼 생활을 좀 더 오래할 걸 그랬네. 그 여자를 잃었다면 이렇게까지 고통스럽진 않았을 텐데." 많은 사람이 이런 감정을 표현한다. 사랑하는 사람을 떠나보낸 뒤 받게 되는 슬픔의 청구서는 그야말로 충격적이다.

그러나 사랑하는 사람은 사라질지 모르지만 그 사람을 향한 사랑은 사라지지 않는다. 극작가 로버트 앤더슨은 "죽음은 삶을 끝내지만 관계를 끝내지는 않는다"고 했다. 사람들은 여전히 사랑하는 이에 대한 자신의 감정과 생각, 기억과 사랑 속에서 그 사람과 관계를 맺고 있다. 모든 관계가 그렇듯 어떤 이들에게는 이 관계라는 것이 다소 문제가 될 수 있다. 한 여성이 남편에 대한 추모 광고를 보여주었는데 그 내용이 "사랑하는 당신에게. 당신이 떠난 뒤로 난 매일 괴로웠어요. 단 한 순간도 행복하지 않았어요"였다. 광고는 2005년 신문에 실렸는데, 남편은 1964년에 사망했다. 41년이 지나도록 고통이 줄어들지 않았단 말인가? (연말에 어머니를 모셔갈 사람을 정하려고 제비뽑기를 하는 자식들의 모습이 상상이 간다.)

세상을 뜬 사람과 더 생생하고 활기 있는 관계를 맺고 있는 이들도 있다. 더글러스 호프스태터는 퓰리처상을 수상한 작가이자 인디애나 대학교에서 인지과학을 가르치는 교수다. 그는 1993년 갑작스럽게 뇌종양으로 아내를 잃고 다섯 살, 두 살인 자녀들과 남게 되었다.

호프스태터는 최근 『나는 이상한 고리 *I Am a Strange Loop*』라는 책을 썼는데, 여기서 아내의 영혼과 관련한 이론을 펼쳤다. 그는 과학자다. 그래서 자신이 영혼이란 말을 종교적 의미로 쓰지 않는다는 점을 분명히 하면서도 "철학적인 사람이라면 살면서 분명 여러 번 불가사의하게 여길 자신 안의 또 다른 존재에 대한 깊은 신비를 아내의 영혼이 아주 생생하게 환기시켜준다고 느끼기 때문"에 이 말을 쓴다고 밝혔다. 그는 고인이 된 아내가 "사람의 뇌 속에 분명하게 존재하는 상세하고 정교한 형식"이라고 한다. 그러면서 "사람이 죽으면 그 원형은 더 이상 존재하지 않지만 다른 사람들의 뇌 속에 다른 형태로 존재한다"라고 주장했다. 호프스태터는 사랑하는 이들의 뇌 속에 새겨진 이 파편들을 영혼 조각soul-shards이라고 부른다.

과학자인 만큼 호프스태터는 이 의식 이론을 공개할 때 엄청난 비판을 받았다. 오래도록 합리적 분야를 연구해온 사람이 그처럼 사변적인 견해를 공공연히 밝히는 것은 상식적으로 이해하기 힘들다. 어떤 기자가 "선생님은 마치 영혼이 복사라도 된다는 듯 말씀하시는군요" 하고 다그쳐 묻자, 호프스태터는 영혼 조각은 "원본이 그대로 복사된 것"이 아니라 "원본과 비슷한, 거친 복사본"이라고 설명했다. 좀 더 원시적인 형태의 영혼이라는 것이다. 그리고 "아내와 나는 무척 긴밀한 애착 관계를 맺고 있어서 아내의 정수가 내 뇌 속으로 들어왔다"고 결론지었다.

슬픔을 연구하면 할수록 개개인이 사랑하는 이들의 마음과 가슴에 새겨지는 정교한 형식이라는 생각이 덜 억지스러워 보인다. 아마도 이 때문에 사별의 슬픔에 대한 이야기를 접하면 울적해지면서도 삶을 긍정하게 되는 것이리라. 슬픈 측면이 많은 이야기들이지만 한 사람의 인생이 얼마나 독특한지, 하나하나의 사랑이 얼마나 특별한지, 인간의 감정이 얼마나 깊을 수 있는지에 대해 아주 많은 것을 들려주기도 한다. 그래서 우리는 이런 슬픔의 이야기를 들으며 영감과 힘을 얻는다. 세상을 떠난 사람들의 이야기를 듣다 보면 그들이 살아 있는 것처럼 느껴진다. 비록 낯선 사람이더라도 말이다. 이런 익명의 추도사를 가만히 음미해보자.

우리 어머니는 가장 늦게 회전문으로 들어가서는 가장
먼저 나오는, 그런 여성이었습니다.

우리는 이 어머니도, 그 아들도 만나본 적이 없다. 따라서 이 어머니에 대해 아는 게 전혀 없다. 그러나 10개 남짓한 낱말을 듣는 순간, 이 여성을 느끼지 않을 수 없다. 하나의 형식을 감지하지 않을 수 없고, 뇌에 이 여성의 영혼 조각 몇 개를 새겨 넣지 않을 수 없다. 그런데 모든 일이 이 여성을 한 번도 만나지 않고서도 일어난다. 그렇다면 아들은 얼마나 많은 영혼 조각을 가지고 있을지, 얼마나 많은 의미의 화소를 켜켜이 쌓아올릴지 짐작해볼 수 있다.

이제 당신이 잃어버린 사람이 얼마나 많은 영혼 조각을 남기고 떠났는지 헤아려보라. 아마도 많이 남겼을 것이다. 그 사람 없이 살아간다는 의미는 이 조각들이 모여 새로 태어난 사람을 사랑한다는 것이 된다. 이럴 때 그 사람은 함께 살 수도 있고 심지어

기쁨을 나눌 수도 있는 존재여야 한다. 그리고 그게 가능하려면 당신이 잃어버린 사람은 그저 비극, 사랑에 대한 청구서, 공기의 모양, 하나의 슬픔, 그 이상도 이하도 아니어야 한다.

사별의 슬픔을 이겨내려면 사랑하는 이가 죽으면서 부서져 내린 많은 조각을 자신에게 접합시켜 온전한 무언가로 거듭나게 해야 한다. 부서진 게 맞지만, 다시 이어붙일 수 있다. 온전한 형태로 말이다. 이것이 누군가의 죽음에서 시작되어 살아 있는 당신의 삶으로 돌아오는 슬픔의 궤적이다. 죽은 이를 슬퍼하는 모든 이들이 여행하는 길이다. 오직 W. H. 오든 같은 위대한 시인만이 표현할 수 있는, 위대한 여행이다. 오든은 「더 많이 사랑하는 이The More Loving One」라는 시에서 죽은 이에 대한 사랑 말고는 아무것도 없이 남겨지는 기분이 어떤 것인지를 묘사한다. 시는 버림받은 화자가 분노와 슬픔에 사무쳐 하늘에 대고 소리치는 것으로 시작한다.

> 별을 올려다보니 잘 알겠네
> 별들의 염려에도 난 지옥에 떨어지리란 걸

그러나 시는 화자가 삶이 계속되리라는 희미한 희망의 빛을 감지하면서 끝난다.

> 모든 별이 사라지거나 진다면
> 나는 배워야 하리, 텅 빈 하늘을 바라보는 법을

310

그 암흑의 장엄한 아름다움을 느끼는 법을

시간이 조금 걸리더라도

분명 시간이 걸린다. 그러나 슬퍼하는 많은 이들은 이 암흑의 시간에도 내면에서 자리를 잡아가는 것이 있다고 전했다. 그건 바로 잊지 않은 한 그 사람은 당신의 사람이라는 깊은 감사의 마음이다. 그리고 자신의 이름이 우주라는 책에 사랑하는 이와 함께 실리고, 그 사람이 당신의 사람(당신의 부모, 당신의 자식, 당신의 형제, 당신의 연인, 당신의 유쾌한 친구)이었다고 적히는 것에 자부심을 느낀다.

궁극적으로 그 사람이 당신에게 소중했듯 당신도 그 사람에게 소중했다. 부디, 때가 되면 이런 의미를 마음에 새겨 슬픔을 이겨내길 바란다. 지금은 무리한 주문처럼 들리겠지만 이렇게 자문해 보라. 당신이 느끼는 모든 슬픔을 잊어버릴 방법이 있다. 그런데 그러려면 사랑하는 사람이 당신 인생에 존재했던 기억마저 삭제해야 한다. 자, 이 계약서에 서명할 수 있겠는가? 우리는 아주 많은 사람에게 이 질문을 했다. 하지만 그러겠다는 사람은 아무도 없었다. 세상을 떠난 사람을 사랑하는 것은 과거에도 의미가 있었지만 지금도 의미가 있다는 이 깨달음, 어쩌면 이것이 당신의 출발점일지 모른다.

위로에 이르는, 비통한 마음의 궤적

소중한 사람을 다른 세계로 떠나보낸 경험이 없는데도 사별의 슬픔이라는 무거운 주제에 끌릴 만큼 역자에게는 슬픔이 많다. 그런데 정작 이 책을 번역하기 전까지 한 번도 슬픔을 깊이 생각해본 적이 없다는 사실을 깨닫고는, 놀랍고 의아했다. 어쩌면 조앤 디디온이 말한 '슬픔에 젖지 않으려는 성향'이 무의식적 의지로 역자의 내면에 굳어져 있었는지도 모른다. 슬픔을 똑바로 바라보는 것은 힘겨운 일이니 말이다.

그렇다. 사람들은 좀처럼 슬픔을 드러내지 못한다. 사별의 슬픔은 다른 이들을 불편하게 하기에 더더욱 그렇다. 그래서 슬픔의 섬에 자신을 유폐한 채 혼자 고통스러워한다. 하지만 슬픔에서 헤어나려면 비통해하는 다른 이들과 손을 잡고 슬픔을 나눠야 한다. 그 시작이자 가장 쉬운 방법은 독서일 것이다. 사별의 슬픔을 다룬 책은 많지만 대개가 슬픔을 절절히 토로한 회고록이거나 자기계발서, 혹은 전문 용어로 채워진 심리치유서다. 문학 교수와 작가가 함께 쓴『슬픔의 위안』은 그런 책과는 사뭇 다르며 독특하다.

사랑하는 사람을 잃고 나면 처음엔 고인이 없는 낯설고 불쾌한 상황을 견디며 적응해야 한다. 참으로 짊어지기 버거운 무게다. 이 괴로움에서 벗어나려고 허우적거릴 때 우리는 여러 허위에 둘러싸이게 된다. 패닉에 빠지거나 주위 사람의 악의 없는 실수에 마음이 베이는가 하면 수치심에 발목이 잡히기도 한다. 하지만 슬픔에서 벗어나려면 이런 허위를 떨치고 슬픔을 똑바로 바라보며 대결해야 한다. 그런 다음 스스로에게 휴식을 허용하고, 자연을 가까이 하거나 책을 읽으며 황폐한 마음을 달랜다. 때로는 지독한 탐닉에 빠져드는가 하면 냉소가 뜻밖의 유용한 위안이 되기도 한다. 이런 과정을 거치고 나면 슬픔의 흔적을 간직한 채 거듭나는 때가 온다. 이때 우리는 떠나간 이가 우리 삶에서 차지했던 의미를 차분히 되새기며 앞으로 나아갈 힘을 얻는다.『슬픔의 위안』은 이처럼 사랑하는 누군가의 죽음에서 시작되어 살아 있는 이의 삶으로 돌아오는 슬픔의 궤적을 찬찬히 묘사한다.

두 저자는 위에서 언급한 애도의 궤적에 따라 책을 네 개의 부로 나눈 다음 각 부에 관련된 소주제들을 묶어 실었다. 이런 소주제가 모두 스물아홉이다.『슬픔의 위안』은 스물아홉 가지 의미의 틀에 두 저자의 통찰을 담아 사별의 슬픔을 입체적으로 형상화하고 인문적 사색과 성찰의 대상으로 만들었다. 저자들은 이를 통해 '슬픔에 대한 이해'를 독자와 나누고자 했다. 슬픔에 빠진 상태에서는 누구든 삐딱한 마음을 품기도 하고 바보 같은 행동도 한다는 사실을 알게 해서 슬퍼하는 이들이 느끼는 뼈저린 소외감과 두려움을 덜어주고자 했다. 사별의 슬픔은 지극히 사적인 경험이지만, 동시에 인간이면 누구나 겪는 자연스러운 삶의 과정이자 불가피한 인간 경험이라고 말이다. 그러니 슬픔을 혼자 끌어안고 힘들어하지 말고, 토로하고 나누라고 한다. 그래도 된다고, 아니 그래야 한다고. 실은 프롤로그 첫머리에서 묘사하듯 사별의 슬픔은 사람들이 그 무엇보다 더 많이 드러내서 나누고 싶어 하는 이야기인 것이다. 그렇기에 두 저자는 사람들이 슬픔을 더 많이 이야기하게 해주고자 한다.

이 같은 의도를 성취하기 위해 저자들은 남다른 접근법을 택했다. 『슬픔의 위안』은 사랑하는 이를 잃고 슬퍼하는 사람이 맞닥뜨리게 되는 상황과 문제를 섬세하게 포착해서 구체적으로 그려낸다. 하지만 결코 무겁게 다루지 않는다. 오히려 유머와 위트가 넘쳐난다. 무엇보다 모든 이야기를 에두르지 않는 담백한 일상어로 썼다. 덕분에 독자는 슬픔에 빠져 허우적거리지 않고 독서를 계속할 수 있다. 슬픔을 이야기하면서도 슬픔이란 감정과 객관적 거리를 유지하게 해주는 이 독특한 태도 덕분에 독자는 자신의 슬픔을 객관화해서 담담하게 응시할 수 있다. 이것이 이 책의 뛰어난 미덕이다.

슬픔이 많다는 게 자랑할 일인지는 모르겠으나 이 책을 번역하는 데는 얼마간 도움이 되지 않았나 싶다. 이 책과 처음 인연이

닿았을 때 가깝게 지내는 동료가 "이 책은 언니가 번역할 책이네요" 했다. 스무 해도 넘게 우울을 앓았다. 긴 시간 병과 부대끼면서 크고 작은 상실과 좌절을 끊임없이 겪었다. 이런 경험이 켜켜이 쌓여 슬픔이 되었고, 우울은 깊어졌다. 하지만 첫머리에서 밝혔듯 역자는 아직 혈육이나 친밀한 관계를 맺었던 사람과 사별한 경험은 없다. 그런데도 이 책을 번역하며 큰 위로를 받았다. 누군가가 평한 대로, 슬픔을 정확하게 이해한 이들이 쓴 책이어서도 그렇겠지만 모든 슬픔, 나아가 모든 마음의 고통은 그 밑바탕이 같기 때문이다. 사별의 비통함과 실연의 고통, 궁핍하거나 심약하여 당하는 소외와 모멸, 장애의 고통과 차별의 서러움, 마음의 병으로 인한 고립 등 한 사람의 생을 타격하는 모든 고통과 슬픔의 근원은, 사랑의 상실과 결핍과 부재다. 인간은 매우 의존적인 존재라서 타인의 사소한 언행이나 부주의에도 쉽게 마음이 베인다. 한마디로 인간은 잠재적 슬픔에 항시 노출돼 있는 것이다. 그래서인지 두 저자의 경험과 비슷하게 이 책을 번역한 뒤로 거의 모든 사람이 슬픔이란 주제와 슬픔을 다룬 책에 끌린다는 사실을 알게 되었다. 인간은 사별의 슬픔은 물론이거니와 공감하고 공감받고 싶은 슬픔이 많은 것이다.

책이 조금씩 알려지면서 비슷한 느낌의 책이나 사별 외의 슬픔을 다룬 책을 찾아보면 어떠냐는 권유를 몇 차례 받았다. 찾아보니 사별의 슬픔을 다룬 책이 거의 대부분이었다. 그 가운데 큰 울림을 주는 책이 없지 않았으나 대개는 회고록이었다. 이 책처럼

316

슬픔에 대한 견실한 통찰이나 색다른 관점을 제시하는 책은 아직 접하지 못했다. 번역자로서는 아쉬운 일인지 모르겠으나 독자로서는 아직 다른 책의 필요성을 느끼지 못한다. 새로운 슬픔이 찾아들 때마다 이 책을 펼쳐들었다.

깊은 슬픔을 온몸으로 통과하고 나면, 자신의 존재와 우주가 흔들리는 경험을 하고 나면 자신도, 세상도 낯설어질 것이다. 다시는 그 이전으로 되돌릴 수 없는 것들이 생길지도 모른다. 그럴 때『슬픔의 위안』같은 책이 곁에 있다면 피할 수 없는 인간 현실인 슬픔을 더 깊이 이해하고, 그리하여 더 많이 위로받을 것이다. 부디 그러길 바란다.

2019년 3월

김설인

참고문헌

•

Excerpt from "Distressed Haiku" from *The Painted Bed: Poems by donald Hall*. Copyright © 2002 by Donald Hall. Reprinted by permission of Houghton Mifflin Publishing Company. All rights reserved.

Mary Oliver, from Thirst. Copyright © 2007 by Mary Oliver. Reprinted by permission of Beacon Press.

"Obituaries," from *Nine Horses* by Billy Collins, copyright © 2002 by Billy Collins. Used by permission of Random House, Inc.

Excerpt from "Kill the Day" from *The Painted Bed: Poems by Donald Hall*. Copyright © 2002 by Donald Hall. Reprinted by permission of Houghton Mifflin Publishing Company. All rights reserved.

Excerpt from "Funeral Blues," copyright © 1940 and renewed 1968 by W.H. Auden, from *Collected Poems of W. H. Auden* by W. H. Auden. Used by permission of Random House, Inc.

Karen Swenson, "A Sense of Direction" *from A Daughter's Latitude: New & Selected.* Copyrght © 1999 by Karen Swenson. Reprinted with permission

318

of Copper Canyon Press, www. coppercanyonpress.org.

Excerpt from: Saint Francis and Sow from Mortal Acts, Mortal Words" by Galway Kinnell. Copyright © 1980 by Galway Kinnell. Reprinted by permission of Houghton Mifflin Publishing Company. All rights reserved.

Jane Kenyon, "Looking at Stars" from *Jane Kenyon: Collected Poems*. Copyright © 2005 by Estate of Jane Kenyon. Reprinted with permission of Graywolf Press, Minneapolis, Minnesota, www. graywolfpress.org.

Experpt from "The More Loving one," copyrighr © 1957 by W. H. Auden and renewed 1968 by W. H. Auden, from *Collected Poems of W. H. Auden* by W. H. Auden. Used by permission of Random House, Inc.

찾아보기

•

슬픔의 위안

초판 1쇄 발행 2012년 3월 5일
초판 7쇄 발행 2019년 1월 30일
개정판 1쇄 발행 2019년 3월 15일
개정판 8쇄 발행 2024년 9월 10일

지은이·론 마라스코, 브라이언 셔프
옮긴이·김설인
펴낸이·조미현

편집주간·김현림
책임편집·김호주
디자인·나윤영

펴낸곳·(주)현암사
등록·1951년 12월 24일 (제10-126호)
주소·04029 서울시 마포구 동교로12안길 35
전화·02-365-5051   팩스·02-313-2729
전자우편·editor@hyeonamsa.com
홈페이지·www.hyeonamsa.com

ISBN 978-89-323-1970-4 (03840)

이 도서의 국립중앙도서관 출판예정도서목록(CIP)은 서지정보유통지원시스템 홈페이지
(http://seoji.nl.go.kr)와 국가자료공동목록시스템(http://www.nl.go.kr/kolisnet)에서
이용하실 수 있습니다.(CIP제어번호 CIP2019002863)

책값은 뒤표지에 있습니다. 잘못된 책은 바꾸어 드립니다.